Im Werk Thomas Manns stehen die Erzählungen gleichberechtigt neben den großen Romanen. Ihre formale Klarheit und sprachliche Präzision zeichnen sie ebenso aus wie ihr Humor und ihr psychologischer Scharfblick.

Bereits der junge Thomas Mann hat die kurze Prosa als seine Form entdeckt und früh zur Meisterschaft entwikkelt. Über Jahrzehnte hinweg hat der Autor immer wieder Erzählungen geschrieben, die zu den bedeutendsten nicht nur des 20. Jahrhunderts gehören.

Noch vor ›Buddenbrooks‹ waren einige berühmte Novellen erschienen und wurden 1898 bei S. Fischer unter dem Titel ›Der kleine Herr Friedemann‹ gesammelt. Diese Zusammenstellung wird hier um einige in Zeitschriften erschienene Texte ergänzt, darunter die musikalische Episode ›Tristan‹ (1903).

Thomas Mann wurde 1875 in Lübeck geboren und wohnte seit 1894 in München. 1933 verließ er Deutschland und lebte zuerst in der Schweiz am Zürichsee, dann in den USA, wo er 1938 eine Professur in Princeton annahm. Später hatte er seinen Wohnsitz in Kalifornien, danach wieder in der Schweiz. Thomas Mann, der 1929 mit dem Nobelpreis für Literatur ausgezeichnet wurde, zählt zu den größten Autoren der literarischen Moderne. Am 12. August 1955 starb er in Zürich.

Unsere Adresse im Internet: www.fischerverlage.de

Thomas Mann

Der kleine Herr Friedmann

und andere Erzählungen

Fischer Taschenbuch Verlag

Textgrundlage:
›Der kleine Herr Friedemann‹, Berlin, S. Fischer Verlag 1898,
›Tristan. Sechs Novellen‹, Berlin, S. Fischer Verlag 1903,
›Erzählungen‹, Frankfurt am Main, S. Fischer Verlag 1958

Limitierte Sonderausgabe
Veröffentlicht im Fischer Taschenbuch Verlag,
einem Unternehmen der S. Fischer Verlag GmbH,
Frankfurt am Main, September 2010

Lizenzausgabe mit freundlicher Genehmigung
des S. Fischer Verlages, Frankfurt am Main

Umschlagentwurf: Gundula Hißmann und
Andreas Heilmann, Hamburg
Umschlagfoto: © Archiv S. Fischer Verlag
Satz: Pinkuin Satz und Datentechnik, Berlin
Druck und Bindung: CPI – Clausen & Bosse, Leck
Printed in Germany
ISBN 978-3-596-51135-8

Inhalt

Vision
Prosa-Skizze

Wie ich mir mechanisch eine neue Zigarette drehe und die braunen Stäubchen mit feinem Prickeln auf das weißgelbe Löschpapier der Schreibmappe niedertaumeln, will es mir unwahrscheinlich werden, daß ich noch wache. Und wie die feuchtwarme Abendluft, die durch das offene Fenster neben mir hereingeht, die Rauchwölkchen so seltsam formt und aus dem Bereich der grünbeschirmten Lampe ins Mattschwarze trägt, steht es mir fest, daß ich schon träume.

Da wird's natürlich schon ganz arg; denn diese Meinung wirft der Phantasie die Zügel auf den Rücken. Hinter mir knackt heimlich neckend die Stuhllehne, daß es mir jäh wie hastiger Schauder durch alle Nerven fährt. Das stört mich ärgerlich in meinem tiefsinnigen Studium der bizarren Rauchschriftzeichen, die um mich irren, und über die einen Leitfaden zu verfassen ich bereits fest entschlossen war.

Aber nun ist die Ruhe zum Teufel. Tolle Bewegung in allen Sinnen. Fiebrisch, nervös, wahnsinnig. Jeder Laut keift. Und mit all dem verwirrt steigt Vergessenes auf. Einst dem Sehsinn Eingeprägtes, das sich seltsam erneut; mit dem Fühlen dazu von damals.

Wie interessiert ich es bemerke, daß mein Blick sich gierig erweitert, als er die Stelle im Dunkel umfaßt! Jene Stelle, aus der sich lichte Plastik stets deutlicher hervorhebt. Wie er es einsaugt; eigentlich nur wähnt, aber doch selig. Und er empfängt immer mehr. Das heißt, gibt sich immer mehr; macht sich immer mehr; zaubert sich immer mehr … immer … mehr.

Nun ist es da, ganz deutlich, ganz wie damals, das Bild, das Kunstwerk des Zufalls. Aufgetaucht aus Vergessenem, wiedergeschaffen, geformt, gemalt von der Phantasie, der fabelhaft talentvollen Künstlerin.

Nicht groß: klein. Auch kein Ganzes eigentlich, aber doch vollendet, wie damals. Doch unendlich im Dunkel verschwimmend, nach allen Seiten. Ein All. Eine Welt. – Licht zittert darin und tiefe Stimmung. Aber kein Laut. Nichts dringt hinein von dem lachenden Lärm ringsum. Wohl nicht jetzt ringsum, aber damals.

Ganz unten blendet Damast; quer zacken und runden und winden gewirkte Blätter und Blüten. Darauf durchsichtig hingeplattet und dann schlank ragend ein Kristallkelch, halb voll blassem Gold. Davor träumend hingestreckt eine Hand. Die Finger liegen lose um den Fuß des Kelches. Um den einen geschmiegt ein duffsilberner Reif. Blutend darauf ein Rubin.

Schon wo es nach dem zarten Gelenk im Formencrescendo Arm werden will, verschwimmt es im Ganzen. Ein süßes Rätsel. Träumerisch und regungslos ruht die Mädchenhand. Nur da, wo sich über ihr mattes Weiß weich eine hellblaue Ader schlängelt, pulsiert Leben, pocht Leidenschaft langsam und heftig. Und wie es meinen Blick fühlt, wird es rascher und rascher, wilder und wilder, bis es zum flehenden Zucken wird: Laß ab …

Aber schwer und mit grausamer Wollust lastet mein Blick, wie damals. Lastet auf der Hand, in der bebend der Kampf mit der Liebe, der Sieg der Liebe pulsiert … wie damals … wie damals …

Langsam löst sich vom Grunde des Kelches eine Perle und schwebt aufwärts. Wie sie in den Lichtbereich des Rubins kommt, flammt sie blutrot auf und erlischt jäh an der Oberfläche. Da will wie gestört alles schwinden, wie sehr der Blick sich müht, zeichnend die weichen Konturen aufzufrischen.

Nun ist es dahin; im Dunkel zerronnen. Ich atme tief – tief auf, denn ich bemerke, daß ich das vergessen hatte darüber. Wie damals auch …

Wie ich mich müde zurücklehne, zuckt Schmerz auf. Aber ich weiß es nun so sicher wie damals: Du liebtest mich doch … Und das ist es, warum ich nun weinen kann.

Gefallen

Wir vier waren wieder ganz unter uns.

Der kleine Meysenberg machte diesmal den Wirt. In seinem Atelier soupierte es sich ganz charmant.

Das war ein seltsamer Raum, hergerichtet in einem einzigen Stile: bizarre Künstlerlaune. Etrurische und japanesische Vasen, spanische Fächer und Dolche, chinesische Schirme und italienische Mandolinen, afrikanische Muschelhörner und kleine antike Statuen, bunte Rokoko-Nippes und wächserne Madonnen, alte Kupferstiche und Arbeiten aus Meysenbergs eigenem Pinsel, – das alles war im ganzen Raum auf Tischen, Etageren, Konsolen und an den Wänden, welche überdies gleich dem Fußboden mit dicken orientalischen Teppichen und verblichenen gestickten Seidenstoffen bedeckt waren, in schreienden Zusammenstellungen arrangiert, welche gleichsam auf sich selbst mit Fingern wiesen.

Wir vier, das heißt der kleine, braunlockige, bewegliche Meysenberg, Laube, der blutjunge, blonde, idealistische Nationalökonom, welcher, wo er ging und stand, über die gewaltige Berechtigung der Frauenemanzipation dozierte, Dr. med. Selten und ich, –

wir vier also hatten uns in der Mitte des Ateliers auf den allerverschiedensten Sitzvorrichtungen um den schweren Mahagonitisch gruppiert und sprachen seit geraumer Zeit dem vortrefflichen Menü zu, das der geniale Gastgeber für uns komponiert hatte. Mehr noch vielleicht den Weinen. Meysenberg ließ wieder mal was draufgehn.

Der Doktor saß in einem großen, altertümlich geschnitzten Kirchenstuhl, über den er sich beständig in seiner scharfen Weise lustig machte. Er war der Ironiker unter uns. Welterfahrung und -verachtung in jeder seiner wegwerfenden Gesten. Er war der älteste unter uns vieren. Wohl schon um die Dreißig herum. Auch hatte er am meisten ›gelebt‹. »Wüscht!« sagte Meysenberg, »aber er ist amüsant.«

Man konnte dem Doktor das »Wüscht« in der Tat ein wenig ansehen. Seine Augen hatten einen gewissen verschwommenen Glanz, und das schwarze, kurzgeschnittene Kopfhaar wies am Wirbel bereits eine kleine Lichtung auf. Das Gesicht, welches in einen spitz zugeschnittenen Bart verlief, zeigte, von der Nase zu den Mundwinkeln hinablaufend, ein paar spöttische Züge, welche ihm manchmal sogar einen bitteren Nachdruck verleihen konnten. –

Beim Roquefort waren wir schon wieder mitten in den »tiefen Gesprächen«. Selten nannte es so, mit dem wegwerfenden Hohne eines Mannes, welcher es sich, wie er sagte, längst zur einzigen Philosophie gemacht hat, dies von der betreffenden Regie da oben wenig umsichtig inszenierte Erdenleben völlig frag- und skrupellos zu genießen, um dann die Achseln zu zucken und zu fragen: »Besser nicht?«

Aber Laube, auf geschickten Umwegen richtig in sein Fahrwasser gekommen, war schon wieder ganz außer sich und gestikulierte von seinem tiefen Polsterstuhl aus verzweifelt in der Luft herum.

»Das ist es ja! Das ist es ja! Die schmachvolle soziale Stellung des Weibes« (er sagte nie »Frau«, sondern immer »Weib«, weil sich das naturwissenschaftlicher machte) »wurzelt in den Vorurteilen, den blöden Vorurteilen der Gesellschaft!«

»Prosit!« sprach Selten sehr sanft und mitleidig und goß ein Glas Rotwein hinunter.

Das nahm dem guten Jungen die letzte Ruhe.

»Ach du! ach du!« fuhr er in die Höhe, »du alter Zyniker! Mit dir ist ja nicht zu reden! Aber ihr«, wandte er sich herausfordernd an Meysenberg und mich, »ihr müßt mir recht geben! Ja oder nein?!«

Meysenberg schälte sich eine Orange.

»Halb und halb ganz gewiß!« sagte er mit Zuversicht.

»Nur weiter«, ermunterte ich den Redner. Er mußte sich wieder erst einmal auslassen, eher gab er doch keinen Frieden.

»In den blöden Vorurteilen und der bornierten Ungerechtigkeit der Gesellschaft, sage ich! All die

Kleinigkeiten – ach Gott, das ist ja lächerlich. Daß sie da nun Mädchengymnasien einrichten und Weiber als Telegraphistinnen oder so was anstellen, – was hat das zu sagen. Aber im großen, im großen! Welche Anschauungen! Etwa was das Erotische, das Sexuelle anbelangt, welche beschränkte Grausamkeit!«

»So«, sagte der Doktor ganz erleichtert und legte seine Serviette weg, »nun wird's wenigstens amüsant.« Laube würdigte ihn keines Blickes.

»Seht«, fuhr er eindringlich fort und winkte mit einem großen Dessertbonbon, den er hernach mit wichtiger Gebärde in den Mund schob, »seht, wenn zwei sich lieben und er führt das Mädchen ab, so bleibt er ein Ehrenmann nach wie vor, hat sogar ganz schneidig gehandelt, – verfluchter Kerl das! Aber das Weib ist die Verlorene, von der Gesellschaft Ausgestoßene, Verfemte, die Gefallene. Ja, die Ge-fal-le-ne! Wo bleibt der moralische Halt solcher Anschauung?! Ist der Mann nicht geradesogut gefallen? Ja, hat er nicht ehrlo-ser gehandelt als das Weib?! … Na, nun redet! Nun sagt was!«

Meysenberg sah nachdenklich dem Rauch seiner Zigarette nach.

»Eigentlich hast du recht«, sagte er gutmütig. Laube triumphierte über das ganze Gesicht.

»Hab' ich? hab' ich?« wiederholte er nur immer. »Wo ist die sittliche Berechtigung zu solchem Urteil?«

Ich sah Doktor Selten an. Er war ganz still geworden. Während er mit beiden Händen ein Brotkügelchen drehte, blickte er mit jenem bitteren Gesichtsausdruck schweigend vor sich nieder.

»Wollen aufstehen«, sagte er dann ruhig. »Ich will euch eine Geschichte erzählen.« –

Wir hatten den Speisetisch beiseite gerückt und es uns ganz hinten in dem mit Teppichen und kleinen Polstersesseln traulich hergerichteten Plauderwinkel bequem gemacht. Eine von der Decke niederhängende Ampel erfüllte den Raum mit einem bläulichen Dämmerlicht. Schon lagerte sich eine leise wogende Schicht Zigarettenrauch unter dem Plafond.

»Na, leg los«, sagte Meysenberg, indem er vier Gläschen mit seinem französischen Benediktiner füllte.

»Ja, ich will euch die Geschichte gern einmal erzählen, weil wir doch so darauf gekommen sind«, sagte der Doktor, »gleich fix und fertig in Novellenform. Ihr wißt ja, daß ich mich einmal mit dergleichen beschäftigt habe.«

Ich konnte sein Gesicht nicht recht sehen. Er saß, ein Bein über das andere geschlagen, die Hände in den Seitentaschen seines Jacketts, zurückgelehnt in seinem Sessel und blickte ruhig zu der blauen Ampel hinauf.

»Der Held meiner Geschichte«, begann er nach einer Weile, »hatte in seinem kleinen norddeutschen Heimatort das Gymnasium absolviert. Mit neunzehn oder zwanzig Jahren bezog er die Universität P., eine übermittelgroße Stadt Süddeutschlands.

Er war der vollendete ›gute Kerl‹. Kein Mensch konnte ihm böse sein. Lustig und gutmütig-verträglich war er gleich der Liebling aller seiner Kameraden. Er war ein hübscher, schlanker Junge mit weichen Gesichtszügen, munteren braunen Augen und zärtlich geschwungenen Lippen, über welchen der erste Bart zu sprossen begann. Wenn er, den hellen runden Hut auf den schwarzen Locken zurückgesetzt, die Hände in den Hosentaschen, durch die Straßen flanierte, neugierig um sich schauend, warfen ihm die Mädchen verliebte Blicke zu.

Dabei war er unschuldig, – rein am Leibe wie an der Seele. Er konnte mit Tilly von sich sagen, er habe noch keine Schlacht verloren und kein Weib berührt. Das erste, weil er noch keine Gelegenheit dazu gehabt hatte, und das zweite, weil er ebenfalls noch keine Gelegenheit dazu gehabt hatte. –

Kaum war er vierzehn Tage in P., als er sich natürlich verliebte. Nicht in eine Kellnerin, wie es das gewöhnliche ist, sondern in eine junge Schauspielerin, ein Fräulein Weltner, naive Liebhaberin am Goethe-Theater.

Man sieht zwar, wie der Dichter so treffend bemerkt, mit dem Trunk der Jugend im Leib – Helenen in jedem Weib; aber das Mädchen war wirklich hübsch. Kindlich zarte Gestalt, matt-blondes Haar, fromme, lustige grau-blaue Augen, feines Näschen, unschuldig-süßer Mund und weiches, rundes Kinn.

Er verliebte sich zuerst in ihr Gesicht, dann in ihre Hände, dann in ihre Arme, welche er gelegentlich einer antiken Rolle entblößt sah, – und eines Tages liebte er sie ganz und gar. Auch ihre Seele, welche er noch gar nicht kannte.

Seine Liebe kostete ihn ein Heidengeld. Mindestens jeden zweiten Abend hatte er einen Parkettplatz im Goethe-Theater. Alle Augenblicke mußte er der Mama um Geld schreiben, wofür er die abenteuerlichsten Erklärungen ausheckte. Aber er log ja um ihretwillen. Das entschuldigte alles.

Als er wußte, daß er sie liebte, war das erste, daß er Gedichte machte. Die bekannte, deutsche ›stille Lyrik‹.

Damit saß er oft bis spät in die Nacht unter seinen Büchern. Nur die kleine Weckuhr auf seiner Kommode klapperte einförmig, und draußen verhallten hin und wieder einsame Schritte. – Ganz oben in der Brust, wo der Hals beginnt, saß ihm ein weicher, lauer, flüssiger Schmerz, welcher oft in die schweren Augen hinaufquellen wollte. Aber weil er sich schämte, wirklich zu weinen, so weinte er es nur in Worten auf das geduldige Papier hinunter.

Da sagte er es sich in weichen Versen, wehmütigen Klangfalls, wie sie so süß und lieblich sei und er so krank und müde, und wie eine große Unrast in seiner Seele sei, welche ins Vage trieb, weit – weit, wo unter lauter Rosen und Veilchen ein süßes Glück schlummerte, aber er war gefesselt …

Gewiß, es war lächerlich. Ein jeder würde lachen. Die Worte waren ja auch so dumm, so nichtssagend hilflos. Aber er liebte sie! Er liebte sie!

Gleich natürlich, nach dem Selbstgeständnis, schämte er sich. Es war ja eine so armselige, kniende Liebe, daß er nur still ihr Füßchen hätte küssen mögen, weil sie gar so lieblich, oder ihre weiße Hand, dann wollte er ja gerne sterben. An den Mund wagte er gar nicht zu denken. –

Als er einmal nachts erwachte, stellte er sich vor, wie sie nun wohl daläge, das liebe Haupt in den weißen Kissen, den süßen Mund ein wenig geöffnet, und die Hände, diese unbeschreiblichen Hände mit dem zartblauen Geäder auf der Decke gefaltet. Dann warf er sich plötzlich herum, drückte das Gesicht ins Kopfkissen und weinte lange in der Dunkelheit.

Damit war der Höhepunkt erreicht. Er war nun so weit, daß er keine Gedichte mehr machen und nicht mehr essen konnte. Er mied seine Bekannten, ging kaum noch aus und hatte tiefe, dunkle Ränder unter den Augen. Dabei arbeitete er gar nicht mehr und mochte auch nichts lesen. Er wollte nur immer so vor ihrem Bilde, das er sich längst gekauft, müde weiterdämmern, in Tränen und Liebe. –

Eines Abends saß er mit seinem Freunde Rölling, mit dem er schon früher auf der Schule vertraut gewesen war und der Mediziner war wie er, aber schon in höheren Semestern, bei einem beschaulichen Glase Bier in irgendeinem Kneipenwinkel.

Da stellte Rölling plötzlich resolut seinen Maßkrug auf den Tisch.

›So, Kleiner; nun sag mal, was dir eigentlich ist.‹

›Mir?‹

Aber dann gab er es doch auf und sprach sich aus, über sie und sich. –

Rölling wackelte mißlich mit dem Kopfe.

›Schlimm, Kleiner. Nichts zu machen. Bist nicht der erste. Völlig unnahbar. Lebte bislang bei ihrer Mutter. Die ist zwar seit einiger Zeit tot, aber trotzdem – durchaus nichts zu machen. Gräßlich anständiges Mädel.‹

›Ja glaubtest du denn, ich …‹

›Na, ich glaubte, du hofftest …‹

›Ach Rölling! …‹

›… Ah – a so. Pardon, nun komm' ich erst ins klare. So sentimentalisch hatte ich mir das ja gar nicht gedacht. – Also dann schick ihr ein Bukett, schreib ihr dazu keusch und ehrfurchtsvoll, flehe um schriftliche Erlaubnis ihrerseits, ihr deine Aufwartung machen zu dürfen, zum mündlichen Ausdruck deiner Bewunderung.‹

Er wurde ganz blaß und zitterte am ganzen Leibe.

›Aber … aber das geht ja nicht!‹

›Warum nicht? Jeder Dienstmann geht für vierzig Pfennig.‹

Er zitterte noch mehr.

›Herrgott, – wenn das möglich wäre!‹

›Wo wohnt sie noch gleich?‹

›Ich – weiß nicht.‹

›Das weißt du noch nicht mal?! Kellner! Das Adreßbuch.‹

Rölling hatte es schnell gefunden.

›Gelt? Solange lebte sie in einer höheren Welt, nun wohnt sie auf einmal Heustraße 6 a, dritte Etage; siehst du, hier steht's: Irma Weltner, Mitglied des Goethe-Theaters … Du, das ist übrigens eine scheußlich billige Gegend. So wird die Tugend belohnt.‹

›Bitte, Rölling …!‹

›Na ja, schon gut. Also das machst du. Vielleicht darfst du ihr mal die Hand küssen, – Gemütsmensch! Die drei Meter für den Parkettplatz wendest du diesmal an das Bukett. –‹

›Ach Gott, was kümmert mich das lumpige Geld!‹

›Es ist doch schön, von Sinnen zu sein!‹ deklamierte Rölling. –

Am folgenden Vormittag schon ging ein rührend naiver Brief nebst einem wunderschönen Bukett nach der Heustraße ab. – Wenn er eine Antwort von ihr erhielte, – irgendeine Antwort! Wie wollte er aufjubelnd die Zeilen küssen! –

Nach acht Tagen war die Klappe des Briefkastens an der Haustür abgebrochen von dem vielen Öffnen und Schließen. Die Wirtin schimpfte.

Die Ränder unter seinen Augen waren noch tiefer geworden; er sah wirklich recht elend aus. Wenn er sich im Spiegel sah, erschrak er ordentlich; und dann weinte er vor Selbstmitleid.

›Du, Kleiner‹, sagte Rölling eines Tages sehr entschieden, ›das geht nicht so weiter. Du gerätst ja immer mehr in Dekadenz. Da muß etwas geschehn. Morgen gehst du einfach zu ihr.‹

Er machte seine kränkelnden Augen ganz groß.

›Einfach … zu ihr …‹

›Ja.‹

›Ach das geht ja nicht; sie hat es mir ja nicht erlaubt.‹

›Das war ja überhaupt dumm mit dem Geschreibsel. Das hätten wir uns auch gleich denken können, daß sie dir nicht unbekannterweise gleich schriftliche Avancen machen würde. Du mußt einfach zu ihr gehn. Du bist ja doch schon glückstrunken, wenn sie einmal guten Tag zu dir gesagt hat. Ein Scheusal bist du ja auch nicht gerade. Sie wird dich schon nicht ohne weiteres hinauswerfen. – Morgen gehst du.‹

Ihm war ganz schwindlig.

›Ich werde nicht können‹, sagte er leise.

›Dann ist dir nicht zu helfen!‹ Rölling wurde ärgerlich. ›Dann mußt du halt sehen, wie du's allein überwindest!‹ –

Nun kamen, wie draußen mit dem Mai der Winter ein letztes Ringen versuchte, Tage schweren Kampfes.

Aber als er dann eines Morgens aus tiefem Schlaf erwachte, nachdem er sie im Traum gesehen, und sein Fenster öffnete, da war es Frühling.

Der Himmel war licht – ganz lichtblau, wie in einem milden Lächeln, und die Luft hatte ein so süßes Gewürz.

Er fühlte, roch, schmeckte, sah und hörte den Frühling. Alle Sinne waren ganz Frühling. Und es war ihm, wie wenn der breite Sonnenstreif, der drüben über dem Hause lag, in zitternden Schwingungen bis in sein Herz flösse, klärend und stärkend.

Und dann küßte er stumm ihr Bild und zog ein reines Hemd an und seinen guten Anzug und rasierte sich die Stoppeln am Kinn und ging in die Heustraße. –

Es war eine seltsame Ruhe über ihn gekommen, vor der er fast erschrak. Aber sie blieb doch. Eine traumhafte Ruhe, als ob er es gar nicht selbst wäre, der da die Treppen hinaufging und nun vor der Tür stand und die Karte las: Irma Weltner. –

Da auf einmal durchfuhr es ihn, daß es ein Wahnsinn sei, und was er denn wollte, und daß er schnell umkehren müsse, bevor ihn jemand sähe.

Aber es war nur, wie wenn durch dieses letzte Aufstöhnen seiner Scheu der irre Zustand von vorhin endgültig abgeschüttelt sei, dann zog eine große, sichere, heitere Zuversicht in sein Gemüt, und während er bislang wie unter einem Druck gestanden, unter einer lastenden Notwendigkeit, wie in der Hypnose, handelte er nun mit freiem, zielsicherem, jauchzendem Willen.

Es war ja Frühling! –

Die Glocke klapperte blechern durch die Etage. Ein Mädchen kam und öffnete.

›Das gnädige Fräulein zu Hause?‹ fragte er munter.

›Zu Hause – ja – aber wen darf ich …‹

›Hier.‹

Er gab ihr seine Karte, und während sie dieselbe forttrug, ging er mit einem übermütigen Lachen im Herzen einfach gleich hinterher. Als das Mädchen ihrer jungen Herrin die Karte überreichte, stand er auch schon im Zimmer, aufrecht, den Hut in der Hand.

Es war ein mäßig großer Raum mit einfachem, dunklem Ameublement.

Die junge Dame hatte sich von ihrem Platz am Fenster erhoben; ein Buch auf dem Tischchen neben ihr schien eben beiseite gelegt. Er hatte sie niemals so reizend gesehen, in keiner Rolle, wie in der Wirklichkeit. Das graue Kleid mit dunklerem Brusteinsatz, das ihre feine Gestalt umschloß, war von schlichter Eleganz. In dem blonden Gekraus über ihrer Stirn zitterte die Maisonne.

Sein Blut quirlte und rauschte vor Entzücken, und als sie nun einen erstaunten Blick auf seine Karte warf und dann einen erstaunteren auf ihn selbst, da brach, indem er zwei schnelle Schritte auf sie zu tat, seine warme Sehnsucht in ein paar bangen, heftigen Worten hervor:

›Ach nein … böse dürfen Sie nicht sein!!‹

›Was ist denn das für ein Überfall?‹ fragte sie belustigt.

›Aber ich mußte Ihnen doch, wenn Sie mir's auch nicht erlaubt haben, ich mußte Ihnen doch einmal mündlich sagen, wie ich Sie bewundere, gnädiges Fräulein –‹ Sie deutete freundlich auf einen Sessel, und indem sie sich setzten, fuhr er etwas stockend fort: ›Sehen Sie, – ich bin nun schon mal so einer, der immer gleich alles sagen muß und nicht nur so immer alles … alles mit sich herumtragen kann, und da bat ich denn … warum haben Sie mir eigentlich gar nicht geantwortet, gnädiges Fräulein?‹ unterbrach er sich treuherzig.

›Ja – ich kann Ihnen nicht sagen‹, erwiderte sie lächelnd, ›wie aufrichtig mich Ihre anerkennenden Worte und der schöne Strauß erfreut haben, aber …

das ging doch nicht, daß ich da gleich so … ich konnte ja nicht wissen …‹

›Nein, nein, das kann ich mir nun auch ganz gut denken, aber nicht wahr, jetzt sind Sie mir auch nicht böse, daß ich so ohne Erlaubnis …‹

›Ach nein, wie kann ich wohl!‹

›Sie sind erst seit ganz kurzer Zeit in P.?‹ fügte sie schnell hinzu, feinfühlig eine verlegene Pause verhütend.

›Doch schon etwa sechs bis sieben Wochen, gnädiges Fräulein.‹

›So lange? Ich dachte, Sie hätten mich vor anderthalb Wochen zuerst spielen sehen, als ich Ihre freundlichen Zeilen erhielt?‹

›Ich bitte Sie, gnädiges Fräulein!! Ich hab' Sie ja während der ganzen Zeit beinah jeden Abend gesehen! In allen Ihren Rollen!‹

›Ja, warum sind Sie denn da nicht schon früher gekommen?‹ fragte sie harmlos erstaunt.

›Hätte ich schon früher kommen sollen –?‹ erwiderte er ganz kokett. Er fühlte sich so namenlos glücklich ihr gegenüber im Sessel, mit ihr in zutraulichem Gespräch, und so unfaßlich war ihm die Situation, daß er fast fürchtete, es möchte wieder wie sonst ein trauriges Erwachen dem süßen Traume folgen. So munter-behaglich war ihm zu Sinn, daß er fast ganz gemütlich ein Bein über das andere geschlagen hätte, und dann wieder so überschwenglich selig, daß er ihr am liebsten gleich aufjauchzend zu Füßen gesunken wäre … Das ist ja alles dumme Mimerei! ich habe dich ja so lieb … so lieb!! …

Sie wurde ein bißchen rot, lachte aber herzlich erheitert über seine lustige Replik.

›Pardon, – Sie mißverstehen mich. Ich sagte das allerdings etwas ungeschickt, aber Sie müssen nicht so schwer von Begriffen sein …‹

›Ich werde mich bemühen, gnädiges Fräulein, von jetzt an – noch leichter von Begriffen zu sein …‹

Er war vollkommen außer Rand und Band. Das erzählte er sich nach dieser Erwiderung gleich noch einmal. Da saß sie! Da saß sie! Und er bei ihr! Er raffte immer wieder all sein Bewußtsein zusammen, um sich zu zeigen, daß er es wirklich selbst war, und seine ungläubig-seligen Blicke glitten immer wieder über ihr Antlitz und ihre Gestalt … Ja, das war ihr mattblondes Haar, ihr süßer Mund, ihr weiches Kinn mit dieser leisen Neigung zur Doppelung, das war ihre helle Kinderstimme, ihre liebliche Sprache, welche jetzt außerhalb des Theaters den süddeutschen Dialekt ein wenig hervortreten ließ; das waren, wie sie nun noch einmal, ohne auf seine letzte Antwort weiter einzugehen, seine Karte vom Tische nahm, um von seinem Namen noch einmal des genaueren Kenntnis zu nehmen, – das waren ihre geliebten Hände, die er so oft im Traume geküßt, diese unbeschreiblichen Hände, und ihre Augen, die sich nun wieder auf ihn richteten – mit einem Ausdruck, dessen interessierte Freundlichkeit sich noch stetig steigerte! Und ihre Sprache galt wieder ihm, wie sie nun mit Fragen und Antworten das Plaudern fortsetzte, das sich, hin und wieder stockend, dann wieder mit Leichtigkeit von ihrer beider Herkunft über ihre Beschäftigungen und über Irma Weltners Rollen fortspann, deren ›Auffassung‹ ihrerseits er natürlich unumschränkt belobte und bewunderte, obgleich eigentlich, wie sie selbst lachend abwehrte, blitzwenig daran ›aufzufassen‹ war.

Es klang in ihrem lustigen Lachen immer eine kleine Theater-Note mit, wie wenn etwa der dicke Papa soeben einen Moser'schen Witz ins Parkett dirigiert hätte; aber es entzückte ihn, wenn er dazu mit ganz naiv unverhüllter Innigkeit ihr Gesicht betrachtete, dermaßen, daß er mehrmals die Versuchung niederkämpfen mußte, ihr schnell zu Füßen zu sinken und ihr seine große, große Liebe ehrlich zu gestehen. –

Eine volle Stunde mochte vergangen sein, als er endlich ganz bestürzt auf seine Uhr blickte und sich eilig erhob.

›Aber wie lange halte ich Sie denn auf, Fräulein Weltner! Sie hätten mich längst fortschicken sollen! Sie sollten das doch allmählich wissen, daß einem die Zeit in Ihrer Nähe ...‹

Er machte es unwissentlich ganz geschickt. Er war schon fast ganz von der lauten Bewunderung des

Mädchens als Künstlerin abgekommen; seine treuherzig vorgebrachten Komplimente wurden instinktiv immer mehr rein persönlicher Natur.

›Aber wie spät ist es denn? Warum wollen Sie denn schon gehen?‹ fragte sie mit einer betrübten Verwunderung, welche, wenn sie gespielt war, jedenfalls realistischer und überzeugender wirkte als jemals auf der Bühne.

›Lieber Gott, ich habe Sie lange genug gelangweilt! Eine ganze Stunde!‹

›Ach nein! Ist mir die Zeit schnell vergangen!‹ rief sie jetzt mit zweifellos aufrichtiger Verwunderung. ›Schon eine Stunde!? Da muß ich mich allerdings beeilen, noch etwas von meiner neuen Rolle in den Kopf zu bekommen – für heute abend –, sind Sie im Theater heute abend? – auf der Probe konnte ich noch gar nichts. Der Regisseur hätte mich beinahe geprügelt!‹

›Wann darf ich ihn umbringen?‹ fragte er feierlich.

›Lieber heut' als morgen!‹ lachte sie, indem sie ihm zum Abschied die Hand reichte.

Da beugte er sich mit aufwallender Leidenschaft nieder auf ihre Hand und preßte seine Lippen darauf in einem langen, unersättlichen Kusse, von dem er sich, wie es auch zur Besonnenheit in ihm mahnte, nicht trennen konnte, nicht trennen von dem süßen Duft dieser Hand, von diesem seligen Gefühlstaumel.

Sie zog ihre Hand etwas hastig zurück, und als er sie wieder anblickte, glaubte er auf ihrem Gesicht einen gewissen Ausdruck der Verwirrung zu bemerken, über den er wahrscheinlich sich hätte von Herzen freuen können, den er aber als Ärger über sein unschickliches Benehmen deutete, und über den er sich einen Moment schmachvoll grämte.

›Meinen herzlichsten Dank, Fräulein Weltner‹, sagte er schnell und in förmlicherer Weise als bisher, ›für die große Freundlichkeit, die Sie mir erwiesen haben –‹

›Ich bitte Sie; ich bin sehr erfreut, Sie kennengelernt zu haben.‹

›Und nicht wahr?‹ bat er nun wieder in seinem früheren treuherzigen Ton, ›eine Bitte werden Sie mir auch nicht abschlagen, gnädiges Fräulein, nämlich – daß … ich einmal wiederkommen darf!‹

›Natürlich! … das heißt … gewiß, – warum nicht!‹ Sie ward ein wenig verlegen. Seine Bitte schien nach dem seltsamen Handkusse etwas unzeitgemäß.

›Ich würde mich sehr freuen, wieder einmal mit Ihnen plaudern zu können‹, fügte sie dann jedoch mit ruhiger Freundschaftlichkeit hinzu und reichte ihm noch einmal die Hand. ›Tausend Dank!‹

Noch eine kurze Verbeugung, dann war er draußen. Auf einmal wieder, als er sie nicht mehr sah, wie im Traum.

Aber dann fühlte er aufs neue die Wärme ihrer

Hand in der seinen und auf seinen Lippen, dann wußte er wieder, daß es wirklich Wirklichkeit war und daß seine ›verwegenen‹, seligen Träume wahr geworden. Und er taumelte wie betrunken die Treppe hinunter, seitwärts auf das Geländer gebeugt, welches sie so oft berührt haben mußte, und welches er küßte, mit jubelnden Küssen, – von oben bis unten. –

Unten, vor dem von der Straßenfront ein wenig zurückweichenden Hause, war ein kleiner hof- oder gartenartiger Vorplatz, an dessen linker Seite ein Fliederbusch die ersten Blüten trieb. Da blieb er stehen und barg sein glühendes Gesicht in dem kühlen Gesträuch und trank lange, während sein Herz pochte, den jungen, zarten Duft.

Oh – o wie er sie liebte! –

Rölling und ein paar andere junge Leute waren schon eine Weile mit Essen fertig, als er das Restaurant betrat und sich erhitzt und mit einem flüchtigen Gruße zu ihnen setzte. Einige Minuten saß er ganz still und sah sie nur nach der Reihe mit einem überlegenen Lächeln an, als machte er sich im geheimen über sie lustig, die so dasaßen und Zigaretten rauchten und gar nichts wußten.

›Kinder!!‹ schrie er dann auf einmal, indem er sich über den Tisch beugte, ›wißt ihr was Neues? Ich bin glücklich!!‹

›Aha?!‹ sagte Rölling und sah ihm sehr ausdrucksvoll ins Gesicht. Dann reichte er ihm mit einer feierlichen Bewegung über dem Tische die Hand.

›Meinen tiefgefühltesten Glückwunsch, Kleiner.‹

›Wozu denn?‹

›Was ist denn los?‹

›Ja so, das wißt ihr noch gar nicht. Also es ist sein Geburtstag heute. Er feiert Geburtstag. Schaut ihn mal an; – ist er nicht ganz wie neugeboren?!‹

›Nanu!‹

›Donnerwetter!‹

›Gratuliere!‹

›Du, also da müßtest du eigentlich …‹

›Natürlich! – Kell-ner!‹ –

Man mußte ihm zugestehen, er wisse seinen Geburtstag zu feiern. –

Dann, nach mühevoll mit sehnender Ungeduld heruntergewarteten acht Tagen, wiederholte er seinen Besuch. Sie hatte es ihm ja erlaubt. All die exaltierten états d'âme, die das erste Mal die Liebesscheu in ihm wachgerufen, kamen da schon in Wegfall.

Nun, und dann sah und sprach er sie halt öfter. Sie erlaubte es ihm ja immer wieder aufs neue.

Sie plauderten ungezwungen miteinander, und ihr Verkehr wäre fast freundschaftlich zu nennen gewesen, hätte sich nicht hin und wieder plötzlich eine gewisse Verlegenheit und Befangenheit, etwas wie eine vage Ängstlichkeit bemerkbar gemacht, die sich gewöhnlich bei beiden gleichzeitig zeigte. Es konnte in solchen Momenten das Gespräch plötzlich stokken und in einem sekundenlangen, stummen Blick sich verlieren, der dann, gleich dem ersten Handkuß, den Anlaß dazu gab, den Verkehr in augenblicklich steiferer Form fortzusetzen. –

Einige Male durfte er sie nach der Vorstellung nach Hause begleiten. Welche Fülle von Glück bargen für ihn diese Frühlingsabende, wenn er an ihrer Seite durch die Straßen wanderte! Vor ihrer Haustür dankte sie ihm dann herzlich für sein Bemühen, er küßte ihr die Hand und ging mit einer jubelnden Dankbarkeit im Herzen seines Weges.

An einem dieser Abende war es, als er sich nach dem Abschiede, schon einige Schritte von ihr entfernt, noch einmal umwandte. Da sah er, daß sie noch in der Tür stand und scheinbar am Boden etwas suchte. – Doch wollte es ihm dünken, als habe sie erst bei seiner schnellen Wendung plötzlich die Haltung des Suchens angenommen. –

›Gestern Abend habe ich euch gesehen!‹ sagte Rölling einmal. ›Kleiner, nimm den Ausdruck meiner Hochachtung. So weit hat's wahrhaftig noch keiner mit ihr gebracht. Du bist ein Hauptkerl. Aber ein Schaf bist du doch. Viel mehr Avancen kann sie dir doch eigentlich gar nicht machen. Dieser notorische Tugendbold! Sie muß ja vollkommen in dich verliebt sein! Daß du da nun nicht mal frisch drauflosgehst!‹

Er sah ihn einen Augenblick verständnislos an. Dann begriff er und sagte: ›Ach schweig!‹ –

Aber er zitterte.

Dann reifte der Frühling. Schon gegen Ende dieses Mai reihte sich eine Anzahl heißer Tage, in denen kein Tropfen Regen fiel. Mit einem fahlen, dunstigen Blau starrte der Himmel auf die dürstende Erde hernieder, und die starre, grausame Hitze des Tages machte gegen Abend einer dumpfen, lastenden Schwüle Platz, die ein matter Luftzug nur desto fühlbarer machte.

An einem dieser Spätnachmittage strich unser braver Junge einsam in den hügeligen Anlagen vor der Stadt umher.

Es hatte ihn daheim nicht gelitten. Er war wieder krank; wieder trieb ihn diese durstige Sehnsucht, die er doch längst gestillt glaubte durch all das Glück. Aber nun mußte er wieder stöhnen. Nach ihr. – Was wollte er noch! –

Von Rölling kam es, diesem Mephisto. Nur gutmütiger und weniger geistvoll.

> Um dann die hohe Intuition –
> Ich darf nicht sagen, wie – zu schließen …

Er schüttelte mit einem Ächzen den Kopf und starrte weit hinaus in die Dämmerung.

Von Rölling kam es! – Oder der hatte es doch, als er ihn wieder bleich werden sah, zuerst in brutalen Worten genannt und nackt vor ihn hingestellt, was sonst noch von den Nebeln weicher, vager Melancholie umhüllt gewesen! –

Und er wanderte immer weiter, in diesem müden und doch strebenden Schritt, in der Schwüle.

Und er konnte den Jasminbusch nicht finden, dessen Duft er schon immerfort empfand. Es konnte ja noch gar kein Jasmin blühen, aber er hatte doch immer diesen süßen, betäubenden Geruch, überall, solange er draußen war. –

An einer Biegung des Weges, gelehnt an einen wallartigen Abhang, auf dem verstreute Bäume standen, war eine Bank. Da setzte er sich und sah geradeaus.

An der anderen Seite des Weges senkte sich bald der dürre Grasboden zum Fluß hinab, der träge vorüberglitt. Jenseits die Chaussee, schnurgerade, zwischen zwei Reihen Pappeln. Dort, mühselig den fahlvioletten Horizont entlang, schleppte sich einsam ein bäuerischer Wagen.

Er saß und starrte und wagte keine Bewegung, weil sonst auch nichts sich regte.

Und immer und immer dieser schwüle Jasmin!

Und auf der ganzen Welt diese dumpfe Last, diese lauwarme, brütende Stille, so durstig und lechzend. Er fühlte es, daß irgendeine Befreiung kommen mußte, irgendwoher eine Erlösung, eine stürmisch erquickende Befriedigung all dieses Durstes in ihm und der Natur …

Und dann sah er wieder das Mädchen vor sich, in dem hellen antiken Kostüm, und ihren schmalen, weißen Arm, der weich und kühl sein mußte. –

Da stand er auf mit einem halben, vagen Entschluß und ging schneller und schneller den Weg zur Stadt. –

Als er stehenblieb mit einem unklaren Bewußtsein, am Ziele zu sein, schlug plötzlich ein großer Schreck in ihm empor.

Es war völlig Abend geworden. Alles war still und dunkel um ihn. Nur hin und wieder zeigte sich noch ein Mensch um diese Zeit in der noch vorstadtartigen Gegend. Unter vielen leis verschleierten Sternen stand der Mond am Himmel, beinahe voll. Ganz fern das phlegmatische Licht einer Gaslaterne.

Und er stand vor ihrem Hause. –

Nein, er hatte nicht hingehen wollen! aber es hatte in ihm gewollt, ohne daß er es wußte.

Und nun, wie er da stand und regungslos zum Monde emporsah, war es doch wohl richtig so, und sein Platz.

– Es war irgendwoher noch mehr Lichtschein da. –

Es kam von oben, aus dem dritten Stockwerk, aus ihrem Zimmer, wo ein Fenster offenstand. Sie war also nicht im Theater beschäftigt; sie war daheim und noch nicht zur Ruhe gegangen. –

Er weinte. Er lehnte am Zaun und weinte. Es war alles so traurig. Die Welt war so stumm und durstig, und der Mond war so blaß. –

Er weinte lange, weil er das eine Weile als die erdürstete Lösung und Erquickung und Befreiung empfand. Aber dann waren seine Augen trockener und heißer als zuvor.

Und diese dürre Beklommenheit preßte wieder seinen ganzen Leib, daß er stöhnen mußte, stöhnen nach – nach …

– Nachgeben – nachgeben. –

Nein! Nicht nachgeben, sondern selbst –!!

Er reckte sich. Seine Muskeln schwollen.

Aber dann spülte wieder ein stilles, laues Weh seine Kraft hinweg.

Doch lieber nur müde nachgeben.

Er drückte schwach auf den Haustürgriff und ging langsam und schleppend die Treppen hinauf.

Das Dienstmädchen sah ihn doch etwas erstaunt an, zu dieser Stunde; aber das gnädige Fräulein sei daheim.

Sie meldete ihn nicht mehr; er öffnete gleich selbst nach kurzem Klopfen die Tür zu Irma's Wohnzimmer.

Er war sich keines Handelns bewußt. Er ging nicht zu der Tür, sondern er ließ sich gehen. Es war ihm, als habe er irgendeinen Halt aus Schwäche fahrenlassen, und als wiese ihn nun eine stille Notwendigkeit mit ernster, fast trauriger Gebärde dahin. Er fühlte, daß irgendein selbständig überlegter Wille gegen diesen still-mächtigen Befehl sein Inneres nur in wehevollen Widerstreit versetzt hätte. Nachgeben – nachgeben; es würde das Richtige geschehn, das Notwendige. –

Auf sein Klopfen vernahm er ein leises Hüsteln, wie um die Kehle zum Sprechen herzurichten; dann klang ihr ›Herein‹ müde und fragend.

Als er eintrat, saß sie an der Rückwand des Zimmers in der Sofaecke hinter dem runden Tisch im Halbdunkel; die Lampe brannte verhüllt am offenen Fenster auf der kleinen Servante. Sie blickte ihn nicht an, sondern, indem sie zu glauben schien, es sei das Mädchen, verharrte sie in ihrer müden Stellung, die eine Wange an das Rückenpolster geschmiegt.

›Guten Abend, Fräulein Weltner‹, sagte er leise.

Da hob sie zusammenfahrend den Kopf und sah ihn einen Augenblick mit tiefer Erschrockenheit an.

Sie war bleich und ihre Augen waren gerötet. Ein still hingebender Ausdruck des Leides lag um ihren Mund, und eine namenlos sanfte Müdigkeit klagte in ihrem zu ihm emporgerichteten Blick und in dem Klang ihrer Stimme, als sie dann fragte:

›So spät noch?‹

Da quoll es ihm in die Höhe, was er noch niemals empfunden, weil er noch niemals sich selbst vergessen hatte, ein warmes, inniges Weh, auf diesem süßen, süßen Antlitz, und in diesen geliebten Augen, welche als liebliches, heiteres Glück über seinem Leben geschwebt, den Schmerz zu sehen; ja, während er bisher nur immer Mitleid mit sich selbst empfunden hatte – ein tiefes, unendlich hingebendes Mitleid mit ihr.

Und dann blieb er so stehen wie er stand und fragte nur scheu und leise, aber sein Gefühl sprach in innigen Lauten mit:

›Warum haben Sie geweint, Fräulein Irma?‹

Sie blickte stumm in ihren Schoß nieder, auf das weiße Tüchlein, das sie dort in der Hand zusammenpreßte.

Da trat er auf sie zu, und indem er sich neben ihr niedersetzte, nahm er ihre beiden schmalen, mattweißen Hände, welche kalt und feucht waren, und küßte zärtlich eine jede, und während ihm tief aus der Brust heiße Tränen in die Augen stiegen, wiederholte er mit bebender Stimme:

›Sie haben … ja geweint?‹

Aber sie ließ den Kopf noch tiefer auf die Brust sinken, daß der leise Duft ihres Haares ihm entgegenhauchte, und während ihre Brust mit einem schweren, angstvollen, lautlosen Leiden rang, und ihre zarten Finger in den seinen zuckten, sah er, wie aus ihren langen, seidenen Wimpern zwei Tränen sich lösten, langsam und schwer.

Da preßte er ihre beiden Hände angstvoll an seine

Brust und klagte laut auf vor verzweifeltem Wehgefühl, mit gewürgter Kehle:

›Ich kann das ja nicht … ansehn, daß du weinst! ich halt' das ja nicht aus!!‹

Und sie hob ihr blasses Köpfchen zu ihm empor, daß sie sich in die Augen sehen konnten, tief, tief, bis in die Seele, und einander in diesem Blick sagen, daß sie sich lieb hatten. Und dann durchbrach ein jubelnd-erlösender, verzweifelt-seliger Liebesschrei die letzte Scheu, und während sich ihre jungen Leiber in aufbäumender Krampfspannung umschlangen, preßten sich ihre bebenden Lippen aufeinander, und in den ersten, langen Kuß, um welchen die Welt versank, flutete durch das offene Fenster der Duft des Flieders hinein, der nun schwül und begehrlich geworden war.

Und er hob ihre zarte, fast überschlanke Gestalt vom Sitz empor, und sie stammelten einander in die offenen Lippen, wie sehr sie sich liebten.

Und dann machte es ihn seltsam erschauern, wie sie, die für seine Liebesscheu hohe Gottheit gewesen, vor der er sich stets schwach und ungeschickt und klein gefühlt, unter seinen Küssen zu wanken begann …

Einmal in der Nacht erwachte er.

Das Mondlicht spielte in ihrem Haar, und ihre Hand ruhte auf seiner Brust.

Da sah er empor zu Gott und küßte ihre schlummernden Augen und war ein besserer Kerl als jemals.

Ein stürmischer Gewitterregen war über Nacht niedergegangen. Die Natur war aus ihrem dumpfen Fieber erlöst. Die ganze Welt atmete einen erfrischten Duft.

In der kühlen Morgensonne zogen die Ulanen durch die Stadt, und die Leute standen vor den Türen und rochen in die gute Luft und freuten sich.

Und wie er, seiner Wohnung zu, durch den verjüngten Frühling wanderte, eine träumerisch-selige Schlaffheit in den Gliedern, hätte er nur immer in den lichtblauen Himmel hineinjauchzen mögen – o du Süße – Süße – Süße – !!! –

Dann, daheim an seinem Arbeitstisch, vor ihrem Bilde hielt er Einkehr und veranstaltete eine gewissenhafte Prüfung seines Inneren, was er getan, und ob er nicht etwa bei allem Glück ein Lump sei. Das hätte ihn sehr geschmerzt.

Aber es war gut und schön.

Ihm war so glockenfeierlich im Gemüt, wie etwa bei seiner Konfirmation, und wie er hinausblickte in den zwitschernden Frühling und in den milde lächelnden Himmel, war es ihm wieder wie in der Nacht, als sähe er dem lieben Gott mit ernster, schweigender Dankbarkeit ins Angesicht, und seine

Hände falteten sich, und mit inbrünstiger Zärtlichkeit flüsterte er ihren Namen als andächtiges Morgengebet in den Frühling hinaus. –

Rölling – nein, der sollte es nicht wissen. Es war ja ein ganz lieber Junge, aber er würde doch nur wieder seine Redensarten dazu machen und die Sache so – komisch behandeln. Aber wenn er einmal nach Hause käme, – ja, dann wollte er es abends einmal, wenn die Lampe summte, seiner Mama erzählen, – all – all sein Glück …

Und er versank wieder darin.

Rölling wußte natürlich nach acht Tagen Bescheid.

›Kleiner!‹ sagte er, ›denkst du, ich bin blödsinnig? Ich weiß alles. Du könntest mir die Sache gern mal ein bißchen detailliert erzählen.‹

›Ich weiß nicht, was du sprichst. Wenn ich aber auch wüßte, was du sprichst, würde ich nicht von dem sprechen, was du weißt‹, entgegnete er ernsthaft, indem er den Frager mit lehrhafter Miene und gestikulierendem Zeigefinger durch die geistvolle Verwickelung seines Satzes wies.

›Nun sehe einer! Ordentlich witzig wird der Kleine! Der reine Saphir! – Na, sei recht glücklich, mein Junge.‹

›Das bin ich, Rölling!‹ sagte er ernst und fest und drückte mit Innigkeit des Freundes Hand.

Aber dem wurde es schon wieder zu sentimental.

›Du‹, fragte er, ›wird Irmachen nun nicht bald junge Frauen spielen? Kapotthütchen müssen ihr reizend stehen! – Übrigens – kann ich nicht Hausfreund werden?‹

›Rölling, du bist unausstehlich!‹ –

– Vielleicht plauderte Rölling. Vielleicht auch konnte die Angelegenheit unseres Helden, der dadurch seinen Bekannten und seinen bisherigen Gewohnheiten völlig entfremdet wurde, überhaupt nicht lange unbekannt bleiben. Man erzählte sich sehr bald in der Stadt, ›die Weltner vom Goethe-Theater‹ habe ein ›Verhältnis‹ mit einem blutjungen Studenten, und die Leute versicherten nun, an die Anständigkeit der ›Person‹ ja auch niemals recht geglaubt zu haben. –

Ja, er war allem entfremdet. Um ihn her war die Welt versunken, und unter lauter rosa Wölkchen und Rokoko-Amoretten, welche geigten, schwebte er durch die Wochen – selig, selig, selig! Wenn er nur immer, während unmerklich die Stunden schwanden, zu ihren Füßen liegen konnte und hintübergeworfenen Kopfes ihr den Atem vom Munde trinken, – im übrigen war das ganze Leben aus, aus und vorbei. Jetzt gab es nur noch dies eine – eine, für das in den Büchern das schäbige Wort ›Liebe‹ stand. –

Die erwähnte Position zu ihren Füßen war übrigens charakteristisch für das Verhältnis der beiden jungen Leute. Es zeigte sich darin sehr bald das ganze äußere gesellschaftliche Übergewicht der Frau von zwanzig Jahren über den Mann gleichen Alters. Er war immer derjenige, welcher in dem instinktiven Verlangen, ihr zu gefallen, sich in Worten und Bewegungen zusammennehmen mußte, um ihr richtig zu begegnen. Abgesehen von der völlig freien Hingabe der eigentlichen Liebesszenen war e r es, der während ihres einfach gesellschaftlichen Verkehrs sich nicht ganz ungezwungen geben konnte und der völligen Ungeniertheit entbehrte. Er ließ sich, teils gewiß auch aus hingebender Liebe, mehr noch aber wohl, weil er der gesellschaftlich Kleinere, Schwächere war, wie ein Kind von ihr ausschelten, um dann de- und wehmütig um Verzeihung zu bitten, bis er wieder den Kopf in ihren Schoß schmiegen durfte und sie ihm liebkosend das Haar streichelte, – mit einer mütterlichen, fast mitleidigen Zärtlichkeit. Ja er blickte, zu ihren Füßen liegend, zu ihr empor, er kam und ging, wann sie es wünschte, er gehorchte jeder ihrer Launen, und sie h a t t e Launen.

›Kleiner‹, sagte Rölling, ›ich glaube, du stehst unter dem Pantoffel. Mir scheint, du bist zu zahm für die wilde Ehe!‹

›Rölling, du bist ein Esel. Das weißt du nicht. Das kennst du nicht. Ich liebe sie. Das ist das Ganze. Ich liebe sie nicht bloß – s o … so, sondern ich – liebe sie eben, ich … ach, das läßt sich ja gar nicht sagen …!!‹

›Du bist halt ein fabelhaft guter Kerl‹, sagte Rölling.

›Ach was, Unsinn!‹

Ach was, Unsinn! Diese dummen Redensarten von ›Pantoffel‹ und ›zu zahm‹ konnte auch wieder nur Rölling machen. Der verstand auch wirklich gar nichts davon. – Was war er selbst denn? Was war er denn bloß?! Das Verhältnis war ja so einfach und richtig. Er konnte ja doch immer nur ihre Hände in die seinen nehmen und ihr immer aufs neue sagen: Ach, daß du mich lieb hast, daß du mich ein klein bißchen lieb hast – w i e dank' ich dir dafür!

Einmal, an einem schönen, weichen Abend, als er einsam durch die Straßen wanderte, machte er wieder einmal ein Gedicht, das ihn sehr rührte. Es lautete etwa so:

Wenn rings der Abendschein verglomm,
Der Tag sich still verlor,
Dann falte deine Hände fromm
Und schau zu Gott empor.

Ist's nicht, als ruh' auf unserm Glück
Sein Auge wehmutsvoll,
Als sagte uns sein stiller Blick,
Daß es einst sterben soll?

Daß einst, wenn dieser Lenz entschwand,

Ein öder Winter wird,
Daß an des Lebens harter Hand
Eins von dem andern irrt? –

Nein, lehn dein Haupt, dein süßes Haupt
So angstvoll nicht an meins,
Noch lacht der Frühling unentlaubt
Voll lichten Sonnenscheins!

Nein, weine nicht! Fern schläft das Leid, –
O komm, o komm an mein Herz!
Noch blickt mit jubelnder Dankbarkeit
Die Liebe himmelwärts!

Aber dies Gedicht rührte ihn nicht etwa, weil er sich wirklich und ernsthaft die Eventualität eines Endes vor Augen gestellt hätte. Das wäre ja ein ganz wahnsinniger Gedanke gewesen. Recht von Herzen kamen ihm eigentlich nur die letzten Verse, wo die wehmütige Monotonie des Klangfalls in der freudigen Erregung des gegenwärtigen Glücks von raschen, freien Rhythmen durchbrochen ward. Das übrige war nur so eine musikalische Stimmung, von der er sich vage Tränen in die Augen streicheln ließ. –

– Dann schrieb er wieder Briefe an seine Familie daheim, welche sicher kein Mensch verstand. Es stand eigentlich gar nichts darin; dagegen waren sie auf das erregteste interpunktiert und strotzten besonders von einer Fülle anscheinend gänzlich unmotivierter Ausrufungszeichen. Aber irgendwie mußte er doch all sein Glück mitteilen und von sich geben, und da er, wenn er's überlegte, in dieser Sache doch nicht ganz offen sein konnte, so hielt er sich eben an die vieldeutigen Ausrufungszeichen. Er konnte oft still selig in sich hineinlachen, wenn er bedachte, daß selbst sein gelehrter Papa unmöglich diese Hieroglyphen würde entziffern können, die doch nichts weiter bedeuteten als etwa: Ich bin maß-los glücklich! –

So ging, bis Mitte Juli, in diesem lieben, dummen, süßen, sprudelnden Glück die Zeit dahin, und die Geschichte würde langweilig, wenn nicht dann einmal ein lustiger, amüsanter Morgen gekommen wäre.

Der Morgen war in der Tat wunderhübsch. Es war noch ziemlich früh, etwa neun Uhr. Die Sonne streichelte nur behaglich die Haut. Auch roch die Luft wieder so gut, – gerade so, fiel ihm auf, wie damals an jenem Morgen nach der ersten wundersamen Nacht.

Er war sehr vergnügt und hieb munter mit seinem Stock auf das schneeweiße Trottoir ein. Er wollte zu ihr.

Sie erwartete ihn gar nicht, das war gerade so lieb. Er hatte vorgehabt, diesen Morgen ins Kolleg zu gehen, aber daraus war natürlich nichts geworden – heute. Das fehlte auch noch! Bei diesem Wetter im

Hörsaal sitzen! Wenn es regnete – allenfalls. Aber unter diesen Umständen, unter diesem Himmel mit seinem hellen, weichen Lachen … zu ihr! zu ihr! Sein Entschluß hatte ihn in die rosigste Laune versetzt. Er pfiff die kräftigen Rhythmen des Trinkliedes aus der ›Cavalleria rusticana‹ vor sich hin, während er die Heustraße hinunterging.

Vor ihrem Hause blieb er stehen und schlürfte eine Weile den Fliederduft. Mit dem Strauch hatte er allmählich eine innige Freundschaft geschlossen. Immer, wenn er kam, machte er vor ihm halt und hielt ein kleines, stummes, überaus gemütvolles Zwiegespräch mit ihm. Dann erzählte ihm der Flieder in leisen, zarten Verheißungen von all dem Süßen, das ihn wieder einmal erwartete, und er betrachtete ihn, wie man gern angesichts eines großen Glückes oder Schmerzes, an dessen Mitteilung an irgendeinen Menschen man verzweifelt, sich mit seinem Übermaß von Empfindungen an die große, stille Natur wendet, die wirklich manchmal dreinschaut, als verstände sie etwas davon, – er betrachtete ihn längst als etwas durchaus zur Sache Gehöriges, Mitfühlendes, Vertrautes, und sah in ihm kraft seiner permanenten lyrischen Entrücktheit weit mehr als eine bloße szenische Beigabe in seinem Roman. –

Als er sich von dem lieben, weichen Duft genug hatte erzählen und verheißen lassen, ging er hinauf, und nachdem er seinen Stock auf dem Korridor abgestellt hatte, trat er ohne zu klopfen, beide Hände in übermütiger Fröhlichkeit in den Hosentaschen seines hellen Sommeranzuges und den runden Hut zurückgeschoben auf dem Kopf, weil er wußte, daß sie ihn damit am liebsten leiden mochte, ins Wohnzimmer.

›Morgen, Irma!! na, du bist wohl ...‹ – ›überrascht‹ wollte er sagen, aber er war selbst überrascht. Bei seinem Eintritt sah er, daß sie sich mit einem Ruck vom Tische erhob, als wolle sie eilig etwas holen, wüßte aber nicht recht was. Sie fuhr nur ratlos mit einer Serviette über den Mund, indem sie dastand und ihn merkwürdig groß ansah. Auf dem Tisch stand Kaffee und Gebäck. An der einen Seite saß ein alter, würdiger Herr mit schneeweißem Zwickelbart und durchaus gentil gekleidet, welcher kaute und ihn sehr erstaunt ansah.

Er nahm schnell seinen Hut ab und drehte ihn verlegen in den Händen.

›O pardon‹, sagte er, ›ich wußte nicht, daß du Besuch hast.‹

Bei dem ›Du‹ hörte der alte Herr auf zu kauen und sah nunmehr dem jungen Mädchen ins Gesicht.

Der gute Junge erschrak ordentlich, wie sie bleich war und noch immer so dastand. Aber der alte Herr sah ja noch viel schlimmer aus! wie eine Leiche! und die Haare, die er hatte, schien er sich auch nicht gekämmt zu haben. Wer das nur sein mochte?! Er zerbrach sich hastig den Kopf darüber. Ein Verwandter von ihr? Aber sie hatte ihm ja gar nichts gesagt –? Na, jedenfalls kam er ungelegen. Wie jammerschade! Er hatte sich so gefreut! Nun konnte er nur wieder gehen! Es war abscheulich! – Daß auch niemand was sagte! – Und wie sollte er sich gegen sie benehmen?

›Wieso‹, sagte plötzlich der alte Herr und sah sich mit seinen kleinen, tiefliegenden, blanken, grauen Augen um, als erwartete er auch noch eine Antwort auf diese rätselhafte Frage. Er war ja wohl etwas wirr im Kopf. Das Gesicht, das er machte, war dumm genug. Die Unterlippe hing ihm ganz schlaff und blöde hinunter.

Es fiel nun unserem Helden plötzlich ein, sich vorzustellen. Er tat es mit viel Anstand.

›Mein Name ist ***. Ich wollte nur – ich wollte meine Aufwartung machen …‹

›Was geht denn mich das an?!‹ polterte auf einmal der würdige alte Herr. ›Was wollen Sie überhaupt?!‹

›Entschuldigen Sie, ich …‹

›Ach was! machen Sie, daß Sie weiter kommen. Sie sind hier total überflüssig. Was, Mausi?‹ Dabei blinzelte er liebenswürdig zu Irma hinauf.

Nun war aber unser Held zwar nicht gerade ein Held, aber der Ton des alten Herrn war so durchaus beleidigend gewesen – ganz abgesehen davon, daß ihn die ganze Enttäuschung überhaupt seiner guten Laune gänzlich beraubt hatte –, daß er sein Auftreten sofort veränderte.

›Erlauben Sie, mein Herr‹, sagte er ruhig und bestimmt, ›ich begreife wirklich nicht, was Sie berechtigt, in dieser Weise mit mir zu sprechen, besonders da ich auf den Aufenthalt in diesem Zimmer mindestens ebensoviel Recht zu haben glaube wie Sie.‹

Es war zuviel für den alten Herrn. So was war er nicht gewohnt. Die Unterlippe wackelte in großer Gemütsbewegung hin und her, und er schlug sich dreimal mit der Serviette aufs Knie, während er unter voller Zuhilfenahme seiner bescheidenen stimmlichen Mittel die Worte hervorstieß:

›Sie dummer Junge Sie! Sie dummer, dummer Junge Sie!‹

Hatte der also Angeredete bei seiner letzten Entgegnung noch seinen Zorn zur Ruhe gemäßigt und sich die Eventualität vor Augen gehalten, der alte Herr könne ein Verwandter Irma's sein, so war es jetzt mit seiner Geduld vorbei. Das Bewußtsein seiner Stellung dem jungen Mädchen gegenüber richtete sich stolz in ihm empor. Wer der andere war, galt ihm jetzt gleich. Er war aufs gröbste beleidigt und empfand etwas wie den guten Gebrauch seines ›Hausrechtes‹, als er eine kurze Wendung nach der Tür machte und mit wütender Schärfe den würdigen alten Herrn zum sofortigen Verlassen der Wohnung aufforderte.

Der alte Herr war einen Moment sprachlos. Dann lallte er zwischen Lachen und Weinen und indem seine Augen irr im Zimmer umhergingen:

›Nö so … was … aber … nö so was …! Herrgott, – was sagst … du denn eigentlich dazu?!‹ Dabei sah er hilfeflehend zu Irma in die Höhe, welche sich abgewandt hatte und keinen Laut von sich gab.

Als der unglückliche Greis erkannte, daß von ihr keine Unterstützung zu hoffen sei, und da ihm überdies die drohende Ungeduld, mit der sein Gegner die Bewegung nach der Tür wiederholte, nicht entging, gab er sein Spiel verloren.

›Ich werde gehen‹, sprach er mit einer edlen Resignation, ›ich werde sofort gehen. Aber wir werden uns sprechen, Sie Bube Sie!‹

›Gewiß werden wir uns sprechen!‹ schrie unser Held, ›ganz gewiß! oder glauben Sie – Herr, Sie hätten mir Ihre Beschimpfungen so umsonst an den Kopf geworfen! Vorläufig – hinaus!‹

Zitternd und ächzend rang sich der alte Herr vom Stuhl in die Höhe. Die weiten Hosen schlotterten ihm um die dürren Beine. Er hielt sich die Lenden und wäre beinahe auf seinen Sitz zurückgesunken. Dies stimmte ihn sentimental.

›Ich armer alter Mann!‹ wimmerte er, während er zur Türe wankte, ›ich armer, armer alter Mann! Diese bübische Roheit! ... Oh – äh! –‹ und ein edler Zorn regte sich wieder in ihm – ›aber wir werden ... wir werden uns sprechen! Das werden wir! Das werden wir!‹

›Werden wir auch!‹ versicherte jetzt schon mehr belustigt auf dem Korridor sein grausamer Peiniger, während der alte Herr mit zitternden Händen seinen Zylinder aufsetzte, einen dicken Überzieher auf den Arm packte und damit unsicheren Schrittes die Treppe gewann. ›Werden wir auch –‹ wiederholte der gute Junge ganz sanft, da ihm das klägliche Aussehn des alten Herrn allmählich Mitleid einflößte. ›Ich stehe jederzeit zu Ihrer Verfügung‹, fuhr er höflich fort, ›aber nach Ihrem Auftreten gegen mich können Sie sich unmöglich über das meine wundern.‹ Er machte eine korrekte Verbeugung und überließ dann den alten Herrn, den er unten noch nach einem Wagen jammern hörte, seinem Schicksal. –

Jetzt erst fiel ihm wieder ein, wer das bloß gewesen sein könne, der verrückte alte Herr. Am Ende wirklich ein Verwandter von ihr?! Der Onkel, oder der Großvater, oder so was? Herrgott, dann war er vielleicht doch zu heftig mit ihm umgesprungen. Der alte Herr war vielleicht überhaupt, von Natur so – so geradezu! – Aber sie hätte sich doch was merken lassen, wenn es so war! Sie hatte sich ja um die ganze Sache anscheinend gar nicht gekümmert. Erst jetzt fiel ihm das auf. Vorhin war seine ganze Aufmerksamkeit durch den unverschämten alten Herrn gefesselt worden. – Wer mochte er nur sein! Ihm wurde wirklich ganz ungemütlich, und er zögerte einen Augenblick, wieder zu ihr einzutreten bei dem Gedanken, er könne sich ungebildet benommen haben.

Als er darauf die Zimmertür wieder hinter sich geschlossen hatte, saß Irma seitwärts in der Sofaecke, hatte einen Zipfel ihres Batisttüchleins zwischen den Zähnen und blickte starr geradeaus, ohne eine Wendung ihm entgegen.

Er stand einen Augenblick ganz ratlos da; dann faltete er vor sich die Hände und rief fast weinend vor Hilflosigkeit:

›Aber so sag mir doch nur, wer das bloß war, Herrgott!!‹

Keine Bewegung. Kein Wort.

Es wurde ihm heiß und kalt. Ein vages Grauen stieg in ihm auf. Aber dann hielt er sich eindringlich vor, daß das Ganze ja einfach lächerlich sei, setzte sich neben sie und nahm väterlich ihre Hand.

›Geh, Irmachen, nun sei mal vernünftig. Du kannst mir doch nicht böse sein? Er fing doch an – der alte Herr. – Wer war's nun eigentlich?‹

Totenstille.

Er stand auf und ging ratlos ein paar Schritte von ihr weg.

Die Tür neben dem Sofa zu ihrem Schlafzimmer stand halb offen. Auf einmal ging er hinein. Auf dem

Nachttisch am Kopfende des offenen Bettes hatte er etwas Auffallendes gesehen. Als er wieder eintrat, hatte er ein paar blaue Zettel in der Hand, Banknoten.

Er war froh, momentan etwas anderes zu sagen zu haben. Er legte die Scheine vor ihr auf den Tisch mit den Worten:

›Schließ das lieber weg; es lag drüben.‹

Aber plötzlich ward er wachsbleich, seine Augen vergrößerten sich und seine Lippen taten sich zitternd auseinander.

Sie hatte, als er mit den Banknoten eintrat, die Augen zu ihm aufgeschlagen, und er hatte ihre Augen gesehen.

Etwas Abscheuliches langte mit knochigen, grauen Fingern in ihm empor und ergriff ihn inwendig im Halse.

Und nun war es allerdings traurig zu sehen, wie der arme Junge die Hände von sich streckte und mit dem kläglichen Ton eines Kindes, dessen Spielzeug zerschlagen am Boden liegt, nur immer hervorstieß:

›Ach nein! … Ach – ach nein!‹

Dann in jagender Angst auf sie zu, mit irren Griffen nach ihren Händen, wie um sie zu sich zu retten und sich zu ihr, mit einem verzweifelten Flehen in der Stimme:

›Bitte nicht …! Bitte – bitte nicht!! Du weißt ja nicht – wie … wie ich … nein!! Sag doch nein!!!‹

Dann wieder, zurück von ihr, stürzte er laut aufjammernd am Fenster in die Knie, hart mit dem Kopf gegen die Wand.

Das Mädchen rückte sich mit einer verstockten Bewegung fester in die Sofaecke.

›Ich bin schließlich beim Theater. Ich weiß nicht, was du für Geschichten machst. Das tun ja doch alle. Ich hab' die Heilige satt. Ich hab' gesehen, wohin das führt. Das geht nicht. Das geht bei uns nicht. Das müssen wir den reichen Leuten überlassen. Wir müssen schauen, was wir mit uns anfangen können. Da sind die Toiletten und ... und alles.‹ Schließlich herausplatzend: ›Es wußten ja doch alle, daß ich sowieso ...!‹

Da stürzte er sich auf sie und bedeckte sie mit wahnsinnigen, grausamen, geißelnden Küssen, und es klang, wie wenn in seinem stammelnden ›O du ... du ...!!‹ seine ganze Liebe verzweiflungsvoll gegen furchtbare, widerstrebende Gefühle rang. –

Vielleicht, daß er es schon aus diesen Küssen lernte, daß für ihn fortan die Liebe im Haß sei und die Wollust in wilder Rache; vielleicht, daß da später noch eins zum anderen kam. Er weiß es selber nicht. –

Und dann stand er unten, vor dem Hause, unter dem weichen, lächelnden Himmel, vor dem Fliederstrauch.

Regungslos stand er lange, starr, die Arme am Leibe herunter. Aber auf einmal merkte er es, wie wieder ihm der süße Liebesatem des Flieders entgegenquoll, so zärtlich, so rein und lieblich.

Und da schüttelte er mit einer jähen Bewegung aus Jammer und Wut die Faust zu dem lächelnden Himmel hinauf und griff grausam in den lügnerischen Duft hinein, mitten hinein, daß das Gesträuch knickte und brach und die zarten Blüten zerstoben. –

Dann saß er daheim an seinem Tisch, still und schwach.

Draußen herrschte in lichter Majestät der liebliche Sommertag.

Und er starrte auf ihr Bild, wie sie noch immer dastand, wie früher, so süß und rein …

Über ihm unter rollenden Klavierpassagen klagte ein Cello so seltsam, und wie die tiefen, weichen Töne sich quellend und hebend um seine Seele legten, stiegen wie ein altes, stilles, längstvergessenes Leid ein paar lose, sanft-wehmütige Rhythmen in ihm auf …

> … Daß einst, wenn dieser Lenz entschwand,
> Ein öder Winter wird,
> Daß an des Lebens harter Hand
> Eins von dem andern irrt …

Und das ist noch der versöhnlichste Schluß, den ich machen kann, daß der dumme Bengel da weinen konnte.« –

Es war einen Augenblick ganz still in unserer Ecke. Auch die beiden Freunde neben mir schienen von der wehmütigen Stimmung, die des Doktors Erzählung in mir erweckt hatte, nicht frei zu sein.

»Aus?« fragte schließlich der kleine Meysenberg.

»Gott sei Dank!« sagte Selten mit einer, wie mir schien, etwas gemachten Härte und stand auf, um sich einer Vase mit frischem Flieder zu nähern, die ganz hinten im letzten Winkel auf einer kleinen geschnitzten Etagere stand.

Jetzt hatte ich es auf einmal heraus, woher der merkwürdig starke Eindruck kam, den seine Geschichte auf mich gemacht hatte: von diesem Flieder, dessen Duft in ihr eine so bedeutsame Rolle spielte, und der über der Erzählung gelegen hatte. Dieser Duft war es zweifellos, welcher für den Doktor den Beweggrund für die Mitteilung des Begebnisses ausgemacht hatte, und der für mich von geradezu suggestiver Wirkung gewesen war.

»Rührend«, sagte Meysenberg und zündete sich mit einem tiefen Seufzer eine neue Zigarette an. »Eine ganz rührende Geschichte. Und doch so riesig einfach!«

»Ja«, stimmte ich bei, »und gerade diese Einfachheit spricht für ihre Wahrheit.«

Der Doktor lachte kurz auf, während er sein Gesicht noch mehr dem Flieder näherte.

Der junge blonde Idealist hatte noch gar nichts

gesagt. Er hielt den Schaukelstuhl, in dem er saß, in fortwährender Bewegung und aß noch immer Dessertbonbons.

»Laube scheint furchtbar ergriffen zu sein«, bemerkte Meysenberg.

»Gewiß ist die Geschichte rührend!« antwortete der Angeredete eifrig, indem er mit Schaukeln innehielt und sich aufrichtete. »Aber Selten wollte mich doch widerlegen. Davon hab' ich nichts gemerkt, daß ihm das geglückt ist. Wo bleibt, auch angesichts dieser Geschichte, die moralische Berechtigung, über das Weib ...«

»Ach, hör auf mit deinen abgestandenen Redensarten!« unterbrach ihn der Doktor brüsk und mit einer unerklärlichen Erregung in der Stimme. »Wenn du mich noch nicht verstanden hast, kannst du mir leid tun. Wenn eine Frau heute aus Liebe fällt, so fällt sie morgen um Geld. Das hab' ich dir erzählen wollen. Weiter gar nichts. Das enthält vielleicht die moralische Berechtigung, nach der du so zeterst.«

»Ja sag mal«, fragte auf einmal Meysenberg, »wenn sie wahr ist, – woher weißt du denn eigentlich die ganze Geschichte so genau bis in alle Details, und warum regst du dich überhaupt so darüber auf?!«

Der Doktor schwieg einen Augenblick. Dann griff plötzlich seine rechte Hand mit einer kurzen, eckigen, fast krampfhaften Bewegung mitten in den Fliederstrauß hinein, dessen Duft er eben noch tief und langsam eingeatmet hatte.

»Na Gott«, sagte er, »weil ich das selber war, der ›gute Kerl‹ – sonst wär' mir's doch ganz egal –!« –

Wirklich –, wie er das so sagte und dazu mit dieser verbitterten, traurigen Brutalität in den Flieder griff, … gerade wie damals, – wirklich, von dem »guten Kerl« war nichts mehr an ihm zu bemerken.

Der Wille zum Glück

Der alte Hofmann hatte sein Geld als Plantagenbesitzer in Südamerika verdient. Er hatte dort eine Eingeborene aus gutem Hause geheiratet und war bald darauf mit ihr nach Norddeutschland, seiner Heimat, gezogen. Sie lebten in meiner Vaterstadt, wo auch seine übrige Familie zu Hause war. Paolo wurde hier geboren.

Die Eltern habe ich übrigens nicht näher gekannt. Jedenfalls war Paolo das Ebenbild seiner Mutter. Als ich ihn zum ersten Male sah, das heißt, als unsere Väter uns zum ersten Male zur Schule brachten, war er ein mageres Bürschchen mit gelblicher Gesichtsfarbe. Ich sehe ihn noch. Er trug sein schwarzes Haar damals in langen Locken, die wirr auf den Kragen seines Matrosenanzuges niederfielen und sein schmales Gesichtchen umrahmten.

Da wir es beide zu Hause sehr gut gehabt hatten, so waren wir mit der neuen Umgebung, der kahlen Schulstube und besonders mit dem rotbärtigen, schäbigen Menschen, der uns durchaus das ABC lehren wollte, nichts weniger als einverstanden. Ich hielt meinen Vater, als er sich entfernen wollte, weinend am Rocke fest, während Paolo sich gänzlich passiv verhielt. Er lehnte regungslos an der Wand, kniff die schmalen Lippen zusammen und blickte aus großen, tränenerfüllten Augen auf die übrige hoffnungsvolle Jugend, die sich gegenseitig in die Seiten stieß und gefühllos grinste.

In dieser Weise von Larven umgeben, fühlten wir uns von vornherein zu einander hingezogen und waren froh, als der rotbärtige Pädagoge uns nebeneinander sitzen ließ. Wir hielten uns fortan zusammen, legten gemeinschaftlich den Grund zu unserer Bildung und trieben täglich Tauschhandel mit unserem Butterbrot.

Er war übrigens schon damals kränklich, wie ich mich erinnere. Er mußte dann und wann längere Zeit die Schule versäumen, und wenn er wiederkam, so zeigten seine Schläfen und Wangen noch deutlicher als gewöhnlich das blaßblaue Geäder, das man gerade bei zarten brünetten Menschen häufig bemerken kann. Er hat das immer behalten. Es war das erste, was mir hier bei unserem Wiedersehen in München auffiel und auch nachher in Rom.

Unsere Kameradschaft dauerte während all der Schuljahre ungefähr aus demselben Grunde fort, aus welchem sie entstanden. Es war das »Pathos der Distanz« dem größten Teile unserer Mitschüler gegenüber, das jeder kennt, der mit fünfzehn Jahren heimlich Heine liest und in Tertia das Urteil über Welt und Menschen entschlossen fällt.

Wir hatten – ich glaube, wir waren sechzehn Jahre alt – auch zusammen Tanzstunde und erlebten infolge dessen gemeinsam unsere erste Liebe.

Das kleine Mädchen, das es ihm angetan, ein blondes, fröhliches Geschöpf, verehrte er mit einer schwermütigen Glut, die für sein Alter bemerkenswert war und mir manchmal direkt unheimlich erschien.

Ich erinnere mich besonders einer Tanzgesellschaft. Das Mädchen brachte einem anderen kurz nacheinander zwei Cotillonorden und ihm keinen. Ich beobachtete ihn mit Angst. Er stand neben mir an die Wand gelehnt, starrte regungslos auf seine Lackschuhe und sank plötzlich ohnmächtig zusammen. Man brachte ihn nach Hause, und er lag acht Tage krank. Es erwies sich damals – ich glaube, bei dieser Gelegenheit – daß sein Herz nicht das gesündeste sei.

Schon vor dieser Zeit hatte er begonnen zu zeichnen, wobei er starkes Talent entwickelte. Ich bewahre ein Blatt, das die mit Kohlenstift hingeworfenen Züge jenes Mädchens recht ähnlich zur Schau trägt, nebst der Unterschrift: »Du bist wie eine Blume! – Paolo Hofmann fecit.« –

Ich weiß nicht genau, wann es war, aber wir waren schon in den höheren Klassen, als seine Eltern die

Stadt verließen, um sich in Karlsruhe niederzulassen, wo der alte Hofmann Verbindungen hatte. Paolo sollte die Schule nicht wechseln und ward zu einem alten Professor in Pension gegeben.

Indessen blieb die Lage auch so nicht lange. Vielleicht war das folgende nicht gerade die Veranlassung dazu, daß Paolo eines Tages den Eltern nach Karlsruhe nachfolgte, aber jedenfalls trug es dazu bei.

In einer Religionsstunde nämlich schritt plötzlich der betreffende Oberlehrer mit einem lähmenden Blick auf ihn zu und zog unter dem Alten Testament, das vor Paolo lag, ein Blatt hervor, auf welchem eine bis auf den linken Fuß vollendete, sehr weibliche Gestalt sich ohne jedes Schamgefühl den Blicken darbot.

Also Paolo ging nach Karlsruhe, und dann und wann wechselten wir Postkarten, ein Verkehr, der nach und nach gänzlich einschlief.

Nach unserer Trennung waren ungefähr fünf Jahre vergangen, als ich ihn in München wieder traf. Ich ging an einem schönen Frühlingsvormittag die Amalienstraße hinunter und sah jemanden die Freitreppe der Akademie herabsteigen, der von weitem beinahe den Eindruck eines italienischen Modells machte. Als ich näher kam, war er es wahrhaftig.

Mittelgroß, schmal, den Hut auf dem dichten schwarzen Haar zurückgesetzt, mit gelblichem, von blauen Äderchen durchzogenem Teint, elegant, aber nachlässig gekleidet, – an der Weste waren zum Beispiel ein paar Knöpfe nicht geschlossen – den kurzen Schnurrbart leicht aufgewirbelt, so kam er mit seinem wiegenden, indolenten Schritt auf mich zu.

Wir erkannten uns ungefähr gleichzeitig, und die Begrüßung war sehr herzlich. Er schien mir, während wir uns vorm Café Minerva wechselseitig über den Verlauf der letzten Jahre ausfragten, in gehobener, beinahe exaltierter Stimmung zu sein. Seine Augen leuchteten, und seine Bewegungen waren groß und weit. Dabei sah er schlecht aus, wirklich krank. Ich habe jetzt freilich leicht reden; aber es fiel mir tatsächlich auf, und ich sagte es ihm sogar geradezu.

»So, noch immer?« fragte er. »Ja, ich glaube es wohl. Ich bin viel krank gewesen. Noch im letzten Jahre lange sogar schwer krank. Es sitzt hier.«

Er deutete mit der linken Hand auf seine Brust.

»Das Herz. Es ist von jeher dasselbe gewesen. In letzter Zeit fühle ich mich aber sehr gut, ganz ausgezeichnet. Ich kann sagen, daß ich ganz gesund bin. Übrigens mit meinen 23 Jahren – es wäre ja auch traurig …«

Seine Laune war wirklich gut. Er erzählte heiter und lebendig von seinem Leben seit unserer Trennung. Er hatte bald nach derselben bei seinen Eltern es durchgesetzt, Maler werden zu dürfen, war seit etwa dreiviertel Jahren mit der Akademie fertig – soeben war er nur zufällig dort gewesen – hatte einige

Zeit auf Reisen, besonders in Paris gelebt und sich nun seit ungefähr fünf Monaten hier in München niedergelassen … »Wahrscheinlich für lange Zeit – wer weiß? Vielleicht für immer …«

»So?« fragte ich.

»Nun ja? Das heißt – warum nicht? Die Stadt gefällt mir, gefällt mir ausnehmend! Der ganze Ton – wie? Die Menschen! Und – was nicht unwichtig ist – die sociale Stellung als Maler, auch als ganz unbekannter, ist ja exquisit, ist ja nirgends besser …«

»Hast Du angenehme Bekanntschaften gemacht?«

»Ja. – Wenige, aber sehr gute. Ich muß Dir zum Beispiel eine Familie empfehlen … Ich lernte sie im Fasching kennen … Der Fasching ist reizend hier –! Stein heißen sie. Baron Stein sogar.«

»Was ist denn das für ein Adel?«

»Was man Geldadel nennt. Der Baron war Börsenmann, hat früher in Wien eine kolossale Rolle gespielt, verkehrte mit sämtlichen Fürstlichkeiten und so weiter … Dann geriet er plötzlich in Décadence, zog sich mit ungefähr einer Million – sagt man – aus der Affaire und lebt nun hier, prunklos, aber vornehm.«

»Ist er Jude?«

»Er, glaube ich, nicht. Seine Frau vermutlich. Ich kann übrigens nicht anders sagen, als daß es äußerst angenehme und feine Leute sind.«

»Sind da – Kinder?«

»Nein. – das heißt – eine neunzehnjährige Tochter. Die Eltern sind sehr liebenswürdig …«

Er schien einen Augenblick verlegen und fügte dann hinzu:

»Ich mache Dir ernstlich den Vorschlag, Dich von mir dort einführen zu lassen. Es wäre mir ein Vergnügen. Bist Du nicht einverstanden?«

»Aber gewiß. Ich werde Dir dankbar sein. Schon um die Bekanntschaft dieser neunzehnjährigen Tochter zu machen –«

Er blickte mich von der Seite an und sagte dann:

»Nun schön. Schieben wir es dann nicht lange hinaus. Wenn es Dir paßt, komme ich morgen um 1 Uhr herum oder halb 2 und hole Dich ab. Sie wohnen Theresienstraße 25, erster Stock. Ich freue mich darauf, ihnen einen Schulfreund von mir zuzuführen. Die Sache ist abgemacht.«

In der Tat klingelten wir am nächsten Tage um die Mittagszeit in der ersten Etage eines eleganten Hauses in der Theresienstraße. Neben der Glocke war in breiten, schwarzen Lettern der Name Freiherr von Stein zu lesen.

Paolo war auf dem ganzen Wege erregt und beinahe ausgelassen lustig gewesen; jetzt aber, während wir auf das Öffnen der Tür warteten, nahm ich eine seltsame Veränderung an ihm wahr. Alles an ihm war, während er neben mir stand, bis auf ein nervöses Zucken der Augenlider, vollkommen ruhig, –

von einer gewaltsamen, gespannten Ruhe. Er hatte den Kopf ein wenig vorgestreckt. Seine Stirnhaut war gestrammt. Er machte beinahe den Eindruck eines Tieres, das krampfhaft die Ohren spitzt und mit Anspannung aller Muskeln horcht.

Der Diener, der unsere Karten davontrug, kehrte zurück mit der Aufforderung, einen Augenblick Platz zu nehmen, da Frau Baronin sofort erscheinen werde, und öffnete uns die Tür zu einem mäßig großen, dunkel möblierten Zimmer.

Bei unserem Eintritt erhob sich im Erker, von dem aus man auf die Straße hinausblickte, eine junge Dame in heller Frühlingstoilette und blieb einen Augenblick mit forschender Miene stehen. »Die neunzehnjährige Tochter«, dachte ich, indem ich unwillkürlich einen Seitenblick auf meinen Begleiter warf, und: »Baronesse Ada!« flüsterte er mir zu.

Sie war von eleganter Gestalt, aber für ihr Alter reifen Formen und machte mit ihren sehr weichen und fast trägen Bewegungen kaum den Eindruck eines so jungen Mädchens. Ihr Haar, das sie über die Schläfen und in zwei Locken in die Stirn frisiert trug, war glänzend schwarz und bildete einen wirksamen Kontrast zu der matten Weiße ihres Teints. Das Gesicht ließ zwar mit seinen vollen und feuchten Lippen, der fleischigen Nase und den mandelförmigen, schwarzen Augen, über denen sich dunkle und weiche Brauen wölbten, nicht den geringsten Zweifel aufkommen über ihre wenigstens zum Teil semitische Abstammung, war aber von ganz ungewöhnlicher Schönheit.

»Ah – Besuch?« fragte sie, indem sie uns ein paar Schritte entgegenkam. Ihre Stimme war leicht verschleiert. Sie führte eine Hand zur Stirn, wie um besser sehen zu können, während sie sich mit der anderen auf den Flügel stützte, der an der Wand stand.

»Und sogar sehr willkommener Besuch –?« fügte sie mit derselben Betonung hinzu, als ob sie meinen Freund erst jetzt erkannte; dann warf sie einen fragenden Blick auf mich.

Paolo schritt auf sie zu und beugte sich mit der fast schläfrigen Langsamkeit, mit der man sich einem auserlesenen Genuß hingibt, wortlos auf die Hand nieder, die sie ihm entgegenstreckte.

»Baronesse«, sagte er dann, »ich erlaube mir Ihnen einen Freund von mir vorzustellen, einen Schulkameraden, mit dem ich das ABC erlernte …«

Sie reichte auch mir die Hand, eine weiche, scheinbar knochenlose Hand ohne Schmuck.

»Ich bin erfreut –« sagte sie, während ihr dunkler Blick, dem ein leises Zittern eigen war, auf mir ruhte. »Und auch meine Eltern werden sich freuen … Man hat sie hoffentlich benachrichtigt.«

Sie nahm auf der Ottomane Platz, während wir beide ihr auf Stühlen gegenüber saßen. Ihre weißen, kraftlosen Hände ruhten beim Plaudern im Schoß. Die bauschigen Ärmel reichten nur wenig über den Ellbogen hinüber. Der weiche Ansatz des Handgelenks fiel mir auf.

Nach ein paar Minuten öffnete sich die Tür zum anliegenden Zimmer, und die Eltern traten ein. Der Baron war ein eleganter, untersetzter Herr mit Glatze und grauem Spitzbart; er hatte eine unnachahmliche Art, sein dickes goldenes Armband in die Manschette zurückzuwerfen. Es ließ sich nicht mit Bestimmtheit erkennen, ob seiner Erhebung zum Freiherrn einst ein paar Silben seines Namens zum Opfer gefallen waren; dagegen war seine Gattin einfach eine häßliche kleine Jüdin in einem geschmacklosen grauen Kleid. An ihren Ohren funkelten große Brillanten.

Ich wurde vorgestellt und in durchaus liebenswürdiger Weise begrüßt, während man meinem Begleiter wie einem guten Hausfreunde die Hand schüttelte.

Nachdem über mein Woher und Wieso einige Fragen und Antworten gefallen waren, begann man von einer Ausstellung zu sprechen, in der Paolo ein Bild hatte, einen weiblichen Akt.

»Eine wirklich feine Arbeit!« sagte der Baron. »Ich habe neulich eine halbe Stunde davor gestanden. Der Fleischton auf dem roten Teppich ist eminent wirkungsvoll. Ja, ja, der Herr Hofmann!« Dabei klopfte er Paolo gönnerisch auf die Schulter. »Aber nicht überarbeiten, junger Freund! Um Gotteswillen nicht! Sie haben es dringend nötig, sich zu schonen. Wie steht es denn mit der Gesundheit? –«

Paolo hatte, während ich den Herrschaften über meine Person die nötigen Aufschlüsse erteilte, ein paar gedämpfte Worte mit der Baronesse gewechselt, der er dicht gegenüber saß. Die seltsam gespannte Ruhe, die ich vorhin an ihm beobachtet hatte, war keineswegs von ihm gewichen. Er machte, ohne daß ich genau zu sagen vermöchte, woran es lag, den Eindruck eines sprungbereiten Panthers. Die dunklen Augen in dem gelblichen, schmalen Gesicht hatten einen so krankhaften Glanz, daß es mich nahezu unheimlich berührte, als er auf die Frage des Barons im zuversichtlichsten Tone antwortete:

»Oh, ausgezeichnet! Verbindlichen Dank! Es geht mir sehr gut!«

– Als wir uns nach Verlauf von etwa einer Viertelstunde erhoben, erinnerte die Baronin meinen Freund daran, daß in zwei Tagen wieder Donnerstag sei, er möge ihren Five o' clock tea nicht vergessen. Sie bat bei dieser Gelegenheit auch mich, diesen Wochentag freundlichst im Gedächtnis zu behalten …

Auf der Straße zündete Paolo sich eine Cigarette an.

»Nun?« fragte er. »Was sagst Du?«

»Oh, das sind sehr angenehme Leute!« beeilte ich mich zu antworten. »Die neunzehnjährige Tochter hat mir sogar imponiert!«

»Imponiert?« Er lachte kurz auf und wandte den Kopf nach der anderen Seite.

»Ja, Du lachst!« sagte ich. »Und da oben dünkte es mich zuweilen, als trübe – geheime Sehnsucht Deinen Blick. Aber ich bin im Irrtum?«

Er schwieg einen Augenblick. Dann schüttelte er langsam den Kopf.

»Wenn ich nur wüßte, woher Du …«

»Aber sei so gut! – Die Frage ist für mich nur noch, ob auch Baronesse Ada …«

Er sah wieder einen Augenblick stumm vor sich nieder. Dann sagte er leise und zuversichtlich:

»Ich glaube, daß ich glücklich sein werde.«

Ich trennte mich von ihm, indem ich ihm herzlich die Hand schüttelte, obgleich ich innerlich ein Bedenken nicht unterdrücken konnte.

Es vergingen nun ein paar Wochen, in denen ich hin und wieder gemeinsam mit Paolo den Nachmittagstee in dem freiherrlichen Salon einnahm. Es pflegte dort ein kleiner, aber recht angenehmer Kreis versammelt zu sein: Eine junge Hofschauspielerin, ein Arzt, ein Offizier – ich entsinne mich nicht jedes einzelnen.

An Paolos Benehmen beobachtete ich nichts Neues. Er befand sich gewöhnlich trotz seines besorgniserregenden Aussehens in gehobener, freudiger Stimmung und zeigte in der Nähe der Baronesse jedesmal wieder jene unheimliche Ruhe, die ich das erste Mal an ihm wahrgenommen hatte.

Da begegnete mir eines Tages – und ich hatte Paolo zufällig zwei Tage lang nicht gesehen – in der Ludwigstraße der Baron von Stein. Er war zu Pferde, hielt an und reichte mir vom Sattel aus die Hand.

»Erfreut, Sie zu sehen! Hoffentlich lassen Sie sich morgen Nachmittag bei uns blicken?«

»Wenn Sie gestatten, zweifellos, Herr Baron. Auch wenn es irgendwie zweifelhaft wäre, daß mein Freund Hofmann wie jeden Donnerstag kommen wird, mich abzuholen …«

»Hofmann? Aber wissen Sie denn nicht – er ist ja abgereist! Ich dachte doch, Sie hätte er davon unterrichtet.«

»Aber mit keiner Silbe!«

»Und so vollkommen à bâton rompu … Das nennt man Künstlerlaunen … Also morgen Nachmittag! –«

Damit setzte er sein Tier in Bewegung und ließ mich höchst verdutzt zurück.

Ich eilte in Paolos Wohnung. – Ja, leider; Herr Hofmann sei abgereist. Eine Adresse habe er nicht hinterlassen.

Es war klar, daß der Baron von mehr als einer

»Künstlerlaune« wußte. Seine Tochter selbst hat mir das, was ich ohnehin mit Bestimmtheit vermutete, bestätigt.

Das geschah auf einem Spaziergang ins Isartal, den man arrangiert hatte, und zu dem auch ich aufgefordert worden war. Man war erst nachmittags ausgezogen, und auf dem Heimwege zu später Abendstunde fügte es sich, daß die Baronesse und ich als letztes Paar der Gesellschaft nachfolgten.

Ich hatte an ihr seit Paolos Verschwinden keinerlei Veränderung wahrgenommen. Sie hatte ihre Ruhe vollständig bewahrt und meines Freundes bis dahin mit keinem Worte Erwähnung getan, während ihre Eltern sich über seine plötzliche Abreise in Ausdrükken des Bedauerns ergingen.

Nun schritten wir neben einander durch diesen anmutigsten Teil der Umgebung Münchens; das Mondlicht flimmerte zwischen dem Laubwerk, und wir lauschten eine Weile schweigend dem Geplauder der übrigen Gesellschaft, das ebenso einförmig war, wie das Brausen der Wasser, die neben uns dahinschäumten.

Dann begann sie plötzlich von Paolo zu sprechen, und zwar in einem sehr ruhigen und sicheren Ton.

»Sie sind seit früher Jugend sein Freund?« fragte sie mich.

»Ja, Baronesse.«

»Sie teilen seine Geheimnisse?«

»Ich glaube, daß sein schwerstes mir bekannt ist, auch ohne daß er es mir mitgeteilt.«

»Und ich darf Ihnen vertrauen?«

»Ich hoffe, daß Sie nicht daran zweifeln, gnädiges Fräulein.«

»Nun gut«, sagte sie, indem sie den Kopf mit einer entschlossenen Bewegung erhob. »Er hat um meine Hand angehalten, und meine Eltern haben sie ihm verweigert. Er sei krank, sagten sie mir, sehr krank – aber gleichviel: Ich l i e b e ihn. Ich darf so zu Ihnen sprechen, nicht wahr? Ich ...«

Sie verwirrte sich einen Augenblick und fuhr dann mit derselben Entschlossenheit fort:

»Ich weiß nicht, wo er sich aufhält; aber ich gebe Ihnen die Erlaubnis, ihm meine Worte, die er aus meinem eigenen Munde schon vernommen hat, zu wiederholen, so bald Sie ihn wiedersehen, sie ihm zu schreiben, sobald Sie seine Adresse ausfindig gemacht haben: Ich werde niemals einem anderen Manne die Hand reichen als ihm. Ah – wir werden sehen!«

In diesem letzten Ausruf lag neben Trotz und Entschlossenheit ein so hilfloser Schmerz, daß ich mich nicht enthalten konnte, ihre Hand zu ergreifen und sie stumm zu drücken.

Ich habe mich damals an Hofmanns Eltern brieflich mit der Bitte gewandt, mich über den Aufenthaltsort ihres Sohnes zu benachrichtigen. Ich erhielt eine Adresse in Südtirol, und mein Brief, der dorthin abging, gelangte an mich zurück mit der Bemerkung, der Adressat habe, ohne ein Reiseziel anzugeben, den Ort schon wieder verlassen.

Er wollte von keiner Seite behelligt sein, er war allem entflohen, um irgendwo in aller Einsamkeit zu sterben. Gewiß, zu sterben. Denn nach alledem war es mir zur traurigen Wahrscheinlichkeit geworden, daß ich ihn nicht wiedersehen würde.

War es nicht klar, daß dieser hoffnungslos kranke Mensch jenes junge Mädchen mit der lautlosen, vulkanischen, glühend sinnlichen Leidenschaft liebte, die den gleichartigen ersten Regungen seiner früheren Jugend entsprach? Der egoistische Instinkt des Kranken hatte die Begier nach Vereinigung mit blühender Gesundheit in ihm entfacht; mußte diese Glut, da sie ungestillt blieb, seine letzte Lebenskraft nicht schnell verzehren?

Und es vergingen fünf Jahre, ohne daß ich ein Lebenszeichen von ihm erhielt, – aber auch ohne daß die Nachricht von seinem Tode mich erreichte!

Im vergangenen Jahre nun hielt ich mich in Italien auf, in Rom und Umgebung. Ich hatte die heißen Monate im Gebirge verlebt, war Ende September in die Stadt zurückgekehrt, und an einem warmen Abend saß ich bei einer Tasse Tee im Café Aranjo. Ich blätterte in meiner Zeitung und blickte gedankenlos in das lebendige Treiben, das in dem weiten, lichterfüllten Raume herrschte. Die Gäste kamen und gingen, die Kellner eilten hin und her, und dann und wann tönten durch die weit offenen Türen die langgezogenen Rufe der Zeitungsjungen in den Saal hinein.

Und plötzlich sehe ich, wie ein Herr von meinem Alter sich langsam zwischen den Tischen hindurch und einem Ausgang zu bewegt … Dieser Gang –? Aber da wendet er auch schon den Kopf nach mir, hebt die Augenbrauen, kommt mir mit einem freudig erstaunten »Ah!?« entgegen.

»Du hier?« Wir riefen es wie aus einem Munde, und er fügte hinzu:

»Also wir sind beide noch am Leben!«

Seine Augen schweiften ein wenig ab dabei. – Er hatte sich in diesen fünf Jahren kaum verändert; nur daß sein Gesicht vielleicht noch schmaler geworden war, seine Augen noch tiefer in ihren Höhlen lagen. Dann und wann atmete er tief auf.

»Du bist schon lange in Rom?« fragte er.

»In der Stadt noch nicht lange; ich war ein paar Monate auf dem Lande.

Und Du?«

»Ich war bis vor einer Woche am Meer. Du weißt, ich habe es den Bergen immer vorgezogen … Ja, ich habe, seit wir uns nicht sahen, ein gutes Stück Erde kennen gelernt.« –

Und er begann, während er neben mir ein Glas

sorbetto schlürfte, zu erzählen, wie er diese Jahre verbracht hatte: Auf Reisen, immer auf Reisen. Er hatte in den Tiroler Bergen gestreift, hatte ganz Italien langsam durchmessen, war von Sizilien nach Afrika gegangen und sprach von Algier, Tunis, Ägypten.

»Schließlich bin ich einige Zeit in Deutschland gewesen«, sagte er, »in Karlsruhe; meine Eltern wünschten dringend, mich zu sehen, und haben mich nur ungern wieder ziehen lassen. Jetzt bin ich seit einem Vierteljahre wieder in Italien. Ich fühle mich im Süden zu Hause, weißt Du. Rom gefällt mir über alle Maßen! …«

Ich hatte ihn noch mit keinem Worte nach seinem Befinden befragt. Jetzt sagte ich:

»Aus alledem darf ich schließen, daß Deine Gesundheit sich bedeutend gekräftigt hat?«

Er sah mich einen Augenblick fragend an; dann erwiderte er: »Du meinst, weil ich so munter umherwandere? Ach, ich will Dir sagen: Das ist ein sehr natürliches Bedürfnis. Was willst Du? Trinken, Rauchen und Lieben hat man mir verboten, – irgend ein Narkotikum habe ich nötig, verstehst Du?«

Da ich schwieg, fügte er hinzu:

»Seit fünf Jahren – s e h r nötig.«

Wir waren bei dem Punkte angelangt, den wir bis dahin vermieden hatten, und die Pause, die eintrat, redete von unserer beiderseitigen Ratlosigkeit. – Er saß gegen das Sammetpolster zurückgelehnt und blickte zum Kronleuchter empor. Dann sagte er plötzlich:

»Vor allem, – nicht wahr, Du verzeihst mir, daß ich so lange nichts habe von mir hören lassen … Du verstehst das?«

»Gewiß!«

»Du bist über meine Münchener Erlebnisse orientiert?« fuhr er in beinahe hartem Tone fort.

»So vollkommen wie möglich. Und weißt Du, daß ich mich die ganze Zeit mit einem Auftrag für Dich getragen habe? Einem Auftrag von einer Dame?«

Seine müden Augen flammten kurz auf. Dann sagte er in demselben trockenen und scharfen Tone von vorher:

»Laß hören, ob es etwas Neues ist.«

»Neues kaum; nur eine Bekräftigung dessen, was Du von ihr selbst schon gehört hast …«

Und ich wiederholte ihm, inmitten der schwatzenden und gestikulierenden Menge, die Worte, die an jenem Abend die Baronesse zu mir gesprochen hatte.

Er lauschte, indem er sich langsam über die Stirne strich; dann sagte er ohne irgend ein Zeichen von Bewegung:

»Ich danke Dir.«

Sein Ton fing an, mich irre zu machen.

»Aber über diese Worte sind Jahre hingegangen«,

sagte ich, »fünf lange Jahre, die sie und Du, ihr beide durchlebt habt … Tausend neue Eindrücke, Gefühle, Gedanken, Wünsche …«

Ich brach ab, denn er richtete sich auf und sagte mit einer Stimme, in der wieder die Leidenschaft bebte, die ich einen Moment für erloschen gehalten hatte:

»Ich – halte diese Worte!«

Und in diesem Augenblick erkannte ich auf seinem Gesicht und in seiner ganzen Haltung den Ausdruck wieder, den ich damals, als ich die Baronesse zum ersten Male sehen sollte, an ihm beobachtete: diese gewaltsame, krampfhaft angespannte Ruhe, die das Raubtier vor dem Sprunge zeigt.

Ich lenkte ab, und wir sprachen wieder von seinen Reisen, von den Studien, die er unterwegs gemacht. Es schienen nicht viele zu sein; er ließ sich ziemlich gleichgültig darüber aus.

Kurz nach Mitternacht erhob er sich.

»Ich möchte schlafen gehen oder doch allein sein … Du findest mich morgen Vormittag in der Galleria Doria. Ich kopiere mir Saraceni; ich habe mich in den musizierenden Engel verliebt. Sei so gut und komme hin. Ich bin sehr froh, daß Du hier bist. Gute Nacht.«

Und er ging hinaus – langsam, ruhig, mit schlaffen, trägen Bewegungen.

Während des ganzen nächsten Monats habe ich

mit ihm die Stadt durchwandert; Rom, dies überschwenglich reiche Museum aller Kunst, diese moderne Großstadt im Süden, diese Stadt, die voll ist von lautem, raschem, heißem, sinnreichem Leben, und in die doch der warme Wind die schwüle Trägheit des Orients hinüberträgt.

Paolos Benehmen blieb immer das gleiche. Er war meistens ernst und still und konnte zuweilen in eine schlaffe Müdigkeit versinken, um dann, während seine Augen aufblitzten, sich plötzlich zusammenzuraffen und ein ruhendes Gespräch mit Eifer fortzusetzen.

Ich muß eines Tages Erwähnung tun, an dem er einige Worte fallen ließ, die erst jetzt die richtige Bedeutung für mich bekommen haben.

Es war an einem Sonntag. Wir hatten den wundervollen Spätsommermorgen für einen Spaziergang auf der Via Appia benutzt und rasteten nun, nachdem wir die antike Straße weit hinaus verfolgt hatten, auf jenem kleinen, cypressenumstandenen Hügel, von dem aus man einen entzückenden Blick auf die sonnige Campagna mit dem großen Aquädukt und auf die Albanerberge genießt, die ein weicher Dunst umhüllt.

Paolo ruhte halbliegend, das Kinn in die Hand gestützt, neben mir auf dem warmen Grasboden und blickte mit müden, verschleierten Augen in die Ferne. Dann war es wieder einmal jenes plötzliche

Aufraffen aus völliger Apathie, mit dem er sich an mich wandte:

»Diese Luftstimmung! – Die Luftstimmung ist das Ganze!«

Ich erwiderte etwas Beistimmendes, und es war wieder still. Und da plötzlich, ohne jeden Übergang, sagte er, indem er mir mit einer gewissen Eindringlichkeit das Gesicht zuwandte:

»Sag mal, ist es Dir eigentlich nicht aufgefallen, daß ich immer noch am Leben bin?«

Ich schwieg betroffen, und er blickte wieder mit einem nachdenklichen Ausdruck in die Ferne.

»Mir – ja«, fuhr er langsam fort. »Ich wundere mich im Grunde jeden Tag darüber. Weißt Du eigentlich, wie es um mich steht? – Der französische Doktor in Algier sagte zu mir: ›Der Teufel begreife, wie Sie noch immer umherreisen mögen! Ich rate Ihnen, fahren Sie nach Hause und legen Sie sich ins Bett!‹ Er war immer so geradezu, weil wir jeden Abend zusammen Domino spielten.

Ich lebe doch noch immer. Ich bin beinahe täglich am Ende. Ich liege abends im Dunkeln, – auf der rechten Seite, wohlgemerkt! – Das Herz klopft mir bis in den Hals, es schwindelt mir, daß mir der Angstschweiß ausbricht, und dann plötzlich ist es, als ob der Tod mich anrührte. Es ist für einen Augenblick, als stehe alles still in mir, der Herzschlag setzt aus, die Atmung versagt. Ich fahre auf, ich mache

Licht, ich atme tief auf, blicke um mich, verschlinge die Gegenstände mit meinen Blicken. Dann trinke ich einen Schluck Wasser und lege mich wieder zurück; immer auf die rechte Seite! Allmählich schlafe ich ein.

Ich schlafe sehr tief und sehr lange, denn ich bin eigentlich immer todmüde. Glaubst Du, daß ich, wenn ich wollte, mich hier einfach hinlegen könnte und sterben?

Ich glaube, daß ich in diesen Jahren tausendmal schon den Tod von Angesicht zu Angesicht gesehen habe. Ich bin nicht gestorben. – Mich hält etwas. – Ich fahre auf, ich denke an etwas, ich klammere mich an einen Satz, den ich mir zwanzigmal wiederhole, während meine Augen gierig alles Licht und Leben um mich her einsaugen …… Verstehst Du mich?«

Er lag regungslos und schien kaum eine Antwort zu erwarten. Ich weiß nicht mehr, was ich ihm erwiderte; aber ich werde niemals den Eindruck vergessen, den seine Worte auf mich machten.

Und nun jener Tag – oh, mir ist, als hätte ich ihn gestern erlebt!

Es war einer der ersten Herbsttage, jener grauen, unheimlich warmen Tage, an denen der feuchte, beklemmende Wind aus Afrika durch die Straßen geht und abends der ganze Himmel unaufhörlich im Wetterleuchten zuckt.

Am Morgen trat ich bei Paolo ein, um ihn zu einem Ausgange abzuholen. Sein großer Koffer stand inmitten des Zimmers, Schrank und Kommode waren weit offen; seine Aquarellskizzen aus dem Orient und der Gipsabguß des vatikanischen Junokopfes waren noch an ihren Plätzen.

Er selbst stand hoch aufgerichtet am Fenster und ließ nicht ab, unbeweglich hinauszublicken, als ich mit einem erstaunten Ausruf stehen blieb. Dann wandte er sich kurz, streckte mir einen Brief hin und sagte nichts als: »Lies.«

Ich sah ihn an. Auf diesem schmalen, gelblichen Krankengesicht mit den schwarzen, fiebernden Augen lag ein Ausdruck, wie ihn sonst nur der Tod hervorzubringen vermag, ein ungeheurer Ernst, der mich die Augen auf den Brief niederschlagen ließ, den ich entgegengenommen hatte. Und ich las:

»Hochgeehrter Herr Hofmann!
Der Liebenswürdigkeit Ihrer werten Eltern, an die ich mich wandte, verdanke ich die Kenntnis Ihrer Adresse, und hoffe nun, daß Sie diese Zeilen freundlich aufnehmen werden.
Gestatten Sie mir, hochgeehrter Herr Hofmann, die Versicherung, daß ich während dieser fünf Jahre stets mit dem Gefühl aufrichtiger Freundschaft Ihrer gedacht habe. Müßte ich annehmen, daß Ihre plötzliche Abreise an jenem für Sie und

mich so schmerzlichen Tage Zorn gegen mich und die Meinen bekunden sollte, so wäre meine Betrübnis darüber noch größer, als das Erschrekken und tiefe Erstaunen, das ich empfand, als Sie bei mir um die Hand meiner Tochter anhielten. Ich habe damals zu Ihnen gesprochen als ein Mann zum andern, habe Ihnen offen und ehrlich, auf die Gefahr hin, brutal zu erscheinen, den Grund mitgeteilt, warum ich einem Manne, den ich – ich kann es nicht genug betonen – in jeder Beziehung so überaus hochschätze, die Hand meiner Tochter versagen mußte, und ich habe als Vater zu Ihnen gesprochen, der das dauernde Glück seines einzigen Kindes im Auge hat und der das Aufkeimen von Wünschen der bewußten Art auf beiden Seiten gewissenhaft vereitelt hätte, wenn ihm jemals der Gedanke an ihre Möglichkeit gekommen wäre!

In den gleichen Eigenschaften, mein verehrter Herr Hofmann, spreche ich auch heute zu Ihnen: als Freund und als Vater. – Fünf Jahre sind seit Ihrer Abreise verflossen, und hatte ich bis dahin noch nicht Muße genug zu der Erkenntnis gehabt, wie tief die Neigung, die Sie meiner Tochter einzuflößen vermochten, in ihr Wurzel gefaßt hat, so ist kürzlich ein Ereignis eingetreten, das mir völlig darüber die Augen öffnen mußte. Warum sollte ich es Ihnen verschweigen, daß

meine Tochter im Gedanken an Sie die Hand eines ausgezeichneten Mannes ausgeschlagen hat, dessen Werbung ich als Vater nur dringend befürworten konnte?
An den Gefühlen und Wünschen meiner Tochter sind die Jahre machtlos vorübergegangen, und sollte – dies ist eine offene und bescheidene Frage! – bei Ihnen, hochgeehrter Herr Hofmann, das Gleiche der Fall sein, so erkläre ich Ihnen hiermit, daß wir Eltern dem Glücke unseres Kindes fernerhin nicht im Wege stehen wollen.
Ich sehe Ihrer Antwort entgegen, für die ich Ihnen, wie sie auch lauten möge, überaus dankbar sein werde, und habe diesen Zeilen nichts hinzuzufügen, als den Ausdruck meiner vollsten Hochachtung.

Ergebenst Oskar Freiherr von Stein.«

– Ich blickte auf. Er hatte die Hände auf den Rücken gelegt und sich wieder dem Fenster zugewandt. Ich fragte nichts, als: »Du reist?«

Und ohne mich anzusehen, erwiderte er:

»Bis morgen früh müssen meine Sachen bereit sein.«

Der Tag verging mit Besorgungen und Kofferpakken, wobei ich ihm behilflich war, und abends machten wir auf meinen Vorschlag einen letzten gemeinsamen Spaziergang durch die Straßen der Stadt.

Es war noch jetzt fast unerträglich schwül, und der Himmel zuckte jede Sekunde in jähem Phosphorlichte auf. – Paolo schien ruhig und ermüdet; aber er atmete tief und schwer.

Schweigend oder in gleichgültigen Gesprächen waren wir wohl eine Stunde umhergewandert, als wir vor der Fontana Trevi stehen blieben, jenem berühmten Brunnen, der das dahineilende Gespann des Meergottes zeigt.

Wir betrachteten wieder einmal lange und mit Bewunderung diese prächtig schwungvolle Gruppe, die, unaufhörlich von grellblauem Leuchten umspielt, einen nahezu zauberhaften Eindruck machte. Mein Begleiter sagte:

»Gewiß, Bernini entzückt mich auch noch in den Werken seiner Schüler. Ich begreife seine Feinde nicht. – Freilich, wenn das Jüngste Gericht mehr gehauen als gemalt ist, so sind Berninis Werke sämtlich mehr gemalt als gehauen. Aber gibt es einen größeren Dekorateur?«

»Weißt Du eigentlich«, fragte ich, »was für eine Bewandtnis es mit dem Brunnen hat? Wer beim Abschied von Rom daraus trinkt, der kehrt zurück. Hier hast Du mein Reiseglas –« und ich füllte es an einem der Wasserstrahlen – »Du sollst Dein Rom wiedersehen!«

Er nahm das Glas und führte es an die Lippen. In diesem Augenblick flammte der ganze Himmel in einem blendenden, lang anhaltenden Feuerscheine auf, und klirrend sprang das dünne Gefäßchen am Rande des Bassins in Scherben.

Paolo trocknete mit dem Taschentuch das Wasser an seinem Anzug.

»Ich bin nervös und ungeschickt«, sagte er. »Gehen wir weiter. Hoffentlich war das Glas nichts wert.«

Am nächsten Morgen hatte sich das Wetter aufgeklärt. Ein lichtblauer Sommerhimmel lachte über uns, als wir zum Bahnhof fuhren.

Der Abschied war kurz. Paolo schüttelte schweigend meine Hand, als ich ihm Glück wünschte, viel Glück.

Ich sah ihm lange nach, wie er hochaufgerichtet an dem breiten Aussichtsfenster stand. Tiefer Ernst lag in seinen Augen – und Triumph.

Was habe ich noch zu sagen? – Er ist tot; gestorben am Morgen nach der Hochzeitsnacht, – beinahe in der Hochzeitsnacht. Es mußte so sein. War es nicht der Wille, der Wille zum Glück allein, mit dem er so lange den Tod bezwungen hatte? Er mußte sterben, ohne Kampf und Widerstand sterben, als seinem Willen zum Glück Genüge geschehen war; er hatte keinen Vorwand mehr zu leben.

Ich habe mich gefragt, ob er schlecht gehandelt, bewußt schlecht an der, welcher er sich verband. Aber ich habe sie gesehen bei seinem Begräbnis, als sie zu Häupten seines Sarges stand; und ich habe auch in ihrem Antlitz den Ausdruck erkannt, den ich auf seinem gefunden: den feierlichen und starken Ernst des Triumphes.

Der Tod

Den 10. September.

Nun ist der Herbst da, und der Sommer wird nicht zurückkehren; niemals werde ich ihn wiedersehen …

Das Meer ist grau und still, und ein feiner, trauriger Regen geht hernieder. Als ich das heute Morgen sah, habe ich vom Sommer Abschied genommen und den Herbst begrüßt, meinen vierzigsten Herbst, der nun wirklich unerbittlich heraufgezogen ist. Und unerbittlich wird er jenen Tag bringen, dessen Datum ich manchmal leise vor mich hin spreche, mit einem Gefühl von Andacht und stillem Grauen …

Den 12. September.

Ich bin mit der kleinen Asuncion ein wenig spazieren gegangen. Sie ist eine gute Begleiterin, die schweigt und manchmal nur groß und liebevoll die Augen zu mir emporschlägt.

Wir sind den Strandweg nach Kronshafen gegangen, aber wir sind rechtzeitig wieder umgekehrt, bevor wir noch mehr als einen oder zwei Menschen getroffen hatten.

Während wir zurückschritten, freute ich mich über den Anblick meines Hauses. Wie gut ich es mir gewählt habe! Schlicht und grau blickt es von dem Hügel, dessen Gras nun welk und feucht und dessen Weg aufgeweicht ist, über das graue Meer hinaus. Auf der Rückseite führt die Chaussee vorbei, und dahinter sind Felder. Aber darauf achte ich nicht; ich achte nur auf das Meer.

Den 15. September.

Dieses einsame Haus auf dem Hügel am Meere unter dem grauen Himmel ist wie ein düsteres, geheimnisvolles Märchen; und so will ich es haben in meinem letzten Herbst. Heute Nachmittag aber, als ich am Fenster meines Arbeitszimmers saß, war ein Wagen da, der Vorräte brachte, der alte Franz half beim Auspacken, und es gab Geräusch und verschiedene Stimmen. Ich kann nicht sagen, wie mich das störte. Ich zitterte vor Mißbilligung: Ich habe befohlen, daß dergleichen nur frühmorgens geschehen soll, wenn ich schlafe. Der alte Franz sagte nur: »Zu Befehl, Herr Graf.« Aber er sah mich mit seinen entzündeten Augen ängstlich und zweifelnd an.

Wie könnte er mich verstehen? Er weiß es ja nicht. Ich will nicht, daß Alltäglichkeit und Langeweile an meine letzten Tage rühre. Ich ängstige mich davor, daß der Tod etwas Bürgerliches und Gewöhnliches an sich haben könnte. Es soll um mich her fremdartig und seltsam sein an jenem großen, ernsten, rätselhaften Tage – am zwölften Oktober …

Den 18. September.

Während der letzten Tage bin ich nicht ausgegangen, sondern habe die meiste Zeit auf der Chaiselongue zugebracht. Ich konnte auch nicht viel lesen, weil dabei alle Nerven mich quälten. Ich habe einfach stillgelegen und in den unermüdlichen, langsamen Regen hinausgeblickt.

Asuncion kam oft, und einmal brachte sie mir Blumen, ein paar dürre und nasse Pflanzen, die sie am Strande gefunden; als ich das Kind zum Danke küßte, weinte es, weil ich »krank« sei. Wie unsäglich schmerzlich mich ihre zärtliche und wehmütige Liebe berührte!

Den 21. September.

Ich habe lange in meinem Arbeitszimmer am Fenster gesessen, und Asuncion saß auf meinen Knieen. Wir haben auf das graue und weite Meer hinausgeblickt, und hinter uns in dem großen Gemach mit der hohen, weißen Tür und den steiflehnigen Möbeln herrschte tiefe Stille. Und während ich langsam das weiche Haar des Kindes streichelte, das schwarz und schlicht auf ihre zarten Schultern hinabfließt, habe ich zurückgedacht in meinem wirren, bunten Leben; ich habe an meine Jugend gedacht, die still war und behütet, an meine Wanderungen durch die ganze Welt und an die kurze, lichte Zeit meines Glückes.

Erinnerst du dich des anmutigen und flammend zärtlichen Geschöpfes unter dem Sammethimmel von Lissabon? Es sind zwölf Jahre, daß sie dir das Kind schenkte und starb, während ihr schmaler Arm um deinen Hals lag.

Sie hat die dunklen Augen ihrer Mutter, die kleine Asuncion; nur müder sind sie und nachdenklicher. Vor allem aber hat sie ihren Mund, diesen unendlich weichen und doch ein wenig herb geschnittenen Mund, der am schönsten ist, wenn er schweigt und nur ganz leise lächelt.

Meine kleine Asuncion! Wenn du wüßtest, daß ich dich werde verlassen müssen. Weintest du, weil ich »krank« sei? Ach, was hat d a s damit zu tun! Was hat d a s mit dem zwölften Oktober zu tun! …

Den 23. September.

Tage, an denen ich zurückdenken kann und in Erinnerungen mich verlieren, sind selten. Wie viele Jahre sind es, daß ich nur vorwärts zu denken vermag, nur zu warten auf diesen großen und schauerlichen Tag, auf den zwölften Oktober meines vierzigsten Lebensjahres!

Wie es sein wird, wie es nur sein wird! Ich fürchte mich nicht, aber mich dünkt, daß er qualvoll langsam herankommt, dieser zwölfte Oktober.

Den 27. September.

Der alte Doktor Gudehus kam von Kronshafen, er kam zu Wagen den Chausseeweg gefahren und nahm das zweite Frühstück mit Asuncion und mir.

»Es ist nötig«, sagte er und aß ein halbes Huhn, »daß Sie sich Bewegung machen, Herr Graf, viel Bewegung in frischer Luft. Nicht lesen! Nicht denken! Nicht grübeln! Ich halte Sie nämlich für einen Philosophen, he, he!«

Nun, ich habe die Achseln gezuckt und ihm herzlich für seine Bemühungen gedankt. Auch für die kleine Asuncion gab er Ratschläge und betrachtete sie mit seinem gezwungenen und verlegenen Lächeln. Er hat meine Brom-Dosis erhöhen müssen; vielleicht, daß ich nun ein wenig mehr schlafen kann.

Den 30. September.

Der letzte September! Nun ist es nicht lange mehr. Es ist drei Uhr nachmittags, und ich habe mir ausgerechnet, wie viele Minuten noch fehlen bis zum Beginn des zwölften Oktobers. Es sind 8460.

Ich habe nicht schlafen können heute Nacht, denn es ist Wind aufgekommen, und das Meer und der Regen rauscht. Ich habe gelegen und die Zeit vorbeischwinden lassen. Denken und grübeln? Ach nein! Doktor Gudehus hält mich für einen Philosophen, aber mein Kopf ist sehr schwach, und ich kann nur denken: Der Tod, der Tod!

Den 2. Oktober.

Ich bin tief ergriffen, und in meine Bewegung mischt sich ein Gefühl von Triumph. Manchmal, wenn ich daran dachte und man mich zweifelnd und ängstlich ansah, habe ich gesehen, daß man mich für wahnsinnig hielt, und ich habe mich selbst mit Argwohn geprüft. Ach nein! Ich bin nicht wahnsinnig.

Ich las heute die Geschichte jenes Kaisers Friedrich, dem man prophezeite, er werde »sub flore« sterben. Nun, er mied die Städte Florenz und Florentinum, einst aber kam er dennoch nach Florentinum: und er starb. – Warum starb er?

Eine Prophezeiung ist an sich unbeträchtlich; es kommt darauf an, ob sie Macht über dich gewinnt. Tut sie aber das, so ist sie schon bewiesen, und sie wird in Erfüllung gehen. – Wie? Und ist eine Prophezeiung, die in mir selbst aufsteht und stark wird, nicht wertvoller als eine, die von außen käme? Und ist die unerschütterliche Kenntnis des Zeitpunktes, an dem man sterben wird, zweifelhafter als die des Ortes?

Oh, es ist eine stete Verbindung zwischen dem Menschen und dem Tode! Du kannst mit deinem Willen und deiner Überzeugung an seiner Sphäre saugen, du kannst ihn herbeiziehen, daß er zu dir tritt, zu der Stunde, an die du glaubst …

Den 3. Oktober.

Oftmals, wenn meine Gedanken sich wie graue Gewässer vor mir ausbreiten, die mir unendlich scheinen, weil sie umnebelt sind, sehe ich etwas wie den Zusammenhang der Dinge und glaube die Nichtigkeit der Begriffe zu erkennen.

Was ist Selbstmord? Der freiwillige Tod? Aber niemand stirbt unfreiwillig. Das Aufgeben des Lebens und die Hingabe an den Tod geschieht ohne Unterschied aus Schwäche, und diese Schwäche ist stets die Folge einer Krankheit des Körpers oder der Seele, oder beider. Man stirbt nicht, bevor man einverstanden damit ist …

Bin ich einverstanden? Ich muß es wohl sein, denn ich glaube, daß ich wahnsinnig werden könnte, wenn ich am zwölften Oktober nicht stürbe …

Den 5. Oktober.

Ich denke unaufhörlich daran, und es beschäftigt mich ganz und gar. – Ich sinne darüber, wann und woher mein Wissen mir gekommen ist, ich vermag es nicht zu sagen! Ich wußte mit neunzehn oder zwanzig Jahren, daß ich mit vierzig sterben müßte, und irgend eines Tages, als ich mich eindringlich fragte, an welchem Tage es geschehen werde, da wußte ich auch den Tag!

Und nun ist er so nahe herangekommen, so nahe,

daß ich den kalten Atem des Todes zu verspüren meine.

Den 7. Oktober.

Der Wind hat sich verstärkt, die See braust, und der Regen trommelt auf dem Dache. Ich habe in der Nacht nicht geschlafen, sondern bin in meinem Wettermantel hinunter an den Strand gegangen und habe mich dort auf einen Stein gesetzt.

Hinter mir war in Dunkelheit und Regen der Hügel mit dem grauen Haus, in dem die kleine Asuncion schlief, meine kleine Asuncion! Und vor mir wälzte das Meer seinen trüben Schaum bis vor meine Füße.

Ich habe die ganze Nacht hinausgeblickt, und mich dünkte, so müsse der Tod sein oder das Nach-dem-Tode: dort drüben und draußen ein unendliches, dumpf brausendes Dunkel. Wird dort ein Gedanke, eine Ahnung von mir fortleben und -weben und ewig auf das unbegreifliche Brausen horchen?

Den 8. Oktober.

Ich will dem Tode danken, wenn er kommt, denn nun wird es zu bald erfüllt sein, als daß ich noch warten könnte. Drei kurze Herbsttage noch, und es wird geschehen. Wie gespannt ich bin auf den letzten Augenblick, den allerletzten! Sollte es nicht ein Augenblick des Entzückens und unsäglicher Süßigkeit sein? Ein Augenblick höchster Wollust?

Drei kurze Herbsttage noch, und der Tod wird hier zu mir ins Zimmer treten – wie er sich nur benehmen wird! Wird er mich behandeln wie einen Wurm? Wird er mich an der Kehle packen und mich würgen? Oder wird er mit seiner Hand in mein Gehirn greifen? – Aber ich denke ihn mir groß und schön und von einer wilden Majestät!

Den 9. Oktober.

Ich sagte zu Asuncion, als sie auf meinen Knieen saß: »Wie, wenn ich bald von Dir ginge, auf irgend eine Weise? Würdest Du sehr traurig sein?« Da schmiegte sie ihr Köpfchen an meine Brust und weinte bitterlich. – Mein Hals ist zugeschnürt vor Schmerz.

Übrigens habe ich Fieber. Mein Kopf ist heiß, und ich zittere vor Kälte.

Den 10. Oktober.

Er war bei mir, diese Nacht war er bei mir! Ich habe ihn nicht gesehen und nicht gehört, und dennoch habe ich mit ihm gesprochen. Es ist lächerlich, aber er benahm sich wie ein Zahnarzt! – »Es ist am besten, wenn wir es gleich abmachen«, sagte er. Aber ich wollte nicht und wehrte mich. Mit kurzen Worten habe ich ihn fortgeschickt.

»Es ist am besten, wenn wir es gleich abmachen!« Wie das klang! Es ging mir durch Mark und Bein. So nüchtern, so langweilig, so bürgerlich! Nie habe ich ein kälteres und hohnvolleres Gefühl von Enttäuschung gekannt.

Den 11. Oktober (11 Uhr abends).

Verstehe ich es? Oh! glaubt mir, daß ich es verstehe!

Vor anderthalb Stunden, als ich in meinem Zimmer saß, kam der alte Franz zu mir herein; er zitterte und schluchzte. »Das Fräulein!« rief er, »das Kind! Ach, kommen Sie schnell!« – Und ich kam schnell.

Ich habe nicht geweint, und nur ein kalter Schauer schüttelte mich. Sie lag in ihrem Bettchen, und ihr schwarzes Haar rahmte ihr blasses, schmerzliches Gesichtchen ein. Ich bin bei ihr niedergekniet und habe nichts getan und nichts gedacht. – Doktor Gudehus kam.

»Das ist ein Herzschlag«, sagte er und nickte wie einer, der nicht überrascht ist. Dieser Stümper und Narr tat, als habe er es gewußt!

Ich aber – habe ich es verstanden? Oh, als ich allein war mit ihr – draußen rauschten Regen und Meer, und der Wind heulte im Ofenrohr – da habe ich auf den Tisch geschlagen, so klar wurde es mir in einem Augenblick! Zwanzig Jahre lang habe ich den Tod auf den Tag herbeigezogen, der in einer Stunde beginnen wird, und in mir, tief unten, ist etwas gewesen, das heimlich gewußt hat, ich könne dies Kind nicht verlassen. Ich hätte nicht sterben können nach Mitternacht, und es mußte doch sein! Ich hätte ihn wieder fortgeschickt, wenn er gekommen wäre: Aber er ist zuerst zu dem Kinde gegangen, weil er meinem Wissen und Glauben gehorchen mußte. – Habe ich selbst den Tod an dein Bettchen gezogen, habe ich dich getötet, meine kleine Asuncion? Ach, das sind grobe, armselige Worte für feine und geheimnisvolle Dinge!

Lebe wohl, lebe wohl! Vielleicht, daß ich dort draußen einen Gedanken, eine Ahnung von dir wiederfinde. Denn sieh: der Zeiger rückt, und die Lampe, die dein süßes Gesichtchen erhellt, wird bald verlöschen. Ich halte deine kleine, kalte Hand und warte. Gleich wird er zu mir treten, und ich werde nur nicken und die Augen schließen, wenn ich ihn sagen höre: »Es ist am besten, wenn wir es gleich abmachen« …

Der kleine Herr Friedemann

I.

Die Amme hatte die Schuld. – Was half es, daß, als der erste Verdacht entstand, Frau Konsul Friedemann ihr ernstlich zuredete, solches Laster zu unterdrücken? Was half es, daß sie ihr außer dem nahrhaften Bier ein Glas Rotwein täglich verabreichte? Es stellte sich plötzlich heraus, daß dieses Mädchen sich herbeiließ, auch noch den Spiritus zu trinken, der für den Kochapparat verwendet werden sollte, und ehe Ersatz für sie eingetroffen war, ehe man sie hatte fortschicken können, war das Unglück geschehen. Als die Mutter und ihre drei halbwüchsigen Töchter eines Tages von einem Ausgange zurückkehrten, lag der kleine, etwa einen Monat alte Johannes, vom Wickeltische gestürzt, mit einem entsetzlich leisen Wimmern am Boden, während die Amme stumpfsinnig daneben stand.

Der Arzt, der mit einer behutsamen Festigkeit die Glieder des gekrümmten und zuckenden kleinen Wesens prüfte, machte ein sehr, sehr ernstes Gesicht, die drei Töchter standen schluchzend in einem Winkel, und Frau Friedemann in ihrer Herzensangst betete laut.

Die arme Frau hatte es noch vor der Geburt des Kindes erleben müssen, daß ihr Gatte, der niederländische Konsul, von einer ebenso plötzlichen wie heftigen Krankheit dahingerafft wurde, und sie war noch zu gebrochen, um überhaupt der Hoffnung fähig zu sein, der kleine Johannes möchte ihr erhalten bleiben. Allein nach zwei Tagen erklärte ihr der Arzt mit einem ermutigenden Händedruck, eine unmittelbare Gefahr sei schlechterdings nicht mehr vorhanden, die leichte Gehirnaffektion, vor allem, sei gänzlich behoben, was man schon an dem Blicke sehen könne, der durchaus nicht mehr den stieren Ausdruck zeige wie anfangs … Freilich müsse man abwarten, wie im übrigen sich die Sache entwickeln werde – und das Beste hoffen, wie gesagt, das Beste hoffen …

II.

Das graue Giebelhaus, in dem Johannes Friedemann aufwuchs, lag am nördlichen Tore der alten, kaum mittelgroßen Handelsstadt. Durch die Haustür betrat man eine geräumige, mit Steinfliesen versehene Diele, von der eine Treppe mit weißgemaltem Holzgeländer in die Etagen hinaufführte. Die Tapeten des Wohnzimmers im ersten Stock zeigten verblichene Landschaften, und um den schweren Mahagoni-

Tisch mit der dunkelroten Plüschdecke standen steiflehnige Möbel.

Hier saß er oft in seiner Kindheit am Fenster, vor dem stets schöne Blumen prangten, auf einem kleinen Schemel zu den Füßen seiner Mutter und lauschte etwa, während er ihren glatten, grauen Scheitel und ihr gutes, sanftmütiges Gesicht betrachtete und den leisen Duft atmete, der immer von ihr ausging, auf eine wundervolle Geschichte. Oder er ließ sich vielleicht das Bild des Vaters zeigen, eines freundlichen Herrn mit grauem Backenbart. Er befand sich im Himmel, sagte die Mutter, und erwartete dort sie alle.

Hinter dem Hause war ein kleiner Garten, in dem man während des Sommers einen guten Teil des Tages zuzubringen pflegte, trotz des süßlichen Dunstes, der von einer nahen Zuckerbrennerei fast immer herüberwehte. Ein alter, knorriger Walnußbaum stand dort, und in seinem Schatten saß der kleine Johannes oft auf einem niedrigen Holzsessel und knackte Nüsse, während Frau Friedemann und die drei nun schon erwachsenen Schwestern in einem Zelt aus grauem Segeltuch beisammen waren. Der Blick der Mutter aber hob sich oft von ihrer Handarbeit, um mit wehmütiger Freundlichkeit zu dem Kinde hinüberzugleiten.

Er war nicht schön, der kleine Johannes, und wie er so mit seiner spitzen und hohen Brust, seinem weit ausladenden Rücken und seinen viel zu langen, mageren Armen auf dem Schemel hockte und mit einem behenden Eifer seine Nüsse knackte, bot er einen höchst seltsamen Anblick. Seine Hände und Füße aber waren zartgeformt und schmal, und er hatte große, rehbraune Augen, einen weichgeschnittenen Mund und feines, lichtbraunes Haar. Obgleich sein Gesicht so jämmerlich zwischen den Schultern saß, war es doch beinahe schön zu nennen.

III.

Als er sieben Jahre alt war, ward er zur Schule geschickt, und nun vergingen die Jahre einförmig und schnell. Täglich wanderte er, mit der komisch wichtigen Gangart, die Verwachsenen manchmal eigen ist, zwischen den Giebelhäusern und Läden hindurch nach dem alten Schulhaus mit den gotischen Gewölben; und wenn er daheim seine Arbeit getan hatte, las er vielleicht in seinen Büchern mit den schönen, bunten Titelbildern oder beschäftigte sich im Garten, während die Schwestern der kränkelnden Mutter den Hausstand führten. Auch besuchten sie Gesellschaften, denn Friedemanns gehörten zu den ersten Kreisen der Stadt; aber geheiratet hatten sie leider noch nicht, denn ihr Vermögen war nicht eben groß, und sie waren ziemlich häßlich.

Johannes erhielt wohl ebenfalls von seinen Altersgenossen hie und da eine Einladung, aber er hatte nicht viel Freude an dem Verkehr mit ihnen. Er vermochte an ihren Spielen nicht teilzunehmen, und da sie ihm gegenüber eine befangene Zurückhaltung immer bewahrten, so konnte es zu einer Kameradschaft nicht kommen.

Es kam die Zeit, wo er sie auf dem Schulhofe oft von gewissen Erlebnissen sprechen hörte; aufmerksam und mit großen Augen lauschte er, wie sie von ihren Schwärmereien für dies oder jenes kleine Mädchen redeten, und schwieg dazu. Diese Dinge, sagte er sich, von denen die Anderen ersichtlich ganz erfüllt waren, gehörten zu denen, für die er sich nicht eignete, wie Turnen und Ballwerfen. Das machte manchmal ein wenig traurig; am Ende aber war er von jeher daran gewöhnt, für sich zu stehen und die Interessen der anderen nicht zu teilen.

Dennoch geschah es, daß er – sechzehn Jahre zählte er damals – zu einem gleichalterigen Mädchen eine plötzliche Neigung faßte. Sie war die Schwester eines seiner Klassengenossen, ein blondes, ausgelassen fröhliches Geschöpf, und bei ihrem Bruder lernte er sie kennen. Er empfand eine seltsame Beklommenheit in ihrer Nähe, und die befangene und künstlich freundliche Art, mit der auch sie ihn behandelte, erfüllte ihn mit tiefer Traurigkeit.

Als er eines Sommernachmittags einsam vor der

Stadt auf dem Walle spazieren ging, vernahm er hinter einem Jasminstrauch ein Flüstern und lauschte vorsichtig zwischen den Zweigen hindurch. Auf der Bank, die dort stand, saß jenes Mädchen neben einem langen, rotköpfigen Jungen, den er sehr wohl kannte; er hatte den Arm um sie gelegt und drückte einen Kuß auf ihre Lippen, den sie kichernd erwiderte. Als Johannes Friedemann dies gesehen hatte, machte er kehrt und ging leise von dannen.

Sein Kopf saß tiefer als je zwischen den Schultern, seine Hände zitterten, und ein scharfer, drängender Schmerz stieg ihm aus der Brust in den Hals hinauf. Aber er würgte ihn hinunter und richtete sich entschlossen auf, so gut er das vermochte. »Gut«, sagte er zu sich, »das ist zu Ende. Ich will mich niemals wieder um dies alles bekümmern. Den anderen gewährt es Glück und Freude, mir aber vermag es immer nur Gram und Leid zu bringen. Ich bin fertig damit. Es ist für mich abgetan. Nie wieder. –«

Der Entschluß tat ihm wohl. Er verzichtete, verzichtete auf immer. Er ging nach Hause und nahm ein Buch zur Hand oder spielte Violine, was er trotz seiner verwachsenen Brust erlernt hatte.

IV.

Mit siebenzehn Jahren verließ er die Schule, um Kaufmann zu werden, wie in seinen Kreisen alle Welt es war, und trat in das große Holzgeschäft des Herrn Schlievogt, unten am Fluß, als Lehrling ein. Man behandelte ihn mit Nachsicht, er seinerseits war freundlich und entgegenkommend, und friedlich und geregelt verging die Zeit. In seinem einundzwanzigsten Lebensjahre aber starb nach langem Leiden seine Mutter.

Das war ein großer Schmerz für Johannes Friedemann, den er sich lange bewahrte. Er genoß ihn, diesen Schmerz, er gab sich ihm hin, wie man sich einem großen Glücke hingibt, er pflegte ihn mit tausend Kindheitserinnerungen und beutete ihn aus als sein erstes starkes Erlebnis.

Ist nicht das Leben an sich etwas Gutes, gleichviel, ob es sich nun so für uns gestaltet, daß man es »glücklich« nennt? Johannes Friedemann fühlte das, und er liebte das Leben. Niemand versteht, mit welcher innigen Sorgfalt er, der auf das größte Glück, das es uns zu bieten vermag, Verzicht geleistet hatte, die Freuden, die ihm zugänglich waren, zu genießen wußte. Ein Spaziergang zur Frühlingszeit draußen in den Anlagen vor der Stadt, der Duft einer Blume, der Gesang eines Vogels – konnte man für solche Dinge nicht dankbar sein?

Und daß zur Genußfähigkeit Bildung gehört, ja, daß Bildung immer nur gleich Genußfähigkeit ist, – auch das verstand er: und er bildete sich. Er liebte die Musik und besuchte alle Konzerte, die etwa in der Stadt veranstaltet wurden. Er selbst spielte allmählich, obgleich er sich ungemein merkwürdig dabei ausnahm, die Geige nicht übel und freute sich an jedem schönen und weichen Ton, der ihm gelang. Auch hatte er sich durch viele Lektüre mit der Zeit einen literarischen Geschmack angeeignet, den er wohl in der Stadt mit niemandem teilte. Er war unterrichtet über die neueren Erscheinungen des In- und Auslandes, er wußte den rhythmischen Reiz eines Gedichtes auszukosten, die intime Stimmung einer fein geschriebenen Novelle auf sich wirken zu lassen … oh! man konnte beinahe sagen, daß er ein Epikuräer war.

Er lernte begreifen, daß alles genießenswert, und daß es beinahe töricht ist, zwischen glücklichen und unglücklichen Erlebnissen zu unterscheiden. Er nahm alle seine Empfindungen und Stimmungen bereitwilligst auf und pflegte sie, die trüben so gut wie die heiteren: auch die unerfüllten Wünsche, – die S e h n s u c h t. Er liebte sie um ihrer selbst willen und sagte sich, daß mit der Erfüllung das Beste vorbei sein würde. Ist das süße, schmerzliche, vage Sehnen und Hoffen stiller Frühlingsabende nicht genußreicher als alle Erfüllungen, die der Sommer zu bringen vermöchte? – Ja, er war ein Epikuräer, der kleine Herr Friedemann!

Das wußten die Leute wohl nicht, die ihn auf der Straße mit jener mitleidig freundlichen Art begrüßten, an die er von jeher gewöhnt war. Sie wußten nicht, daß dieser unglückliche Krüppel, der da mit seiner putzigen Wichtigkeit in hellem Überzieher und blankem Cylinder – er war seltsamerweise ein wenig eitel – durch die Straßen marschierte, das Leben zärtlich liebte, das ihm sanft dahinfloß, ohne große Affekte, aber erfüllt von einem stillen und zarten Glück, das er sich zu schaffen wußte.

V.

Die Hauptneigung aber des Herrn Friedemann, seine eigentliche Leidenschaft war das Theater. Er besaß ein ungemein starkes dramatisches Empfinden, und bei einer wuchtigen Bühnenwirkung, der Katastrophe eines Trauerspiels, konnte sein ganzer kleiner Körper ins Zittern geraten. Er hatte auf dem ersten Range des Stadttheaters seinen bestimmten Platz, den er mit Regelmäßigkeit besuchte, und hin und wieder begleiteten ihn seine drei Schwestern dorthin. Sie führten seit dem Tode der Mutter sich und ihrem Bruder allein die Wirtschaft in dem alten Hause, in dessen Besitz sie sich mit ihm teilten.

Verheiratet waren sie leider noch immer nicht; aber sie waren längst in einem Alter, in dem man sich bescheidet, denn Friederike, die Älteste, hatte siebzehn Jahre vor Herrn Friedemann voraus. Sie und ihre Schwester Henriette waren ein wenig zu lang und dünn, während Pfiffi, die Jüngste, allzu klein und beleibt erschien. Letztere übrigens hatte eine drollige Art, sich bei jedem Worte zu schütteln und Feuchtigkeit dabei in die Mundwinkel zu bekommen.

Der kleine Herr Friedemann kümmerte sich nicht viel um die drei Mädchen: sie aber hielten treu zusammen und waren stets einer Meinung. Besonders wenn eine Verlobung in ihrer Bekanntschaft sich ereignete, betonten sie einstimmig, daß dies ja *sehr* erfreulich sei.

Ihr Bruder fuhr fort, bei ihnen zu wohnen, auch als er die Holzhandlung des Herrn Schlievogt verließ und sich selbständig machte, indem er irgend ein kleines Geschäft übernahm, eine Agentur oder dergleichen, was nicht allzuviel Arbeit in Anspruch nahm. Er hatte ein paar Parterre-Räumlichkeiten des Hauses inne, damit er nur zu den Mahlzeiten die Treppe hinaufzusteigen brauchte, denn hin und wieder litt er ein wenig an Asthma.

An seinem dreißigsten Geburtstage, einem hellen und warmen Junitage, saß er nach dem Mittagessen in dem grauen Gartenzelt mit einer neuen Nackenrolle, die Henriette ihm gearbeitet hatte, einer guten

Cigarre im Munde und einem guten Buche in der Hand. Dann und wann hielt er das letztere beiseite, horchte auf das vergnügte Zwitschern von Sperlingen, die in dem alten Nußbaum saßen, und blickte auf den sauberen Kiesweg, der zum Hause führte, und auf den Rasenplatz mit den bunten Beeten.

Der kleine Herr Friedemann trug keinen Bart, und sein Gesicht hatte sich fast gar nicht verändert; nur daß die Züge ein wenig schärfer geworden waren. Sein feines, lichtbraunes Haar trug er seitwärts glatt gescheitelt.

Als er einmal das Buch ganz auf die Kniee hinabsinken ließ und hinauf in den blauen, sonnigen Himmel blinzelte, sagte er zu sich: »Das wären nun dreißig Jahre. Nun kommen vielleicht noch zehn oder auch noch zwanzig, Gott weiß es. Sie werden still und geräuschlos daherkommen und vorüberziehen wie die verflossenen, und ich erwarte sie mit Seelenfrieden.« –

VI.

Im Juli desselben Jahres ereignete sich jener Wechsel in der Bezirkskommandantur, der alle Welt in Erregung versetzte. Der beleibte, joviale Herr, der lange Jahre hindurch diesen Posten innegehabt hatte, war in den gesellschaftlichen Kreisen sehr beliebt gewesen, und man sah ihn ungern scheiden. Gott weiß, infolge welches Umstandes nun ausgemacht Herr von Rinnlingen aus der Hauptstadt hierher gelangte.

Der Tausch schien übrigens nicht übel zu sein, denn der neue Oberstlieutenant, der verheiratet aber kinderlos war, mietete in der südlichen Vorstadt eine sehr geräumige Villa, woraus man schloß, daß er ein Haus zu machen gedachte. Jedenfalls wurde das Gerücht, er sei ganz außerordentlich vermögend, auch dadurch bestätigt, daß er vier Dienstboten, fünf Reit- und Wagenpferde, einen Landauer und einen leichten Jagdwagen mit sich brachte.

Die Herrschaften begannen bald nach ihrer Ankunft bei den angesehenen Familien Besuche zu machen, und ihr Name war in aller Munde; das Hauptinteresse aber nahm schlechterdings nicht Herr von Rinnlingen selbst in Anspruch, sondern seine Gattin. Die Herren waren verblüfft und hatten vorderhand noch kein Urteil; die Damen aber waren geradeheraus nicht einverstanden mit dem Sein und Wesen Gerdas von Rinnlingen.

»Daß man die hauptstädtische Luft verspürt«, äußerte sich Frau Rechtsanwalt Hagenström gesprächsweise gegen Henriette Friedemann, – »nun, das ist natürlich. Sie raucht, sie reitet – einverstanden! Aber ihr Benehmen ist nicht nur frei, es ist burschikos, und auch das ist noch nicht das rechte Wort … Sehen Sie, sie ist durchaus nicht häßlich, man könnte sie sogar hübsch finden: und dennoch entbehrt sie jedes weiblichen Reizes, und ihrem Blick, ihrem Lachen, ihren Bewegungen fehlt alles, was Männer lieben. Sie ist nicht kokett, und ich bin, Gott weiß es, die letzte, die das nicht lobenswert fände; aber darf eine so junge Frau – sie ist vierundzwanzig Jahre alt – die natürliche anmutige Anziehungskraft ... vollkommen vermissen lassen? Liebste, ich bin nicht zungenfertig, aber ich weiß, was ich meine. Unsere Herren sind jetzt noch wie vor den Kopf geschlagen: Sie werden sehen, daß sie sich nach ein paar Wochen gänzlich dégoutiert von ihr abwenden ...«

»Nun«, sagte Fräulein Friedemann, »sie ist ja vortrefflich versorgt.«

»Ja, ihr Mann!« rief Frau Hagenström. »Wie behandelt sie ihn? Sie sollten es sehen! Sie werden es sehen! Ich bin die erste, die darauf besteht, daß eine verheiratete Frau gegen das andere Geschlecht bis zu einem gewissen Grade abweisend zu sein hat. Wie aber benimmt sie sich gegen ihren eigenen Mann? Sie hat eine Art, ihn eiskalt anzusehen und mit einer mitleidigen Betonung ›Lieber Freund‹ zu ihm zu sagen, die mich empört! Denn man muß i h n dabei sehen – korrekt, stramm, ritterlich, ein prächtig konservierter Vierziger, ein glänzender Offizier! Vier Jahre sind sie verheiratet ... Liebste ...«

VII.

Der Ort, an dem es dem kleinen Herrn Friedemann zum ersten Male vergönnt war, Frau von Rinnlingen zu erblicken, war die Hauptstraße, an der fast ausschließlich Geschäftshäuser lagen, und diese Begegnung ereignete sich um die Mittagszeit, als er soeben von der Börse kam, wo er ein Wörtchen mitgeredet hatte.

Er spazierte, winzig und wichtig, neben dem Großkaufmann Stephens, einem ungewöhnlich großen und vierschrötigen Herrn mit rundgeschnittenem Backenbart und furchtbar dicken Augenbrauen. Beide trugen Cylinder und hatten wegen der großen Wärme die Überzieher geöffnet. Sie sprachen über Politik, wobei sie taktmäßig ihre Spazierstöcke auf das Trottoir stießen; als sie aber etwa bis zur Mitte der Straße gekommen waren, sagte plötzlich der Großkaufmann Stephens:

»Der Teufel hole mich, wenn dort nicht die Rinnlingen dahergefahren kommt.«

»Nun, das trifft sich gut«, sagte Herr Friedemann mit seiner hohen und etwas scharfen Stimme und blickte erwartungsvoll geradeaus. »Ich habe sie nämlich noch immer nicht zu Gesichte bekommen. Da haben wir den gelben Wagen.«

In der Tat war es der gelbe Jagdwagen, den Frau von Rinnlingen heute benutzte, und sie lenkte die beiden schlanken Pferde in eigener Person, während der Diener mit verschränkten Armen hinter ihr saß. Sie trug eine weite, ganz helle Jacke, und auch der Rock war hell. Unter dem kleinen, runden Strohhut mit braunem Lederbande quoll das rotblonde Haar hervor, das über die Ohren frisiert war und als ein dicker Knoten tief in den Nacken fiel. Die Hautfarbe ihres ovalen Gesichtes war mattweiß, und in den Winkeln ihrer ungewöhnlich nahe bei einander liegenden braunen Augen lagerten bläuliche Schatten. Über ihrer kurzen, aber recht fein geschnittenen Nase saß ein kleiner Sattel von Sommersprossen, was sie gut kleidete; ob aber ihr Mund schön war, konnte man nicht erkennen, denn sie schob unaufhörlich die Unterlippe vor und wieder zurück, indem sie sie an der Oberlippe scheuerte.

Großkaufmann Stephens grüßte außerordentlich ehrerbietig, als der Wagen herangekommen war, und auch der kleine Herr Friedemann lüftete seinen Hut, wobei er Frau von Rinnlingen groß und aufmerksam ansah. Sie senkte ihre Peitsche, nickte leicht mit dem Kopfe und fuhr langsam vorüber, indem sie rechts und links die Häuser und Schaufenster betrachtete.

Nach ein paar Schritten sagte der Großkaufmann:

»Sie hat eine Spazierfahrt gemacht und fährt nun nach Hause.«

Der kleine Herr Friedemann antwortete nicht,

sondern blickte vor sich nieder auf das Pflaster. Dann sah er plötzlich den Großkaufmann an und fragte:

»Wie meinten Sie?«

Und Herr Stephens wiederholte seine scharfsinnige Bemerkung.

VIII.

Drei Tage später kam Johannes Friedemann um 12 Uhr mittags von seinem regelmäßigen Spaziergange nach Hause. Um halb 1 Uhr wurde zu Mittag gespeist, und er wollte gerade noch für eine halbe Stunde in sein »Bureau« gehen, das gleich rechts neben der Haustür lag, als das Dienstmädchen über die Diele kam und zu ihm sagte:

»Es ist Besuch da, Herr Friedemann.«

»Bei mir?« fragte er.

»Nein, oben, bei den Damen.«

»Wer denn?«

»Herr und Frau Oberstlieutenant von Rinnlingen.«

»Oh«, sagte Herr Friedemann, »da will ich doch …«

Und er ging die Treppe hinauf. Oben schritt er über den Vorplatz, und er hatte schon den Griff der hohen, weißen Tür in der Hand, die zum »Landschaftszimmer« führte, als er plötzlich innehielt, einen Schritt zurücktrat, kehrt machte und langsam wieder davonging, wie er gekommen war. Und obgleich er vollkommen allein war, sagte er ganz laut vor sich hin:

»Nein. Lieber nicht. –«

Er ging hinunter in sein »Bureau«, setzte sich an den Schreibtisch und nahm die Zeitung zur Hand. Nach einer Minute aber ließ er sie wieder sinken und blickte seitwärts zum Fenster hinaus. So blieb er sitzen, bis das Mädchen kam und meldete, daß angerichtet sei; dann begab er sich hinauf ins Speisezimmer, wo die Schwestern schon seiner warteten, und nahm auf seinem Stuhle Platz, auf dem drei Notenbücher lagen.

Henriette, welche die Suppe auffüllte, sagte: »Weißt du, Johannes, wer hier war?«

»Nun?« fragte er.

»Die neuen Oberstlieutenants.«

»Ja, so? Das ist liebenswürdig.«

»Ja«, sagte Pfiffi und bekam Flüssigkeit in die Mundwinkel, »ich finde, daß beide durchaus angenehme Menschen sind.«

»Jedenfalls«, sagte Friederike, »dürfen wir mit unserem Gegenbesuch nicht zögern. Ich schlage vor, daß wir übermorgen gehen, Sonntag.«

»Sonntag«, sagten Henriette und Pfiffi.

»Du wirst doch mit uns gehen, Johannes?« fragte Friederike.

»Selbstredend!« sagte Pfiffi und schüttelte sich. Herr Friedemann hatte die Frage ganz überhört und aß mit einer stillen und ängstlichen Miene seine Suppe. Es war, als ob er irgendwohin horchte, auf irgendein unheimliches Geräusch.

IX.

Am folgenden Abend gab man im Stadttheater den »Lohengrin«, und alle gebildeten Leute waren anwesend. Der kleine Raum war besetzt von oben bis unten und erfüllt von summendem Geräusch, Gasgeruch und Parfums. Alle Augengläser aber, im Parquet wie auf den Rängen, richteten sich auf Loge 13, gleich rechts neben der Bühne, denn dort waren heute zum ersten Male Herr von Rinnlingen nebst Frau erschienen, und man hatte Gelegenheit, das Paar einmal gründlich zu mustern.

Als der kleine Herr Friedemann in tadellosem schwarzen Anzug mit glänzend weißem, spitz hervorstehendem Hemdeinsatz seine Loge – Loge 13 – betrat, zuckte er in der Tür zurück, wobei er eine Bewegung mit der Hand nach der Stirn machte und seine Nasenflügel sich einen Augenblick krampfhaft öffneten. Dann aber ließ er sich auf seinem Sessel nieder, dem Platze links von Frau von Rinnlingen.

Sie blickte ihn, während er sich setzte, eine Weile

aufmerksam an, indem sie die Unterlippe vorschob, und wandte sich dann, um mit ihrem Gatten, der hinter ihr stand, ein paar Worte zu wechseln. Es war ein großer, breiter Herr mit aufgebürstetem Schnurrbart und einem braunen, gutmütigen Gesicht.

Als die Ouvertüre begann und Frau von Rinnlingen sich über die Brüstung beugte, ließ Herr Friedemann einen raschen, hastigen Seitenblick über sie hingleiten. Sie trug eine helle Gesellschaftstoilette und war, als die einzige der anwesenden Damen, sogar ein wenig dekolletiert. Ihre Ärmel waren sehr weit und bauschig, und die weißen Handschuhe reichten bis an die Ellenbogen. Ihre Gestalt hatte heute etwas Üppiges, was neulich, als sie die weite Jacke trug, nicht bemerkbar gewesen war; ihr Busen hob und senkte sich voll und langsam, und der Knoten des rotblonden Haares fiel tief und schwer in den Nacken.

Herr Friedemann war bleich, viel bleicher als gewöhnlich, und unter dem glattgescheitelten braunen Haar standen kleine Tropfen auf seiner Stirn. Frau von Rinnlingen hatte von ihrem linken Arm, der auf dem roten Sammet der Brüstung lag, den Handschuh gestreift, und diesen runden, mattweißen Arm, der wie die schmucklose Hand von ganz blaßblauem Geäder durchzogen war, sah er immer; das war nicht zu ändern.

Die Geigen sangen, die Posaunen schmetterten darein, Telramund fiel, im Orchester herrschte allgemeiner Jubel, und der kleine Herr Friedemann saß unbeweglich, blaß und still, den Kopf tief zwischen den Schultern, einen Zeigefinger am Munde und die andere Hand im Aufschlage seines Rockes.

Während der Vorhang fiel, erhob sich Frau von Rinnlingen, um mit ihrem Gatten die Loge zu verlassen. Herr Friedemann sah es ohne hinzublicken, fuhr mit seinem Taschentuch leicht über die Stirn, stand plötzlich auf, ging bis an die Tür, die auf den Korridor führte, kehrte wieder um, setzte sich an seinen Platz und verharrte dort regungslos in der Stellung, die er vorher innegehabt hatte.

Als das Klingelzeichen erscholl und seine Nachbarn wieder eintraten, fühlte er, daß Frau von Rinnlingens Augen auf ihm ruhten, und ohne es zu wollen, erhob er den Kopf nach ihr. Als ihre Blicke sich trafen, sah sie durchaus nicht beiseite, sondern fuhr fort, ihn ohne eine Spur von Verlegenheit aufmerksam zu betrachten, bis er selbst, bezwungen und gedemütigt, die Augen niederschlug. Er ward noch bleicher dabei, und ein seltsamer, süßlich beizender Zorn stieg in ihm auf … Die Musik begann.

Gegen Ende dieses Aufzuges geschah es, daß Frau von Rinnlingen sich ihren Fächer entgleiten ließ und daß derselbe neben Herrn Friedemann zu Boden fiel. Beide bückten sich gleichzeitig, aber sie ergriff ihn selbst und sagte mit einem Lächeln, das spöttisch war:

»Ich danke.«

Ihre Köpfe waren ganz dicht beieinander gewesen, und er hatte einen Augenblick den warmen Duft ihrer Brust atmen müssen. Sein Gesicht war verzerrt, sein ganzer Körper zog sich zusammen, und sein Herz klopfte so gräßlich schwer und wuchtig, daß ihm der Atem verging. Er saß noch eine halbe Minute, dann schob er den Sessel zurück, stand leise auf und ging leise hinaus.

X.

Er ging, gefolgt von den Klängen der Musik, über den Korridor, ließ sich an der Garderobe seinen Cylinder, seinen hellen Überzieher und seinen Stock geben und schritt die Treppe hinab auf die Straße.

Es war ein warmer, stiller Abend. Im Lichte der Gaslaternen standen die grauen Giebelhäuser schweigend gegen den Himmel, an dem die Sterne hell und milde glänzten. Die Schritte der wenigen Menschen, die Herrn Friedemann begegneten, hallten auf dem Trottoir. Jemand grüßte ihn, aber er sah es nicht; er hielt den Kopf tief gesenkt, und seine hohe, spitze Brust zitterte, so schwer atmete er. Dann und wann sagte er leise vor sich hin:

»Mein Gott! Mein Gott!«

Er sah mit einem entsetzten und angstvollen Blick

in sich hinein, wie sein Empfinden, das er so sanft gepflegt, so milde und klug stets behandelt hatte, nun emporgerissen war, aufgewirbelt, zerwühlt … Und plötzlich, ganz überwältigt, in einem Zustand von Schwindel, Trunkenheit, Sehnsucht und Qual, lehnte er sich gegen einen Laternenpfahl und flüsterte bebend:

»Gerda!« –

Alles blieb still. Weit und breit war in diesem Augenblick kein Mensch zu sehen. Der kleine Herr Friedemann raffte sich auf und schritt weiter. Er war die Straße hinaufgegangen, in der das Theater lag und die ziemlich steil zum Flusse hinunterlief, und verfolgte nun die Hauptstraße nach Norden, seiner Wohnung zu …

Wie sie ihn angesehen hatte! Wie? Sie hatte ihn gezwungen, die Augen niederzuschlagen? Sie hatte ihn mit ihrem Blick gedemütigt? War sie nicht eine Frau und er ein Mann? Und hatten ihre seltsamen braunen Augen nicht förmlich dabei vor Freude gezittert?

Er fühlte wieder diesen ohnmächtigen, wollüstigen Haß in sich aufsteigen, aber dann dachte er an jenen Augenblick, wo ihr Kopf den seinen berührt, wo er den Duft ihres Körpers eingeatmet hatte, und er blieb zum zweiten Male stehen, beugte den verwachsenen Oberkörper zurück, zog die Luft durch die Zähne ein und murmelte dann abermals völlig ratlos, verzweifelt, außer sich:

»Mein Gott! Mein Gott!«

Und wieder schritt er mechanisch weiter, langsam, durch die schwüle Abendluft, durch die menschenleeren, hallenden Straßen, bis er vor seiner Wohnung stand. Auf der Diele verweilte er einen Augenblick und sog den kühlen, kellerigen Geruch ein, der dort herrschte; dann trat er in sein »Bureau«.

Er setzte sich an den Schreibtisch am offenen Fenster und starrte geradeaus auf eine große, gelbe Rose, die jemand ihm dort ins Wasserglas gestellt hatte. Er nahm sie und atmete mit geschlossenen Augen ihren Duft; aber dann schob er sie mit einer müden und traurigen Gebärde beiseite. Nein, nein, das war zu Ende! Was war ihm noch solcher Duft? Was war ihm noch alles, was bis jetzt sein »Glück« ausgemacht hatte? …

Er wandte sich zur Seite und blickte auf die stille Straße hinaus. Dann und wann klangen Schritte auf und hallten vorüber. Die Sterne standen und glitzerten. Wie todmüde und schwach er wurde! Sein Kopf war so leer, und seine Verzweiflung begann, in eine große, sanfte Wehmut sich aufzulösen. Ein paar Gedichtzeilen flatterten ihm durch den Sinn, die Lohengrin-Musik klang ihm wieder in den Ohren, er sah noch einmal Frau von Rinnlingens Gestalt vor sich, ihren weißen Arm auf dem roten Sammet, und dann verfiel er in einen schweren, fieberdumpfen Schlaf.

XI.

Oft war er dicht am Erwachen, aber er fürchtete sich davor und versank jedesmal aufs neue in Bewußtlosigkeit. Als es aber völlig hell geworden war, schlug er die Augen auf und sah mit einem großen, schmerzlichen Blick um sich. Alles stand ihm klar vor der Seele; es war, als sei sein Leiden durch den Schlaf gar nicht unterbrochen worden.

Sein Kopf war dumpf und die Augen brannten ihm; als er sich aber gewaschen und die Stirn mit Eau de Cologne benetzt hatte, fühlte er sich wohler und setzte sich still wieder an seinen Platz am Fenster, das offen geblieben war. Es war noch ganz früh am Tage, etwa um 5 Uhr. Dann und wann ging ein Bäckerjunge vorüber, sonst war niemand zu sehen. Gegenüber waren noch alle Rouleaux geschlossen. Aber die Vögel zwitscherten und der Himmel war leuchtend blau. Es war ein wunderschöner Sonntagmorgen.

Ein Gefühl von Behaglichkeit und Vertrauen überkam den kleinen Herrn Friedemann. Wovor ängstigte er sich? War nicht alles wie sonst? Zugegeben, daß es gestern ein schlimmer Anfall gewesen war; nun, aber damit sollte es ein Ende haben! Noch war es nicht zu spät, noch konnte er dem Verderben entrinnen! Jeder Veranlassung mußte er ausweichen, die den Anfall erneuern könnte; er fühlte die Kraft dazu. Er fühlte die Kraft, es zu überwinden und es gänzlich in sich zu ersticken …

Als es halb acht Uhr schlug, trat Friederike ein und stellte den Kaffee auf den runden Tisch, der vor dem Ledersofa an der Rückwand stand.

»Guten Morgen, Johannes«, sagte sie, »hier ist Dein Frühstück.«

»Danke«, sagte Herr Friedemann. Und dann: »Liebe Friederike, es tut mir leid, daß ihr den Besuch werdet allein machen müssen. Ich fühle mich nicht wohl genug, um Euch begleiten zu können. Ich habe schlecht geschlafen, habe Kopfschmerzen, und kurz und gut, ich muß Euch bitten …«

Friederike antwortete:

»Das ist schade. Du darfst den Besuch keinesfalls ganz unterlassen. Aber es ist wahr, daß Du krank aussiehst. Soll ich Dir meinen Migränestift leihen?«

»Danke«, sagte Herr Friedemann. »Es wird vorübergehen.« Und Friederike ging.

Er trank, am Tische stehend, langsam seinen Kaffee und aß ein Hörnchen dazu. Er war zufrieden mit sich und stolz auf seine Entschlossenheit. Als er fertig war, nahm er eine Cigarre und setzte sich wieder ans Fenster. Das Frühstück hatte ihm wohl getan, und er fühlte sich glücklich und hoffnungsvoll. Er nahm ein Buch, las, rauchte und blickte blinzelnd hinaus in die Sonne.

Es war jetzt lebendig geworden auf der Straße;

Wagengerassel, Gespräch und das Klingeln der Pferdebahn tönten zu ihm herein; zwischen allem aber war das Zwitschern der Vögel zu vernehmen, und vom strahlend blauen Himmel wehte eine weiche, warme Luft.

Um zehn Uhr hörte er die Schwestern über die Diele kommen, hörte die Haustür knarren und sah die drei Damen dann am Fenster vorübergehen, ohne daß er besonders darauf achtete. Eine Stunde verging; er fühlte sich glücklicher und glücklicher.

Eine Art von Übermut begann ihn zu erfüllen. Was für eine Luft das war, und wie die Vögel zwitscherten! Wie wäre es, wenn er ein wenig spazieren ginge? – Und da, plötzlich, ohne einen Nebengedanken, stieg mit einem süßen Schrecken der Gedanke in ihm auf: Wenn ich zu ihr ginge? – Und indem er, förmlich mit einer Muskelanstrengung, alles in sich unterdrückte, was angstvoll warnte, fügte er mit einer glückseligen Entschlossenheit hinzu: Ich will zu ihr gehen!

Und er zog seinen schwarzen Sonntagsanzug an, nahm Cylinder und Stock und ging schnell und hastig atmend durch die ganze Stadt in die südliche Vorstadt. Ohne einen Menschen zu sehen, hob und senkte er bei jedem Schritte in eifriger Weise den Kopf, ganz in einem abwesenden, exaltierten Zustand befangen, bis er draußen in der Kastanienallee vor der roten Villa stand, an deren Eingang der Name »Oberstlieutenant von Rinnlingen« zu lesen war.

XII.

Hier befiel ihn ein Zittern, und das Herz pochte ihm krampfhaft und schwer gegen die Brust. Aber er ging über den Flur und klingelte drinnen. Nun war es entschieden, und es gab kein Zurück. Mochte alles seinen Gang gehen, dachte er. In ihm war es plötzlich totenstill.

Die Tür sprang auf, der Diener kam ihm über den Vorplatz entgegen, nahm die Karte in Empfang und eilte damit die Treppe hinauf, auf der ein roter Läufer lag. Auf diesen starrte Herr Friedemann unbeweglich, bis der Diener zurückkam und erklärte, die gnädige Frau lasse bitten, sich hinauf zu verfügen.

Oben neben der Salontür, wo er seinen Stock abstellte, warf er einen Blick in den Spiegel. Sein Gesicht war bleich, und über den geröteten Augen klebte das Haar an der Stirn; die Hand, in der er den Cylinder hielt, zitterte unaufhaltsam.

Der Diener öffnete, und er trat ein. Er sah sich in einem ziemlich großen, halbdunklen Gemach; die Fenster waren verhängt. Rechts stand ein Flügel, und in der Mitte um den runden Tisch gruppierten sich Lehnsessel in brauner Seide. Über dem Sofa an der linken Seitenwand hing eine Landschaft in schwerem Goldrahmen. Auch die Tapete war dunkel. Hinten im Erker standen Palmen.

Eine Minute verging, bis Frau von Rinnlingen rechts die Portiere auseinanderschlug und ihm auf dem dicken braunen Teppich lautlos entgegenkam. Sie trug ein ganz einfach gearbeitetes, rot und schwarz gewürfeltes Kleid. Vom Erker her fiel eine Lichtsäule, in welcher der Staub tanzte, gerade auf ihr schweres, rotes Haar, so daß es einen Augenblick goldig aufleuchtete. Sie hielt ihre seltsamen Augen forschend auf ihn gerichtet und schob wie gewöhnlich die Unterlippe vor.

»Gnädige Frau«, begann Herr Friedemann und blickte zu ihr in die Höhe, denn er reichte ihr nur bis zur Brust, »ich möchte Ihnen auch meinerseits meine Aufwartung machen. Ich war, als Sie meine Schwestern beehrten, leider abwesend und … bedauerte das aufrichtig …«

Er wußte durchaus nicht mehr zu sagen, aber sie stand und sah ihn unerbittlich an, als wollte sie ihn zwingen, weiter zu sprechen. Alles Blut stieg ihm plötzlich zu Kopfe. Sie will mich quälen und verhöhnen! dachte er, und sie durchschaut mich! Wie ihre Augen zittern! … Endlich sagte sie mit einer ganz hellen und ganz klaren Stimme:

»Es ist liebenswürdig, daß Sie gekommen sind. Ich habe neulich ebenfalls bedauert, Sie zu verfehlen. Haben Sie die Güte, Platz zu nehmen?«

Sie setzte sich nahe bei ihm, legte die Arme auf die Seitenlehnen des Sessels und lehnte sich zurück.

Er saß vorgebeugt und hielt den Hut zwischen den Knieen. Sie sagte:

»Wissen Sie, daß noch vor einer Viertelstunde Ihre Fräulein Schwestern hier waren? Sie sagten mir, Sie seien krank?«

»Das ist wahr«, erwiderte Herr Friedemann, »ich fühlte mich nicht wohl heute Morgen. Ich glaubte nicht ausgehen zu können. Ich bitte wegen meiner Verspätung um Entschuldigung.«

»Sie sehen auch jetzt noch nicht gesund aus«, sagte sie ganz ruhig und blickte ihn unverwandt an. »Sie sind bleich, und Ihre Augen sind entzündet. Ihre Gesundheit läßt überhaupt zu wünschen übrig?«

»Oh …« stammelte Herr Friedemann, »ich bin im allgemeinen zufrieden …«

»Auch ich bin viel krank«, fuhr sie fort, ohne die Augen von ihm abzuwenden; »aber niemand merkt es. Ich bin nervös und kenne die merkwürdigsten Zustände.«

Sie schwieg, legte das Kinn auf die Brust und sah ihn von unten herauf wartend an. Aber er antwortete nicht. Er saß still und hielt seine Augen groß und sinnend auf sie gerichtet. Wie seltsam sie sprach, und wie ihre helle, haltlose Stimme ihn berührte! Sein Herz hatte sich beruhigt; ihm war, als träumte er. – Frau von Rinnlingen begann aufs neue:

»Ich müßte mich irren, wenn Sie nicht gestern das Theater vor Schluß der Vorstellung verließen?«

»Ja, gnädige Frau.«

»Ich bedauerte das. Sie waren ein andächtiger Nachbar, obgleich die Aufführung nicht gut war, oder nur relativ gut. Sie lieben die Musik? Spielen Sie Klavier?«

»Ich spiele ein wenig Violine«, sagte Herr Friedemann. »Das heißt – es ist beinahe nichts …«

»Sie spielen Violine?« fragte sie; dann sah sie an ihm vorbei in die Luft und dachte nach.

»Aber dann könnten wir hin und wieder miteinander musizieren«, sagte sie plötzlich. »Ich kann etwas begleiten. Es würde mich freuen, hier jemanden gefunden zu haben … Werden Sie kommen?«

»Ich stehe der gnädigen Frau mit Vergnügen zur Verfügung«, sagte er, immer wie im Traum. Es entstand eine Pause. Da änderte sich plötzlich der Ausdruck ihres Gesichtes. Er sah, wie es sich in einem kaum merklichen grausamen Spott verzerrte, wie ihre Augen sich wieder mit jenem unheimlichen Zittern fest und forschend auf ihn richteten, wie schon zweimal vorher. Sein Gesicht ward glühend rot, und ohne zu wissen, wohin er sich wenden sollte, völlig ratlos und außer sich, ließ er seinen Kopf ganz zwischen die Schultern sinken und blickte fassungslos auf den Teppich nieder. Wie ein kurzer Schauer aber durchrieselte ihn wieder jene ohnmächtige, süßlich peinigende Wut …

Als er mit einem verzweifelten Entschluß den

Blick wieder erhob, sah sie ihn nicht mehr an, sondern blickte ruhig über seinen Kopf hinweg auf die Tür. Er brachte mühsam ein paar Worte hervor:

»Und sind gnädige Frau bis jetzt leidlich zufrieden mit Ihrem Aufenthalt in unserer Stadt?«

»Oh«, sagte Frau von Rinnlingen gleichgültig, »gewiß. Warum sollte ich nicht zufrieden sein? Freilich ein wenig beengt und beobachtet komme ich mir vor, aber … Übrigens«, fuhr sie gleich darauf fort, »ehe ich es vergesse: Wir denken in den nächsten Tagen einige Leute bei uns zu sehen, eine kleine, zwanglose Gesellschaft. Man könnte ein wenig Musik machen, ein wenig plaudern … Überdies haben wir hinterm Hause einen recht hübschen Garten; er geht bis zum Flusse hinunter. Kurz und gut: Sie und Ihre Damen werden selbstverständlich noch eine Einladung erhalten, aber ich bitte Sie gleich hiermit um Ihre Teilnahme; werden Sie uns das Vergnügen machen?«

Herr Friedemann hatte kaum seinen Dank und seine Zusage hervorgebracht, als der Türgriff energisch niedergedrückt wurde und der Oberstlieutenant eintrat. Beide erhoben sich, und während Frau von Rinnlingen die Herren einander vorstellte, verbeugte sich ihr Gatte mit der gleichen Höflichkeit vor Herrn Friedemann wie vor ihr. Sein braunes Gesicht war ganz blank vor Wärme.

Während er sich die Handschuhe auszog, sprach er mit seiner kräftigen und scharfen Stimme irgend etwas zu Herrn Friedemann, der mit großen, gedankenlosen Augen zu ihm in die Höhe blickte und immer erwartete, wohlwollend von ihm auf die Schulter geklopft zu werden. Indessen wandte sich der Oberstlieutenant mit zusammengezogenen Absätzen und leicht vorgebeugtem Oberkörper an seine Gattin und sagte mit merklich gedämpfter Stimme:

»Hast Du Herrn Friedemann um seine Gegenwart bei unserer kleinen Zusammenkunft gebeten, meine Liebe? Wenn es Dir angenehm ist, so denke ich, daß wir sie in acht Tagen veranstalten. Ich hoffe, daß das Wetter sich halten wird, und daß wir uns auch im Garten aufhalten können.«

»Wie Du meinst«, antwortete Frau von Rinnlingen und blickte an ihm vorbei.

Zwei Minuten später empfahl sich Herr Friedemann. Als er sich an der Tür noch einmal verbeugte, begegnete er ihren Augen, die ohne Ausdruck auf ihm ruhten.

XIII.

Er ging fort, er ging nicht zur Stadt zurück, sondern schlug, ohne es zu wollen, einen Weg ein, der von der Allee abzweigte und zu dem ehemaligen Festungswall am Flusse führte. Es gab dort wohlgepflegte Anlagen, schattige Wege und Bänke.

Er ging schnell und besinnungslos, ohne aufzublicken. Es war ihm unerträglich heiß, und er fühlte, wie die Flammen in ihm auf und nieder schlugen, und wie es in seinem müden Kopfe unerbittlich pochte …

Lag noch immer nicht ihr Blick auf ihm? Aber nicht wie zuletzt, leer und ohne Ausdruck, sondern wie vorher, mit dieser zitternden Grausamkeit, nachdem sie eben noch in jener seltsam stillen Art zu ihm gesprochen hatte? Ach, ergötzte es sie, ihn hilflos zu machen und außer sich zu bringen? Konnte sie, wenn sie ihn durchschaute, nicht ein wenig Mitleid mit ihm haben? …

Er war unten am Flusse entlang gegangen, neben dem grün bewachsenen Walle hin, und er setzte sich auf eine Bank, die von Jasmingebüsch im Halbkreis umgeben war. Rings war alles voll süßen, schwülen Duftes. Vor ihm brütete die Sonne auf dem zitternden Wasser.

Wie müde und abgehetzt er sich fühlte, und wie doch alles in ihm in qualvollem Aufruhr war! War es nicht das beste, noch einmal um sich zu blicken und dann hinunter in das stille Wasser zu gehen, um nach einem kurzen Leiden befreit und hinübergerettet zu sein in die Ruhe? Ach, Ruhe, Ruhe war es ja, was er wollte! Aber nicht die Ruhe im leeren und tauben Nichts, sondern ein sanftbesonnter Friede, erfüllt von guten, stillen Gedanken.

Seine ganze zärtliche Liebe zum Leben durchzitterte ihn in diesem Augenblick und die tiefe Sehnsucht nach seinem verlorenen Glück. Aber dann blickte er um sich in die schweigende, unendlich gleichgültige Ruhe der Natur, sah, wie der Fluß in der Sonne seines Weges zog, wie das Gras sich zitternd bewegte und die Blumen dastanden, wo sie erblüht waren, um dann zu welken und zu verwehen, sah, wie alles, alles mit dieser stummen Ergebenheit dem Dasein sich beugte, – und es überkam ihn auf einmal die Empfindung von Freundschaft und Einverständnis mit der Notwendigkeit, die eine Art von Überlegenheit über alles Schicksal zu geben vermag.

Er dachte an jenen Nachmittag seines dreißigsten Geburtstages, als er, glücklich im Besitze des Friedens, ohne Furcht und Hoffnung über den Rest seines Lebens hinzublicken geglaubt hatte. Kein Licht und keinen Schatten hatte er da gesehen, sondern in mildem Dämmerschein hatte alles vor ihm gelegen, bis es dort hinten, unmerklich fast, im Dunkel verschwamm, und mit einem ruhigen und überlegenen Lächeln hatte er den Jahren entgegen gesehen, die noch zu kommen hatten – wie lange war das her?

Da war diese Frau gekommen, sie mußte kommen, es war sein Schicksal, sie selbst war sein Schicksal, sie allein! Hatte er das nicht gefühlt vom ersten Augenblicke an? Sie war gekommen, und ob er auch versucht hatte, seinen Frieden zu verteidigen, – für sie mußte sich alles in ihm empören, was er von Jugend auf in sich unterdrückt hatte, weil er fühlte, daß es für ihn Qual und Untergang bedeutete; es hatte ihn mit furchtbarer, unwiderstehlicher Gewalt ergriffen und richtete ihn zu Grunde!

Es richtete ihn zu Grunde, das fühlte er. Aber wozu noch kämpfen und sich quälen? Mochte alles seinen Lauf nehmen! Mochte er seinen Weg weitergehen und die Augen schließen vor dem gähnenden Abgrund dort hinten, gehorsam dem Schicksal, gehorsam der überstarken, peinigend süßen Macht, der man nicht zu entgehen vermag.

Das Wasser glitzerte, der Jasmin atmete seinen scharfen, schwülen Duft, die Vögel zwitscherten rings umher in den Bäumen, zwischen denen ein schwerer, sammetblauer Himmel leuchtete. Der kleine bucklige Herr Friedemann aber saß noch lange auf seiner Bank. Er saß vornüber gebeugt, die Stirn in beide Hände gestützt.

XIV.

Alle waren sich einig, daß man sich bei Rinnlingens vortrefflich unterhielt. Etwa dreißig Personen saßen an der langen, geschmackvoll dekorierten Tafel, die sich durch den weiten Speisesaal hinzog; der Bediente und zwei Lohndiener eilten bereits mit dem Eise umher, es herrschte Geklirr, Geklapper und ein warmer Dunst von Speisen und Parfüms. Gemütliche Großkaufleute mit ihren Gemahlinnen und Töchtern waren hier versammelt; außerdem fast sämtliche Offiziere der Garnison, ein alter, beliebter Arzt, ein paar Juristen und was sonst den ersten Kreisen sich beizählte. Auch ein Student der Mathematik war anwesend, ein Neffe des Oberstlieutenants, der bei seinen Verwandten zu Besuch war; er führte die tiefsten Gespräche mit Fräulein Hagenström, die Herrn Friedemann gegenüber ihren Platz hatte.

Dieser saß auf einem schönen Sammetkissen am unteren Ende der Tafel neben der nicht schönen Gattin des Gymnasialdirektors, nicht weit von Frau von Rinnlingen, die von Konsul Stephens zu Tische geführt worden war. Es war erstaunlich, was für eine Veränderung in diesen acht Tagen mit dem kleinen Herrn Friedemann sich ereignet hatte. Vielleicht lag es zum Teil an dem weißen Gasglühlicht, von dem der Saal erfüllt war, daß sein Gesicht so erschreckend bleich erschien; aber seine Wangen waren eingefallen, seine geröteten und dunkel umschatteten Augen zeigten einen unsäglich traurigen Schimmer, und es sah aus, als sei seine Gestalt verkrüppelter als je. – Er trank viel Wein und richtete hie und da ein paar Worte an seine Nachbarin.

Frau von Rinnlingen hatte bei Tische noch kein Wort mit Herrn Friedemann gewechselt; jetzt beugte sie sich ein wenig vor und rief ihm zu:

»Ich habe Sie in diesen Tagen vergeblich erwartet, Sie und Ihre Geige.«

Er sah sie einen Augenblick vollkommen abwesend an, bevor er antwortete. Sie trug eine helle, leichte Toilette, die ihren weißen Hals freiließ, und eine voll erblühte Maréchal-Niel-Rose war in ihrem leuchtenden Haar befestigt. Ihre Wangen waren heute Abend ein wenig gerötet, aber wie immer lagerten bläuliche Schatten in den Winkeln ihrer Augen.

Herr Friedemann blickte auf seinen Teller nieder und brachte irgend etwas als Antwort hervor, worauf er der Gymnasialdirektorin die Frage beantworten mußte, ob er Beethoven liebe. In diesem Augenblick aber warf der Oberstlieutenant, der ganz oben am Tische saß, seiner Gattin einen Blick zu, schlug ans Glas und sagte:

»Meine Herrschaften, ich schlage vor, daß wir unseren Kaffee in den anderen Zimmern trinken; übrigens muß es heute Abend auch im Garten nicht übel sein, und wenn jemand dort ein wenig Luft schöpfen will, so halte ich es mit ihm.«

In die eingetretene Stille hinein machte Lieutenant von Deidesheim aus Taktgefühl einen Witz, so daß alles sich unter fröhlichem Gelächter erhob. Herr Friedemann verließ als einer der letzten mit seiner

Dame den Saal, geleitete sie durch das altdeutsche Zimmer, wo man bereits zu rauchen begann, in das halbdunkle und behagliche Wohngemach und verabschiedete sich von ihr.

Er war mit Sorgfalt gekleidet; sein Frack war ohne Tadel, sein Hemd blendend weiß, und seine schmalen und schön geformten Füße steckten in Lackschuhen. Dann und wann konnte man sehen, daß er rotseidene Strümpfe trug.

Er blickte auf den Korridor hinaus und sah, daß größere Gruppen sich bereits die Treppe hinunter in den Garten begaben. Aber er setzte sich mit seiner Cigarre und seinem Kaffee an die Tür des altdeutschen Zimmers, in dem einige Herren plaudernd beisammen standen, und blickte in das Wohngemach hinein.

Gleich rechts von der Tür saß um einen kleinen Tisch ein Kreis, dessen Mittelpunkt von dem Studenten gebildet ward, der mit Eifer sprach. Er hatte die Behauptung aufgestellt, daß man durch einen Punkt mehr als eine Parallele zu einer Geraden ziehen könne, Frau Rechtsanwalt Hagenström hatte gerufen: »Dies ist unmöglich!« und nun bewies er es so schlagend, daß alle taten, als hätten sie es verstanden.

Im Hintergrunde des Zimmers aber, auf der Ottomane, neben der die niedrige, rotverhüllte Lampe stand, saß im Gespräch mit dem jungen Fräulein Stephens Gerda von Rinnlingen. Sie saß ein wenig in das gelbseidene Kissen zurückgelehnt, einen Fuß über den anderen gestellt, und rauchte langsam eine Cigarette, wobei sie den Rauch durch die Nase ausatmete und die Unterlippe vorschob. Fräulein Stephens saß aufrecht und wie aus Holz geschnitzt vor ihr und antwortete ängstlich lächelnd.

Niemand beachtete den kleinen Herrn Friedemann, und niemand bemerkte, daß seine großen Augen ohne Unterlaß auf Frau von Rinnlingen gerichtet waren. In einer schlaffen Haltung saß er und sah sie an. Es war nichts Leidenschaftliches in seinem Blick und kaum ein Schmerz; etwas Stumpfes und Totes lag darin, eine dumpfe, kraft- und willenlose Hingabe.

Zehn Minuten etwa vergingen so; da erhob Frau von Rinnlingen sich plötzlich, und ohne ihn anzublicken, als ob sie ihn während der ganzen Zeit heimlich beobachtet hätte, schritt sie auf ihn zu und blieb vor ihm stehen. Er stand auf, sah zu ihr in die Höhe und vernahm die Worte:

»Haben Sie Lust, mich in den Garten zu begleiten, Herr Friedemann?«

Er antwortete:

»Mit Vergnügen, gnädige Frau.«

XV.

»Sie haben unseren Garten noch nicht gesehen?« sagte sie auf der Treppe zu ihm. »Er ist ziemlich groß. Hoffentlich sind noch nicht zu viele Menschen dort; ich möchte gern ein wenig aufatmen. Ich habe während des Essens Kopfschmerzen bekommen; vielleicht war mir dieser Rotwein zu kräftig … Hier durch die Tür müssen wir hinausgehen.« Es war eine Glastür, durch die sie vom Vorplatz aus einen kleinen, kühlen Flur betraten; dann führten ein paar Stufen ins Freie.

In der wundervoll sternklaren, warmen Nacht quoll der Duft von allen Beeten. Der Garten lag in vollem Mondlicht, und auf den weiß leuchtenden Kieswegen gingen die Gäste plaudernd und rauchend umher. Eine Gruppe hatte sich um den Springbrunnen versammelt, wo der alte, beliebte Arzt unter allgemeinem Gelächter Papierschiffchen schwimmen ließ.

Frau von Rinnlingen ging mit einem leichten Kopfnicken vorüber und wies in die Ferne, wo der zierliche und duftende Blumengarten zum Park sich verdunkelte.

»Wir wollen die Mittelallee hinuntergehen«, sagte sie. Am Eingange standen zwei niedrige, breite Obelisken.

Dort hinten, am Ende der schnurgeraden Kastanienallee sahen sie grünlich und blank den Fluß im Mondlicht schimmern. Rings umher war es dunkel und kühl. Hie und da zweigte ein Seitenweg ab, der im Bogen wohl ebenfalls zum Flusse führte. Es ließ sich lange Zeit kein Laut vernehmen.

»Am Wasser«, sagte sie, »ist ein hübscher Platz, wo ich schon oft gesessen habe. Dort könnten wir einen Augenblick plaudern. – Sehen Sie, dann und wann glitzert zwischen dem Laub ein Stern hindurch.«

Er antwortete nicht und blickte auf die grüne, schimmernde Fläche, der sie sich näherten. Man konnte das jenseitige Ufer erkennen, die Wallanlagen. Als sie die Allee verließen und auf den Grasplatz hinaustraten, der sich zum Flusse hinabsenkte, sagte Frau von Rinnlingen:

»Hier ein wenig nach rechts ist unser Platz; sehen Sie, er ist unbesetzt.«

Die Bank, auf der sie sich niederließen, lehnte sich sechs Schritte seitwärts von der Allee an den Park. Hier war es wärmer als zwischen den breiten Bäumen. Die Grillen zirpten in dem Grase, das hart am Wasser in dünnes Schilf überging. Der mondhelle Fluß gab ein mildes Licht.

Sie schwiegen beide eine Weile und blickten auf das Wasser. Dann aber horchte er ganz erschüttert, denn der Ton, den er vor einer Woche vernommen, dieser leise, nachdenkliche und sanfte Ton berührte ihn wieder:

»Seit wann haben Sie Ihr Gebrechen, Herr Friedemann?« fragte sie. »Sind Sie damit geboren?«

Er schluckte hinunter, denn die Kehle war ihm wie zugeschnürt. Dann antwortete er leise und artig:

»Nein, gnädige Frau. Als kleines Kind ließ man mich zu Boden fallen; daher stammt es.«

»Und wie alt sind Sie nun?« fragte sie weiter. »Dreißig Jahre, gnädige Frau.«

»Dreißig Jahre«, wiederholte sie. »Und Sie waren nicht glücklich, diese dreißig Jahre?«

Herr Friedemann schüttelte den Kopf, und seine Lippen bebten. »Nein«, sagte er; »das war Lüge und Einbildung.«

»Sie haben also geglaubt, glücklich zu sein?« fragte sie.

»Ich habe es versucht«, sagte er, und sie antwortete:

»Das war tapfer.«

Eine Minute verstrich. Nur die Grillen zirpten, und hinter ihnen rauschte es ganz leise in den Bäumen.

»Ich verstehe mich ein wenig auf das Unglück«, sagte sie dann. »Solche Sommernächte am Wasser sind das beste dafür.«

Hierauf antwortete er nicht, sondern wies mit einer schwachen Gebärde hinüber nach dem jenseitigen Ufer, das friedlich im Dunkel lag.

»Dort habe ich neulich gesessen«, sagte er. »Als Sie von mir kamen?« fragte sie.

Er nickte nur.

Dann aber bebte er plötzlich auf seinem Sitz in die Höhe, schluchzte auf, stieß einen Laut aus, einen Klagelaut, der doch zugleich etwas Erlösendes hatte, und sank langsam vor ihr zu Boden. Er hatte mit seiner Hand die ihre berührt, die neben ihm auf der Bank geruht hatte, und während er sie nun festhielt, während er auch die andere ergriff; während dieser kleine, gänzlich verwachsene Mensch zitternd und zuckend vor ihr auf den Knieen lag und sein Gesicht in ihren Schoß drückte, stammelte er mit einer unmenschlichen, keuchenden Stimme:

»Sie wissen es ja … Laß mich … Ich kann nicht mehr … Mein Gott … Mein Gott …«

Sie wehrte ihm nicht, sie beugte sich auch nicht zu ihm nieder. Sie saß hoch aufgerichtet, ein wenig von ihm zurückgelehnt, und ihre kleinen, nahe beieinander liegenden Augen, in denen sich der feuchte Schimmer des Wassers zu spiegeln schien, blickten starr und gespannt gradeaus, über ihn fort, ins Weite.

Und dann, plötzlich, mit einem Ruck, mit einem kurzen, stolzen, verächtlichen Lachen hatte sie ihre Hände seinen heißen Fingern entrissen, hatte ihn am Arm gepackt, ihn seitwärts vollends zu Boden geschleudert, war aufgesprungen und in der Allee verschwunden.

Er lag da, das Gesicht im Grase, betäubt, außer

sich, und ein Zucken lief jeden Augenblick durch seinen Körper. Er raffte sich auf, tat zwei Schritte und stürzte wieder zu Boden. Er lag am Wasser. –

Was ging eigentlich in ihm vor, bei dem, was nun geschah? Vielleicht war es dieser wollüstige Haß, den er empfunden hatte, wenn sie ihn mit ihrem Blicke demütigte, der jetzt, wo er, behandelt von ihr wie ein Hund, am Boden lag, in eine irrsinnige Wut ausartete, die er betätigen mußte, sei es auch gegen sich selbst ... ein Ekel vielleicht vor sich selbst, der ihn mit einem Durst erfüllte, sich zu vernichten, sich in Stücke zu zerreißen, sich auszulöschen ...

Auf dem Bauche schob er sich noch weiter vorwärts, erhob den Oberkörper und ließ ihn ins Wasser fallen. Er hob den Kopf nicht wieder; nicht einmal die Beine, die am Ufer lagen, bewegte er mehr.

Bei dem Aufklatschen des Wassers waren die Grillen einen Augenblick verstummt. Nun setzte ihr Zirpen wieder ein, der Park rauschte leise auf, und durch die lange Allee herunter klang gedämpftes Lachen.

Enttäuschung

Ich gestehe, daß mich die Reden dieses sonderbaren Herrn ganz und gar verwirrten, und ich fürchte, daß ich auch jetzt noch nicht imstande sein werde, sie auf eine Weise zu wiederholen, daß sie andere in ähnlicher Weise berührten, wie an jenem Abend mich selbst. Vielleicht beruhte ihre Wirkung nur auf der befremdlichen Offenheit, mit der ein ganz Unbekannter sie mir äußerte …

Der Herbstvormittag, an dem mir jener Unbekannte auf der Piazza San Marco zum ersten Male auffiel, liegt nun etwa zwei Monate zurück. Auf dem weiten Platze bewegten sich nur wenige Menschen umher, aber vor dem bunten Wunderbau, dessen üppige und märchenhafte Umrisse und goldene Zierate sich in entzückender Klarheit von einem zarten, lichtblauen Himmel abhoben, flatterten in leichtem Seewind die Fahnen; grade vor dem Hauptportal hatte sich um ein junges Mädchen, das Mais streute, ein ungeheures Rudel von Tauben versammelt, während immer mehr noch von allen Seiten herbeischossen … Ein Anblick von unvergleichlich lichter und festlicher Schönheit.

Da begegnete ich ihm, und ich habe ihn, während ich schreibe, mit außerordentlicher Deutlichkeit vor Augen. Er war kaum mittelgroß und ging schnell und gebückt, während er seinen Stock mit beiden Händen auf dem Rücken hielt. Er trug einen schwarzen, steifen Hut, hellen Sommerüberzieher und dunkelgestreifte Beinkleider. Aus irgend einem Grunde hielt ich ihn für einen Engländer. Er konnte dreißig Jahre alt sein, vielleicht auch fünfzig. Sein Gesicht, mit etwas dicker Nase und müdeblickenden, grauen Augen, war glattrasiert, und um seinen Mund spielte beständig ein unerklärliches und ein wenig blödes Lächeln. Nur von Zeit zu Zeit blickte er, indem er die Augenbrauen hob, forschend um sich her, sah dann wieder vor sich zu Boden, sprach ein paar Worte mit sich selbst, schüttelte den Kopf und lächelte. So ging er beharrlich den Platz auf und nieder.

Von nun an beobachtete ich ihn täglich, denn er schien sich mit nichts anderem zu beschäftigen, als bei gutem wie bei schlechtem Wetter, vormittags wie nachmittags, dreißig- und fünfzigmal die Piazza auf und ab zu schreiten, immer allein und immer mit dem gleichen seltsamen Gebaren.

An dem Abend, den ich im Sinne habe, hatte eine Militärkapelle konzertiert. Ich saß an einem der kleinen Tische, die das Café Florian weit auf den Platz hinausstellt, und als nach Schluß des Konzertes die

Menge, die bis dahin in dichten Strömen hin und wider gewogt war, sich zu zerstreuen begann, nahm der Unbekannte, auf abwesende Art lächelnd wie stets, an einem neben mir freigewordenen Tische Platz.

Die Zeit verging, rings umher ward es stiller und stiller, und schon standen weit und breit alle Tische leer. Kaum daß hier und da noch ein Mensch vorüberschlenderte; ein majestätischer Friede lagerte über dem Platz, der Himmel hatte sich mit Sternen bedeckt, und über der prachtvoll theatralischen Fassade von San Marco stand der halbe Mond.

Ich las, indem ich meinem Nachbar den Rücken zuwandte, in meiner Zeitung und war eben im Begriff, ihn allein zu lassen, als ich mich genötigt sah, mich halb nach ihm umzuwenden; denn während ich bislang nicht einmal das Geräusch einer Bewegung von ihm vernommen hatte, begann er plötzlich zu sprechen.

– Sie sind zum ersten Mal in Venedig, mein Herr? fragte er in schlechtem Französisch; und als ich mich bemühte, ihm in englischer Sprache zu antworten, fuhr er in dialektfreiem Deutsch zu sprechen fort mit einer leisen und heiseren Stimme, die er oft durch ein Hüsteln aufzufrischen suchte.

– Sie sehen das alles zum ersten Male? Es erreicht Ihre Erwartungen? – Übertrifft es sie vielleicht sogar? – Ah! Sie haben es sich nicht schöner gedacht? – Das ist wahr? – Sie sagen das nicht nur, um glücklich und beneidenswert zu erscheinen? – Ah! – Er lehnte sich zurück und betrachtete mich mit schnellem Blinzeln und einem ganz unerklärlichen Gesichtsausdruck.

Die Pause, die eintrat, währte lange, und ohne zu wissen, wie dieses seltsame Gespräch fortzusetzen sei, war ich aufs neue im Begriff, mich zu erheben, als er sich hastig vorbeugte.

– Wissen Sie, mein Herr, was das ist: Enttäuschung? fragte er leise und eindringlich, indem er sich mit beiden Händen auf seinen Stock lehnte. – Nicht im Kleinen und Einzelnen ein Mißlingen, ein Fehlschlagen, sondern die große, die allgemeine Enttäuschung, die Enttäuschung, die alles, das ganze Leben einem bereitet? Sicherlich, Sie kennen sie nicht. Ich aber bin von Jugend auf mit ihr umhergegangen, und sie hat mich einsam, unglücklich und ein wenig wunderlich gemacht, ich leugne es nicht.

Wie könnten Sie mich bereits verstehen, mein Herr? Vielleicht aber werden Sie es, wenn ich Sie bitten darf, mir zwei Minuten lang zuzuhören. Denn wenn es gesagt werden kann, so ist es schnell gesagt …

Lassen Sie mich erwähnen, daß ich in einer ganz kleinen Stadt aufgewachsen bin in einem Pastorhause, in dessen überreinlichen Räumen ein altmodisch pathetischer Gelehrtenoptimismus herrschte, und in dem man eine eigentümliche Atmosphäre von Kanzelrhetorik einatmete – von diesen großen Wörtern für Gut und Böse, Schön und Häßlich, die ich so bitterlich hasse, weil sie vielleicht, sie allein an meinem Leiden die Schuld tragen.

Das Leben bestand für mich schlechterdings aus großen Wörtern, denn ich kannte nichts davon als die ungeheuren und wesenlosen Ahnungen, die diese Wörter in mir hervorriefen. Ich erwartete von den Menschen das göttlich Gute und das haarsträubend Teuflische; ich erwartete vom Leben das entzückend Schöne und das Gräßliche, und eine Begierde nach alledem erfüllte mich, eine tiefe, angstvolle Sehnsucht nach der weiten Wirklichkeit, nach dem Erlebnis, gleichviel welcher Art, nach dem berauschend herrlichen Glück und dem unsäglich, unahnbar furchtbaren Leiden.

Ich erinnere mich, mein Herr, mit einer traurigen Deutlichkeit der ersten Enttäuschung meines Lebens, und ich bitte Sie, zu bemerken, daß sie keineswegs in dem Fehlschlagen einer schönen Hoffnung bestand, sondern in dem Eintritt eines Unglücks. Ich war beinahe noch ein Kind, als ein nächtlicher Brand in meinem väterlichen Hause entstand. Das Feuer hatte heimlich und tückisch um sich gegriffen, bis an meine Kammertür brannte das ganze kleine Stockwerk, und auch die Treppe war nicht weit entfernt, in Flammen aufzugehen. Ich war der erste, der es bemerkte, und ich weiß, daß ich durch das Haus stürzte, indem ich einmal über das andere den Ruf hervorstieß: »Nun brennt es! Nun brennt es!« Ich entsinne mich dieses Wortes mit großer Genauigkeit, und ich weiß auch, welches Gefühl ihm zu Grunde lag, obgleich es mir damals kaum zum Bewußtsein gekommen sein mag. Dies ist, so empfand ich, eine Feuersbrunst; nun erlebe ich sie! Schlimmer ist es nicht? Das ist das Ganze? …

Gott weiß, daß es keine Kleinigkeit war. Das ganze Haus brannte nieder, wir alle retteten uns mit Mühe aus äußerster Gefahr, und ich selbst trug ganz beträchtliche Verletzungen davon. Auch wäre es unrichtig, zu sagen, daß meine Phantasie den Ereignissen vorgegriffen und mir einen Brand des Elternhauses entsetzlicher ausgemalt hätte. Aber ein vages Ahnen, eine gestaltlose Vorstellung von etwas noch weit Gräßlicherem hatte in mir gelebt, und im Vergleich damit erschien die Wirklichkeit mir matt. Die Feuersbrunst war mein erstes großes Erlebnis: eine furchtbare Hoffnung wurde damit enttäuscht.

Fürchten Sie nicht, daß ich fortfahren werde, Ihnen meine Enttäuschungen im einzelnen zu berichten. Ich begnüge mich damit, zu sagen, daß ich mit unglückseligem Eifer meine großartigen Erwartungen vom Leben durch tausend Bücher nährte: durch die Werke der Dichter. Ach, ich habe gelernt, sie zu hassen, diese Dichter, die ihre großen Wörter an alle Wände schreiben und sie mit einer in den Vesuv getauchten Ceder am liebsten an die Himmelsdecke malen möchten – während doch ich nicht umhin kann, jedes große Wort als eine Lüge oder als einen Hohn zu empfinden!

Verzückte Poeten haben mir vorgesungen, die Sprache sei arm, ach, sie sei arm – oh nein, mein Herr! Die Sprache, dünkt mich, ist reich, ist überschwenglich reich im Vergleich mit der Dürftigkeit und Begrenztheit des Lebens. Der Schmerz hat seine Grenzen: der körperliche in der Ohnmacht, der seelische im Stumpfsinn, – es ist mit dem Glück nicht anders! Das menschliche Mitteilungsbedürfnis aber hat sich Laute erfunden, die über diese Grenzen hinweglügen.

Liegt es an mir? Läuft nur mir die Wirkung gewisser Wörter auf eine Weise das Rückenmark hinunter, daß sie mir Ahnungen von Erlebnissen erwecken, die es gar nicht gibt?

Ich bin in das berühmte Leben hinausgetreten, voll von dieser Begierde nach einem, einem Erlebnis, das meinen großen Ahnungen entspräche. Gott helfe mir, es ist mir nicht zuteil geworden! Ich bin umhergeschweift, um die gepriesensten Gegenden der Erde zu besuchen, um vor die Kunstwerke hinzutreten, um die die Menschheit mit den größten Wörtern tanzt; ich habe davor gestanden und mir gesagt: Es ist schön. Und doch: Schöner ist es nicht? Das ist das Ganze?

Ich habe keinen Sinn für Tatsächlichkeiten; das sagt vielleicht alles. Irgendwo in der Welt stand ich einmal im Gebirge an einer tiefen, schmalen Schlucht. Die Felsenwände waren nackt und senkrecht, und drunten brauste das Wasser über die Blöcke vorbei. Ich blickte hinab und dachte: Wie, wenn ich stürzte? Aber ich hatte Erfahrung genug, mir zu antworten: Wenn es geschähe, so würde ich im Falle zu mir sprechen: Nun stürzt du hinab, nun ist es Tatsache! Was ist das nun eigentlich? –

Wollen Sie mir glauben, daß ich genug erlebt habe, um ein wenig mitreden zu können? Vor Jahren liebte ich ein Mädchen, ein zartes und holdes Geschöpf, das ich an meiner Hand und unter meinem Schutze gern dahingeführt hätte; sie aber liebte mich nicht, das war kein Wunder, und ein anderer durfte sie schützen … Gibt es ein Erlebnis, das leidvoller wäre? Gibt es etwas Peinigenderes als diese herbe Drangsal, die mit Wollust grausam vermengt ist? Ich habe manche Nacht mit offenen Augen gelegen, und trauriger, quälender als alles übrige war stets der Gedanke: Dies ist der große Schmerz! Nun erlebe ich ihn! – Was ist das nun eigentlich? –

Ist es nötig, daß ich Ihnen auch von meinem Glükke spreche? Denn auch das Glück habe ich erlebt, auch das Glück hat mich enttäuscht … Es ist nicht nötig; denn dies alles sind plumpe Beispiele, die Ihnen nicht klar machen werden, daß es das Leben im ganzen und allgemeinen ist, das Leben in seinem mittelmäßigen, uninteressanten und matten Verlaufe, das mich enttäuscht hat, enttäuscht, enttäuscht.

»Was ist«, schreibt der junge Werther einmal, »der Mensch, der gepriesene Halbgott? Ermangeln ihm nicht eben da die Kräfte, wo er sie am nötigsten braucht? Und wenn er in Freude sich aufschwingt oder in Leiden versinkt, wird er nicht in beiden eben da aufgehalten, eben da zu dem stumpfen, kalten Bewußtsein wieder zurückgebracht, da er sich in der Fülle des Unendlichen zu verlieren sehnte?«

Ich gedenke oft des Tages, an dem ich das Meer zum ersten Male erblickte. Das Meer ist groß, das Meer ist weit, mein Blick schweifte vom Strande hinaus und hoffte, befreit zu sein: dort hinten aber war der Horizont. Warum habe ich einen Horizont? Ich habe vom Leben das Unendliche erwartet.

Vielleicht ist er enger, mein Horizont, als der anderer Menschen? Ich habe gesagt, mir fehle der Sinn für Tatsächlichkeiten, – habe ich vielleicht zu viel Sinn dafür? Kann ich zu bald nicht mehr? Bin ich zu schnell fertig? Kenne ich Glück und Schmerz nur in den niedrigsten Graden, nur in verdünntem Zustande?

Ich glaube es nicht; und ich glaube den Menschen nicht, ich glaube den wenigsten, die angesichts des Lebens in die großen Wörter der Dichter einstimmen – es ist Feigheit und Lüge! Haben Sie übrigens bemerkt, mein Herr, daß es Menschen gibt, die so eitel sind und so gierig nach der Hochachtung und dem heimlichen Neide der anderen, daß sie vorgeben, nur die großen Wörter des Glücks erlebt zu haben, nicht aber die des Leidens?

Es ist dunkel, und Sie hören mir kaum noch zu; darum will ich es mir heute noch einmal gestehen, daß auch ich, ich selbst es einst versucht habe, mit diesen Menschen zu lügen, um mich vor mir und den anderen als glücklich hinzustellen. Aber es ist manches Jahr her, daß diese Eitelkeit zusammenbrach, und ich bin einsam, unglücklich und ein wenig wunderlich geworden, ich leugne es nicht.

Es ist meine Lieblingsbeschäftigung, bei Nacht den Sternenhimmel zu betrachten, denn ist das nicht die beste Art, von der Erde und vom Leben abzusehen? Und vielleicht ist es verzeihlich, daß ich es mir dabei angelegen sein lasse, mir meine Ahnungen wenigstens zu wahren? Von einem befreiten Leben zu träumen, in dem die Wirklichkeit in meinen großen Ahnungen ohne den quälenden Rest der Enttäuschung aufgeht? Von einem Leben, in dem es keinen Horizont mehr gibt? …

Ich träume davon, und ich erwarte den Tod. Ach, ich kenne ihn bereits so genau, den Tod, diese letzte Enttäuschung! Das ist der Tod, werde ich im letzten Augenblicke zu mir sprechen; nun erlebe ich ihn! – W a s i s t d a s n u n e i g e n t l i c h ? –

Aber es ist kalt geworden auf dem Platze, mein Herr; ich bin imstande, das zu empfinden, hehe! Ich empfehle mich Ihnen aufs allerbeste. Adieu …

Der Bajazzo

Nach allem zum Schluß und als würdiger Ausgang, in der Tat, alles dessen ist es nun der Ekel, den mir das Leben – mein Leben – den mir »alles das« und »das Ganze« einflößt, dieser Ekel, der mich würgt, mich aufjagt, mich schüttelt und wieder niederwirft, und der mir vielleicht über kurz oder lang einmal die notwendige Schwungkraft geben wird, die ganze lächerliche und nichtswürdige Angelegenheit überm Knie zu zerbrechen und mich auf und davon zu machen. Sehr möglich immerhin, daß ich es noch diesen und den anderen Monat treibe, daß ich noch ein Viertel- oder Halbjahr fortfahre zu essen, zu schlafen und mich zu beschäftigen – in derselben mechanischen, wohlgeregelten und ruhigen Art, in der mein äußeres Leben während dieses Winters verlief, und die mit dem wüsten Auflösungsprozeß meines Innern in entsetzlichem Widerstreite stand. Scheint es nicht, daß die inneren Erlebnisse eines Menschen desto stärker und angreifender sind, je dégagierter, weltfremder und ruhiger er äußerlich lebt? Es hilft nichts: man muß leben; und wenn du dich wehrst, ein Mensch der Action zu sein, und dich in die friedlichste Einöde zurückziehst, so werden die Wechselfälle des Daseins dich innerlich überfallen, und du wirst deinen Charakter in ihnen zu bewähren haben, seiest du nun ein Held oder ein Narr.

Ich habe mir dies reinliche Heft bereitet, um meine »Geschichte« darin zu erzählen: warum eigentlich? Vielleicht, um überhaupt etwas zu tun zu haben? Aus Lust am Psychologischen vielleicht und um mich an der Notwendigkeit alles dessen zu laben? Die Notwendigkeit ist so tröstlich! Vielleicht auch, um auf Augenblicke eine Art von Überlegenheit über mich selbst und etwas wie Gleichgültigkeit zu genießen? – Denn Gleichgültigkeit, ich weiß, das wäre eine Art von Glück …

I.

Die liegt so weit dahinten, die kleine, alte Stadt mit ihren schmalen, winkeligen und giebeligen Straßen, ihren gotischen Kirchen und Brunnen, ihren betriebsamen, soliden und einfachen Menschen und dem großen, altersgrauen Patrizierhause, in dem ich aufgewachsen bin.

Das lag inmitten der Stadt und hatte vier Generationen von vermögenden und angesehenen Kaufleuten überdauert. »Ora et labora« stand über der Haustür, und wenn man von der weiten, steinernen

Diele, um die sich oben eine Galerie aus weißlackiertem Holze zog, die breite Treppe hinangestiegen war, so mußte man noch einen weitläufigen Vorplatz und eine kleine, dunkle Säulenhalle durchschreiten, um durch eine der hohen, weißen Türen in das Wohnzimmer zu gelangen, wo meine Mutter am Flügel saß und spielte.

Sie saß im Dämmerlicht, denn vor den Fenstern befanden sich schwere, dunkelrote Vorhänge; und die weißen Götterfiguren der Tapete schienen plastisch aus ihrem blauen Hintergrund hervorzutreten und zu lauschen auf diese schweren, tiefen Anfangstöne eines Chopinschen Notturnos, das sie vor allem liebte und stets sehr langsam spielte, wie um die Melancholie eines jeden Accordes auszugenießen. Der Flügel war alt und hatte an Klangfülle eingebüßt, aber mit dem Piano-Pedal, welches die hohen Töne so verschleierte, daß sie an mattes Silber erinnerten, konnte man die seltsamsten Wirkungen erzielen.

Ich saß auf dem massigen, steiflehnigen Damastsofa und lauschte und betrachtete meine Mutter. Sie war klein und zart gebaut und trug meistens ein Kleid aus weichem, hellgrauem Stoff. Ihr schmales Gesicht war nicht schön, aber es war unter dem gescheitelten, leichtgewellten Haar von schüchternem Blond wie ein stilles, zartes, verträumtes Kinderantlitz, und wenn sie, den Kopf ein wenig zur Seite geneigt, am Klaviere saß, so glich sie den kleinen, rührenden

Engeln, die sich auf alten Bildern oft zu Füßen der Madonna mit der Gitarre bemühen.

Als ich klein war, erzählte sie mir mit ihrer leisen und zurückhaltenden Stimme oft Märchen, wie sonst niemand sie kannte; oder sie legte auch einfach ihre Hände auf meinen Kopf, der in ihrem Schoße lag, und saß schweigend und unbeweglich. Mich dünkt, das waren die glücklichsten und friedevollsten Stunden meines Lebens. – Ihr Haar wurde nicht grau, und sie schien mir nicht älter zu werden; ihre Gestalt ward nur beständig zarter und ihr Gesicht schmaler, stiller und verträumter.

Mein Vater aber war ein großer und breiter Herr in feinem schwarzen Tuchrock und weißer Weste, auf der ein goldenes Binocle hing. Zwischen seinen kurzen, eisgrauen Côtelettes trat das Kinn, das wie die Oberlippe glattrasiert war, rund und stark hervor, und zwischen seinen Brauen standen stets zwei tiefe, senkrechte Falten. Es war ein mächtiger Mann von großem Einfluß auf die öffentlichen Angelegenheiten; ich habe Menschen ihn mit fliegendem Atem und leuchtenden Augen verlassen sehen und andere, die gebrochen und ganz verzweifelt waren. Denn es geschah zuweilen, daß ich und auch wohl meine Mutter und meine beiden älteren Schwestern solchen Scenen beiwohnten; vielleicht, weil mein Vater mir Ehrgeiz einflößen wollte, es so weit in der Welt zu bringen wie er; vielleicht auch, wie ich argwöhne, weil er eines Publikums bedurfte. Er hatte eine Art, an seinen Stuhl gelehnt und die eine Hand in den Rockaufschlag geschoben, dem beglückten oder vernichteten Menschen nachzublicken, die mich schon als Kind diesen Verdacht empfinden ließ.

Ich saß in einem Winkel und betrachtete meinen Vater und meine Mutter, wie als ob ich wählte zwischen beiden, und mich bedächte, ob in träumerischem Sinnen oder in Tat und Macht das Leben besser zu verbringen sei. Und meine Augen verweilten am Ende auf dem stillen Gesicht meiner Mutter.

II.

Nicht daß ich in meinem äußeren Wesen ihr gleich gewesen wäre, denn meine Beschäftigungen waren zu einem großen Teile durchaus nicht still und geräuschlos. Ich denke an eine davon, die ich dem Verkehr mit Altersgenossen und ihren Arten von Spiel mit Leidenschaft vorzog, und die mich noch jetzt, da ich beiläufig dreißig Jahre zähle, mit Heiterkeit und Vergnügen erfüllt.

Es handelte sich um ein großes und wohlausgestattetes Puppentheater, mit dem ich mich ganz allein in meinem Zimmer einschloß, um die merkwürdigsten Musikdramen darauf zur Aufführung zu bringen. Mein Zimmer, das im zweiten Stocke lag, und in dem zwei dunkle Vorfahrenportraits mit Wallensteinbärten hingen, ward verdunkelt und eine Lampe neben das Theater gestellt; denn die künstliche Beleuchtung erschien zur Erhöhung der Stimmung erforderlich. Ich nahm unmittelbar vor der Bühne Platz, denn ich war der Kapellmeister, und meine linke Hand ruhte auf einer großen runden Pappschachtel, die das einzige sichtbare Orchester-Instrument ausmachte.

Es trafen nunmehr die mitwirkenden Künstler ein, die ich selbst mit Tinte und Feder gezeichnet, ausgeschnitten und mit Holzleisten versehen hatte, so daß sie stehen konnten. Es waren Herren in Überziehern und Cylindern und Damen von großer Schönheit.

– Guten Abend, sagte ich, meine Herrschaften! Wohlauf allerseits? Ich bin bereits zur Stelle, denn es waren noch einige Anordnungen zu treffen. Aber es wird an der Zeit sein, sich in die Garderoben zu begeben.

Man begab sich in die Garderoben, die hinter der Bühne lagen, und man kehrte bald darauf gänzlich verändert und als bunte Theaterfiguren zurück, um sich durch das Loch, das ich in den Vorhang geschnitten hatte, über die Besetzung des Hauses zu unterrichten. Das Haus war in der Tat nicht übel besetzt, und ich gab mir das Klingelzeichen zum Beginn der Vorstellung, worauf ich den Taktstock erhob und ein Weilchen die große Stille genoß, die dieser Wink hervorrief. Alsbald jedoch ertönte auf eine neue Bewegung hin der ahnungsvoll dumpfe Trommelwirbel, der den Anfang der Ouverture bildete, und den ich mit der linken Hand auf der Pappschachtel vollführte, – die Trompeten, Klarinetten und Flöten, deren Toncharakter ich mit dem Munde auf unvergleichliche Weise nachahmte, setzten ein, und die Musik spielte fort, bis bei einem machtvollen crescendo der Vorhang emporrollte und in dunklem Wald oder prangendem Saal das Drama begann.

Es war vorher in Gedanken entworfen, mußte aber im einzelnen improvisiert werden, und was an leidenschaftlichen und süßen Gesängen erscholl, zu denen die Klarinetten trillerten und die Pappschachtel grollte, das waren seltsame, volltönende Verse, die voller großer und kühner Worte steckten und sich zuweilen reimten, einen verstandesmäßigen Inhalt jedoch selten ergaben. Die Oper aber nahm ihren Fortgang, während ich mit der linken Hand trommelte, mit dem Munde sang und musizierte und mit der Rechten nicht nur die darstellenden Figuren, sondern auch alles übrige aufs umsichtigste dirigierte, so daß nach den Aktschlüssen begeisterter Beifall erscholl, der Vorhang wieder und wieder sich öffnen mußte und es manchmal sogar nötig war, daß der Kapellmeister sich auf seinem Sitze wendete und auf stolze zugleich und geschmeichelte Art in die Stube hinein dankte.

Wahrhaftig, wenn ich nach solch einer anstrengenden Aufführung mit heißem Kopf mein Theater zusammenpackte, so erfüllte mich eine glückliche Mattigkeit, wie ein starker Künstler sie empfinden muß, der ein Werk, an das er sein bestes Können gesetzt, siegreich vollendete. – Dieses Spiel blieb bis zu meinem dreizehnten oder vierzehnten Jahre meine Lieblingsbeschäftigung.

III.

Wie verging doch meine Kindheit und Knabenzeit in dem großen Hause, in dessen unteren Räumen mein Vater seine Geschäfte leitete, während oben meine Mutter in einem Lehnsessel träumte oder leise und nachdenklich Klavier spielte und meine beiden Schwestern, die zwei und drei Jahre älter waren als ich, in der Küche und an den Wäscheschränken hantierten? Ich erinnere mich an so weniges.

Fest steht, daß ich ein ungeheuer muntrer Junge war, der bei seinen Mitschülern durch bevorzugte Herkunft, durch mustergültige Nachahmung der Lehrer, durch tausend Schauspielerstückchen und durch eine Art überlegener Redensarten sich Respekt und Beliebtheit zu verschaffen wußte. Beim Unterricht aber erging es mir übel, denn ich war zu tief beschäftigt damit, die Komik aus den Bewegungen der Lehrer herauszufinden, als daß ich auf das übrige hätte aufmerksam sein können, und zu Hause war mir der Kopf zu voll von Opernstoffen, Versen und buntem Unsinn, als daß ich ernstlich imstande gewesen wäre, zu arbeiten.

– »Pfui«, sagte mein Vater, und die Falten zwischen seinen Brauen vertieften sich, wenn ich ihm nach dem Mittagessen mein Zeugnis ins Wohnzimmer gebracht und er das Papier, die Hand im Rockaufschlag, durchlesen hatte. – »Du machst mir wenig Freude, das ist wahr. Was soll aus Dir werden, wenn Du die Güte haben willst, mir das zu sagen? Du wirst im Leben niemals an die Oberfläche gelangen …«

Das war betrübend; allein es hinderte nicht, daß ich bereits nach dem Abendessen den Eltern und Schwestern ein Gedicht vorlas, das ich während des Nachmittags geschrieben. Mein Vater lachte dabei, daß sein Pincenez auf der weißen Weste hin und her sprang. – »Was für Narrenspossen!« rief er einmal über das andere. Meine Mutter aber zog mich zu sich, strich mir das Haar aus der Stirn und sagte: – »Es ist gar nicht schlecht, mein Junge, ich finde, daß ein paar hübsche Stellen darin sind.«

Später, als ich noch ein wenig älter war, erlernte ich auf eigene Hand eine Art von Klavierspiel. Ich begann damit, in fis-dur Accorde zu greifen, weil ich die schwarzen Tasten besonders reizvoll fand, suchte mir Übergänge zu anderen Tonarten und gelangte allmählich, da ich lange Stunden am Flügel verbrachte, zu einer gewissen Fertigkeit im takt- und melodielosen Wechsel von Harmonieen, wobei ich in dies mystische Gewoge so viel Ausdruck legte, wie nur immer möglich.

Meine Mutter sagte: – »Er hat einen Anschlag, der Geschmack verrät.« Und sie veranlaßte, daß ich Unterricht erhielt, der während eines halben Jahres fortgesetzt wurde, denn ich war wirklich nicht dazu angetan, den gehörigen Fingersatz und Takt zu erlernen. –

Nun, die Jahre vergingen, und ich wuchs trotz der Sorgen, die mir die Schule bereitete, ungemein fröhlich heran. Ich bewegte mich heiter und beliebt im Kreise meiner Bekannten und Verwandten, und ich war gewandt und liebenswürdig aus Lust daran, den Liebenswürdigen zu spielen, obgleich ich alle diese Leute, die trocken und phantasielos waren, aus einem Instinkt heraus zu verachten begann.

IV.

Eines Nachmittags, als ich etwa achtzehn Jahre alt war und an der Schwelle der hohen Schulklassen stand, belauschte ich ein kurzes Zwiegespräch zwischen meinen Eltern, die im Wohnzimmer an dem runden Sofatisch beisammensaßen und nicht wußten, daß ich im anliegenden Speisezimmer tatenlos im Fenster lag und über den Giebelhäusern den blassen Himmel betrachtete. Als ich meinen Namen verstand, trat ich leise an die weiße Flügeltür, die halb offen stand.

Mein Vater saß in seinen Sessel zurückgelehnt, ein Bein über das andere geschlagen, und hielt mit der einen Hand das Börsenblatt auf den Knieen, während er mit der anderen langsam zwischen den Côtelettes sein Kinn streichelte. Meine Mutter saß auf dem Sofa und hatte ihr stilles Gesicht über eine Stickerei geneigt. Die Lampe stand zwischen beiden.

Mein Vater sagte: – »Ich bin der Meinung, daß wir ihn demnächst aus der Schule entfernen und in ein groß angelegtes Geschäft in die Lehre tun.«

– »Oh«, sagte meine Mutter ganz betrübt und blickte auf. »Ein so begabtes Kind!«

Mein Vater schwieg einen Augenblick, während er mit Sorgfalt eine Staubfaser von seinem Rocke blies. Dann hob er die Achseln empor, breitete die Arme aus, indem er meiner Mutter beide Handflächen entgegenhielt und sagte:

– »Wenn Du annimmst, meine Liebe, daß zu der Tätigkeit eines Kaufmanns keinerlei Begabung gehört, so ist diese Auffassung eine irrige. Andererseits bringt es der Junge, wie ich zu meinem Leidwesen mehr und mehr erkennen muß, auf der Schule schlechterdings zu nichts. Seine Begabung, von der Du sprichst, ist eine Art von Bajazzobegabung, wobei ich mich beeile, hinzuzufügen, daß ich dergleichen durchaus nicht unterschätze. Er kann liebenswürdig sein, wenn er Lust hat, er versteht es, mit den Leuten umzugehen, sie zu amüsieren, ihnen zu schmeicheln, er hat das Bedürfnis, ihnen zu gefallen und Erfolge zu erzielen; mit derartiger Veranlagung hat bereits mancher sein Glück gemacht, und mit ihr ist er angesichts seiner sonstigen Indifferenz zum Handelsmann größeren Stils relativ geeignet.«

Hier lehnte mein Vater sich befriedigt zurück, nahm eine Cigarette aus dem Etui und setzte sie langsam in Brand.

– »Du hast sicherlich recht«, sagte meine Mutter und blickte wehmütig im Zimmer umher. – »Ich habe nur oftmals geglaubt und gewissermaßen gehofft, es könne einmal ein Künstler aus ihm werden … Es ist wahr, auf sein musikalisches Talent, das unausgebildet geblieben ist, darf wohl kein Gewicht gelegt werden; aber hast Du bemerkt, daß er sich neuerdings, seitdem er die kleine Kunstausstellung besuchte, ein wenig mit Zeichnen beschäftigt? Es ist gar nicht schlecht, dünkt mich …«

Mein Vater blies den Rauch von sich, setzte sich im Sessel zurecht und sagte kurz:

– »Das alles ist Clownerie und Blague. Im übrigen kann man, wie billig, ihn selbst ja nach seinen Wünschen fragen.«

Nun, was sollte wohl ich für Wünsche haben? Die

Aussicht auf Veränderung meines äußeren Lebens wirkte durchaus erheiternd auf mich, ich erklärte mich ernsten Angesichtes bereit, die Schule zu verlassen, um Kaufmann zu werden, und trat in das große Holzgeschäft des Herrn Schlievogt, unten am Fluß, als Lehrling ein.

V.

Die Veränderung war ganz äußerlich, das versteht sich. Mein Interesse für das große Holzgeschäft des Herrn Schlievogt war ungemein geringfügig, und ich saß auf meinem Drehsessel unter der Gasflamme in dem engen und dunklen Comptoir so fremd und abwesend wie ehemals auf der Schulbank. Ich hatte weniger Sorgen nunmehr; darin bestand der Unterschied.

Herr Schlievogt, ein beleibter Mensch mit rotem Gesicht und grauem, hartem Schifferbart, kümmerte sich wenig um mich, da er sich meistens in der Sägemühle aufhielt, die ziemlich weit von Comptoir und Lagerplatz entfernt lag, und die Angestellten des Geschäftes behandelten mich mit Respekt. In freundschaftlichem Verkehr stand ich nur mit einem von ihnen, einem begabten und vergnügten jungen Menschen aus guter Familie, den ich auf der Schule bereits gekannt hatte, und der übrigens Schilling hieß. Er moquierte sich gleich mir über alle Welt, legte jedoch nebenher ein eifriges Interesse für den Holzhandel an den Tag und verfehlte an keinem Tage, den bestimmten Vorsatz zu äußern, auf irgend eine Weise ein reicher Mann zu werden.

Ich meinesteils erledigte mechanisch meine notwendigen Angelegenheiten, um im übrigen auf dem Lagerplatz zwischen den Bretterstapeln und den Arbeitern umherzuschlendern, durch das hohe Holzgitter den Fluß zu betrachten, an dem dann und wann ein Güterzug vorüber rollte, und dabei an eine Theateraufführung oder an ein Konzert zu denken, dem ich beigewohnt, oder an ein Buch, das ich gelesen.

Ich las viel, las alles, was mir erreichbar war, und meine Eindrucksfähigkeit war groß. Jede dichterische Persönlichkeit verstand ich mit dem Gefühl, glaubte in ihr mich selbst zu erkennen und dachte und empfand so lange in dem Stile eines Buches, bis ein neues seinen Einfluß auf mich ausgeübt hatte. In meinem Zimmer, in dem ich ehemals mein Puppentheater aufgebaut hatte, saß ich nun mit einem Buch auf den Knieen und blickte zu den beiden Vorfahrenbildern empor, um den Tonfall der Sprache nachzugenießen, der ich mich hingegeben hatte, während ein unfruchtbares Chaos von halben Gedanken und Phantasiebildern mich erfüllte …

Meine Schwestern hatten sich kurz nacheinander

verheiratet, und ich ging, wenn ich nicht im Geschäft war, oft ins Wohnzimmer hinunter, wo meine Mutter, die ein wenig kränkelte, und deren Gesicht stets kindlicher und stiller wurde, nun meistens ganz einsam saß. Wenn sie mir Chopin vorgespielt und ich ihr einen neuen Einfall von Harmonien-Verbindung gezeigt hatte, fragte sie mich wohl, ob ich zufrieden in meinem Berufe und glücklich sei … Kein Zweifel, daß ich glücklich war.

Ich war nicht viel älter als zwanzig Jahre, meine Lebenslage war nichts als provisorisch, und der Gedanke war mir nicht fremd, daß ich ganz und gar nicht gezwungen sei, mein Leben bei Herrn Schlievogt oder in einem Holzgeschäfte noch größeren Stils zu verbringen, daß ich mich eines Tages frei machen könne, um die giebelige Stadt zu verlassen und irgendwo in der Welt meinen Neigungen zu leben: gute und feingeschriebene Romane zu lesen, ins Theater zu gehen, ein wenig Musik zu machen … Glücklich? Aber ich speiste vorzüglich, ich ging aufs beste gekleidet, und früh bereits, wenn ich etwa während meiner Schulzeit gesehen hatte, wie arme und schlecht gekleidete Kameraden sich gewohnheitsmäßig duckten und mich und meinesgleichen mit einer Art schmeichlerischer Scheu willig als Herren und Tonangebende anerkannten, war ich mir mit Heiterkeit bewußt gewesen, daß ich zu den Oberen, Reichen, Beneideten gehörte, die nun einmal das

Recht haben, mit wohlwollender Verachtung auf die Armen, Unglücklichen und Neider hinabzublicken. Wie sollte ich nicht glücklich sein? Mochte alles seinen Gang gehen. Fürs erste hatte es seinen Reiz, sich fremd, überlegen und heiter unter diesen Verwandten und Bekannten zu bewegen, über deren Begrenztheit ich mich moquierte, während ich ihnen, aus Lust daran, zu gefallen, mit gewandter Liebenswürdigkeit begegnete und mich wohlgefällig in dem unklaren Respekte sonnte, den alle diese Leute vor meinem Sein und Wesen erkennen ließen, weil sie mit Unsicherheit etwas Oppositionelles und Extravagantes darin vermuteten.

VI.

Es begann eine Veränderung mit meinem Vater vor sich zu gehen. Wenn er um vier Uhr zu Tische kam, so schienen die Falten zwischen seinen Brauen täglich tiefer, und er schob nicht mehr mit einer imposanten Gebärde die Hand in den Rockaufschlag, sondern zeigte ein gedrücktes, nervöses und scheues Wesen. Eines Tages sagte er zu mir:

– »Du bist alt genug, die Sorgen, die meine Gesundheit untergraben, mit mir zu teilen. Übrigens habe ich die Verpflichtung, Dich mit ihnen bekannt zu machen, damit Du Dich über Deine künftige Lebenslage keinen falschen Erwartungen hingibst. Du weißt, daß die Heiraten Deiner Schwestern beträchtliche Opfer gefordert haben. Neuerdings hat die Firma Verluste erlitten, welche geeignet waren, das Vermögen erheblich zu reduzieren. Ich bin ein alter Mann, fühle mich entmutigt, und glaube nicht, daß an der Sachlage Wesentliches zu ändern sein wird. Ich bitte Dich, zu bemerken, daß Du auf Dich selbst gestellt sein wirst …«

Dies sprach er zwei Monate etwa vor seinem Tode. Eines Tages fand man ihn gelblich, gelähmt und lallend in dem Armsessel seines Privatcomptoirs, und eine Woche darauf nahm die ganze Stadt an seinem Begräbnis teil.

Meine Mutter saß zart und still auf dem Sofa an dem runden Tische im Wohnzimmer, und ihre Augen waren meist geschlossen. Wenn meine Schwestern und ich uns um sie bemühten, so nickte sie vielleicht und lächelte, worauf sie fortfuhr, zu schweigen und regungslos, die Hände im Schoße gefaltet, mit einem großen, fremden und traurigen Blick eine Götterfigur der Tapete zu betrachten. Wenn die Herren in Gehröcken kamen, um über den Verlauf der Liquidation Bericht zu erstatten, so nickte sie gleichfalls und schloß aufs neue die Augen.

Sie spielte nicht mehr Chopin, und wenn sie hie und da leise über den Scheitel strich, so zitterte ihre blasse, zarte und müde Hand. Kaum ein halbes Jahr nach meines Vaters Tode legte sie sich nieder, und sie starb, ohne einen Wehelaut, ohne einen Kampf um ihr Leben …

Nun war das alles zu Ende. Was hielt mich eigentlich am Orte? Die Geschäfte waren erledigt worden, gehe es gut oder schlecht, es ergab sich, daß auf mich ein Erbteil von ungefähr hunderttausend Mark gefallen war, und das genügte, um mich unabhängig zu machen – von aller Welt um so mehr, als man mich aus irgend einem gleichgültigen Grunde für militäruntüchtig erklärt hatte.

Nichts verband mich länger mit den Leuten, zwischen denen ich aufgewachsen war, deren Blicke mich stets fremder und erstaunter betrachteten, und deren Weltanschauung zu einseitig war, als daß ich geneigt gewesen wäre, mich ihr zu fügen. Zugegeben, daß sie mich richtig kannten, und zwar als ausgemacht unnützlichen Menschen, so kannte auch ich mich. Aber skeptisch und fatalistisch genug, um – mit dem Worte meines Vaters – meine »Bajazzobegabung« von der heiteren Seite zu nehmen, und fröhlich gewillt, das Leben auf meine Art zu genießen, fehlte mir nichts an Selbstzufriedenheit.

Ich erhob mein kleines Vermögen, und beinahe ohne mich zu verabschieden, verließ ich die Stadt, um mich vorerst auf Reisen zu begeben.

VII.

Dieser drei Jahre, die nun folgten, und in denen ich mich mit begieriger Empfänglichkeit tausend neuen, wechselnden, reichen Eindrücken hingab, erinnere ich mich wie eines schönen, fernen Traumes. Wie lange ist es her, daß ich bei den Mönchen auf dem Symplon zwischen Schnee und Eis ein Neujahrsfest verbrachte; daß ich zu Verona über die Piazza Erbe schlenderte; daß ich vom Borgo San Spirito aus zum ersten Male unter die Kolonnaden von Sankt Peter trat und meine eingeschüchterten Augen sich auf dem ungeheuren Platze verloren; daß ich vom Corso Vittorio Emanuele über das weißschimmernde Neapel hinabblickte und fern im Meere die graziöse Silhouette von Capri in blauem Dunst verschwimmen sah … Es sind in Wirklichkeit sechs Jahre und nicht viel mehr.

Oh, ich lebte vollkommen vorsichtig und meinen Verhältnissen entsprechend: in einfachen Privatzimmern, in wohlfeilen Pensionen – bei dem häufigen Ortswechsel aber, und weil es mir anfangs schwer fiel, mich meiner gutbürgerlichen Gewohnheiten zu entwöhnen, waren größere Ausgaben gleichwohl nicht zu vermeiden. Ich hatte mir für die Zeit meiner Wanderungen 15 000 Mark meines Kapitals ausgesetzt; diese Summe freilich ward überschritten.

Übrigens befand ich mich wohl unter den Leuten,

mit denen ich unterwegs hier und da in Berührung kam, uninteressierte und sehr interessante Existenzen oft, denen ich allerdings nicht wie meiner ehemaligen Umgebung ein Gegenstand des Respekts war, aber von denen ich auch keine befremdeten Blicke und Fragen zu befürchten hatte.

Mit meiner Art von gesellschaftlicher Begabung erfreute ich mich in Pensionen zuweilen aufrichtiger Beliebtheit bei der übrigen Reisegesellschaft – wobei ich mich einer Scene im Salon der Pension Minelli zu Palermo erinnere. In einem Kreise von Franzosen verschiedenen Alters hatte ich am Pianino von ungefähr begonnen, mit großem Aufwand von tragischem Mienenspiel, deklamierendem Gesang und rollenden Harmonieen ein Musikdrama »von Richard Wagner« zu improvisieren, und ich hatte soeben unter ungeheurem Beifall geschlossen, als ein alter Herr auf mich zueilte, der beinahe kein Haar mehr auf dem Kopfe hatte, und dessen weiße, spärliche Côtelettes auf seine graue Reisejoppe hinabflatterten. Er ergriff meine beiden Hände und rief mit Tränen in den Augen:

– »Aber das ist erstaunlich! Das ist erstaunlich, mein teurer Herr! Ich schwöre Ihnen, daß ich mich seit dreißig Jahren nicht mehr so köstlich unterhalten habe! Ah, Sie gestatten, daß ich Ihnen aus vollem Herzen danke, nicht wahr! Aber es ist nötig, daß Sie Schauspieler oder Musiker werden!«

Es ist wahr, daß ich bei solchen Gelegenheiten etwas von dem genialen Übermut eines großen Malers empfand, der im Freundeskreis sich herbeiließ, eine lächerliche zugleich und geistreiche Karikatur auf die Tischplatte zu zeichnen. Nach dem Diner aber begab ich mich allein in den Salon zurück und verbrachte eine einsame und wehmütige Stunde damit, dem Instrumente getragene Akkorde zu entlocken, in die ich die Stimmung zu legen glaubte, die der Anblick Palermos in mir erweckt.

Ich hatte von Sizilien aus Afrika ganz flüchtig berührt, war alsdann nach Spanien gegangen und dort, in der Nähe von Madrid, auf dem Lande war es, im Winter, an einem trüben, regnerischen Nachmittage, als ich zum ersten Male den Wunsch empfand, nach Deutschland zurückzukehren – und die Notwendigkeit obendrein. Denn abgesehen davon, daß ich begann, mich nach einem ruhigen, geregelten und ansässigen Leben zu sehnen, war es nicht schwer, mir auszurechnen, daß bis zu meiner Ankunft in Deutschland bei aller Einschränkung 20 000 Mark verausgabt sein würden.

Ich zögerte nicht allzu lange, den langsamen Rückweg durch Frankreich anzutreten, auf den ich bei längerem Aufenthalt in einzelnen Städten annähernd ein halbes Jahr verwendete, und ich erinnere mich mit wehmütiger Deutlichkeit des Sommerabends, an dem ich in den Bahnhof der mitteldeutschen Residenzstadt einfuhr, die ich mir beim Beginn meiner Reise bereits ausersehen hatte, – ein wenig unterrichtet nunmehr, mit einigen Erfahrungen und Kenntnissen versehen und ganz voll von einer kindlichen Freude, mir hier, in meiner sorglosen Unabhängigkeit und gern meinen bescheidenen Mitteln gemäß, nun ein ungestörtes und beschauliches Dasein gründen zu können.

Damals war ich 25 Jahre alt.

VIII.

Der Platz war nicht übel gewählt. Es ist eine ansehnliche Stadt, noch ohne allzu lärmenden Großstadttrubel und allzu anstößiges Geschäftstreiben, mit einigen ziemlich beträchtlichen alten Plätzen andererseits und einem Straßenleben, das weder der Lebhaftigkeit noch zum Teile der Elégance entbehrt. Die Umgebung besitzt mancherlei angenehme Punkte; aber ich habe stets die geschmackvoll angelegte Promenade bevorzugt, die sich auf dem »Lerchenberge« hinzieht, einem schmalen und langgestreckten Hügel, an den ein großer Teil der Stadt sich lehnt, und von dem man einen weiten Ausblick über Häuser, Kirchen und den weich geschlängelten Fluß hinweg ins Freie genießt. An einigen Punkten, und besonders, wenn an schönen Sommernachmittagen eine

Militärkapelle konzertiert und Equipagen und Spaziergänger sich hin und her bewegen, wird man dort an den Pincio erinnert. – Aber ich werde dieser Promenade noch zu erwähnen haben …

Niemand glaubt, mit welchem umständlichen Vergnügen ich mir das geräumige Zimmer herrichtete, das ich nebst anstoßender Schlafkammer etwa inmitten der Stadt, in belebter Gegend gemietet hatte. Die elterlichen Möbel waren zwar zum größten Teil in den Besitz meiner Schwestern übergegangen, indessen war mir immerhin zugefallen, was ich gebrauchte: stattliche und gediegene Dinge, die zusammen mit meinen Büchern und den beiden Vorfahrenporträts eintrafen; vor allem aber der alte Flügel, den meine Mutter für mich bestimmt hatte.

In der Tat, als alles aufgestellt und geordnet war, als die Photographieen, die ich auf Reisen gesammelt, alle Wände sowie den schweren Mahagoni-Schreibtisch und die bauchige Kommode schmückten, und als ich mich, fertig und geborgen, in einem Lehnsessel am Fenster niederließ, um abwechselnd die Straßen draußen und meine neue Wohnung zu betrachten, war mein Behagen nicht gering. Und dennoch – ich habe diesen Augenblick nicht vergessen – dennoch regte sich neben Zufriedenheit und Vertrauen sacht etwas anderes in mir, irgend ein kleines Gefühl von Ängstlichkeit und Unruhe, das leise Bewußtsein irgend einer Art von Empörung und Auflehnung meinerseits gegen eine drohende Macht … der leicht bedrückende Gedanke, daß meine Lage, die bislang niemals mehr als etwas Vorläufiges gewesen war, nunmehr zum ersten Male als definitiv und unabänderlich betrachtet werden mußte …

Ich verschweige nicht, daß diese und ähnliche Empfindungen sich hie und da wiederholten. Aber sind die gewissen Nachmittagsstunden überhaupt zu vermeiden, in denen man hinaus in die wachsende Dämmerung und vielleicht in einen langsamen Regen blickt und das Opfer trübseherischer Anwandlungen wird? In jedem Falle stand fest, daß meine Zukunft vollkommen gesichert war. Ich hatte die runde Summe von 80 000 Mark der städtischen Bank vertraut, die Zinsen betrugen – mein Gott, die Zeiten sind schlecht! – etwa 600 Mark für das Vierteljahr und gestatteten mir also, anständig zu leben, mich mit Lektüre zu versehen, hier und da ein Theater zu besuchen – ein bißchen leichteren Zeitvertreibs nicht ausgeschlossen.

Meine Tage vergingen fortab in Wirklichkeit dem Ideale gemäß, das von jeher mein Ziel gewesen war. Ich erhob mich etwa um 10 Uhr, frühstückte und verbrachte die Zeit bis zum Mittage am Klavier und mit der Lektüre einer literarischen Zeitschrift oder eines Buches. Dann schlenderte ich die Straße hinauf zu dem kleinen Restaurant, in dem ich mit Regelmäßigkeit verkehrte, speiste und machte darauf einen längeren Spaziergang durch die Straßen, durch eine Galerie, in die Umgegend, auf den Lerchenberg. Ich kehrte nach Hause zurück und nahm die Beschäftigungen des Vormittags wieder auf: ich las, musizierte, unterhielt mich manchmal sogar mit einer Art von Zeichenkunst oder schrieb mit Sorgfalt einen Brief. Wenn ich mich nach dem Abendessen nicht in ein Theater oder ein Konzert begab, so hielt ich mich im Café auf und las bis zum Schlafengehen die Zeitungen. Der Tag aber war gut und schön gewesen, er hatte einen beglückenden Inhalt gehabt, wenn mir am Klaviere ein Motiv gelungen war, das mir neu und schön erschien, wenn ich aus der Lektüre einer Novelle, aus dem Anblick eines Bildes eine zarte und anhaltende Stimmung davongetragen hatte …

Übrigens unterlasse ich es nicht, zu sagen, daß ich in meinen Dispositionen mit einer gewissen Idealität zu Werke ging und daß ich mit Ernst darauf bedacht war, meinen Tagen so viel »Inhalt« zu geben, wie nur immer möglich. Ich speiste bescheiden, hielt mir in der Regel nur einen Anzug, kurz, schränkte meine leiblichen Bedürfnisse mit Vorsicht ein, um andererseits in der Lage zu sein, für einen guten Platz in der Oper oder im Konzert einen hohen Preis zu zahlen, mir neue literarische Erscheinungen zu kaufen, diese oder jene Kunstausstellung zu besuchen …

Die Tage aber verstrichen, und es wurden Wochen und Monate daraus – Langeweile? Ich gebe zu: es ist nicht immer ein Buch zur Hand, das einer Reihe von Stunden den Inhalt verschaffen könnte; übrigens hast du ohne jedes Glück versucht, auf dem Klavier zu phantasieren, du sitzest am Fenster, rauchst Cigaretten, und unwiderstehlich beschleicht dich ein Gefühl der Abneigung von aller Welt und dir selbst; die Ängstlichkeit befällt dich wieder, die übelbekannte Ängstlichkeit, und du springst auf und machst dich davon, um dir auf der Straße mit dem heiteren Achselzucken des Glücklichen die Berufs- und Arbeitsleute zu betrachten, die geistig und materiell zu unbegabt sind für Muße und Genuß.

IX.

Ist ein Siebenundzwanzigjähriger überhaupt imstande, an die endgültige Unabänderlichkeit seiner Lage, und sei diese Unabänderlichkeit nur zu wahrscheinlich, im Ernste zu glauben? Das Zwitschern eines Vogels, ein winziges Stück Himmelsblau, irgend ein halber und verwischter Traum zur Nacht, alles ist geeignet, plötzliche Ströme von vager Hoffnung in sein Herz zu ergießen und es mit der festlichen Erwartung eines großen, unvorhergesehenen Glükkes zu erfüllen ... Ich schlenderte von einem Tag in den andern – beschaulich, ohne ein Ziel, beschäftigt mit dieser oder jener kleinen Hoffnung, handele es sich auch nur um den Tag der Herausgabe einer unterhaltenden Zeitschrift, mit der energischen Überzeugung, glücklich zu sein, und hin und wieder ein wenig müde vor Einsamkeit.

Wahrhaftig, die Stunden waren nicht gerade selten, in denen ein Unwille über Mangel an Verkehr und Gesellschaft mich ergriff, – denn ist es nötig, diesen Mangel zu erklären? Mir fehlte jede Verbindung mit der guten Gesellschaft und den ersten und zweiten Kreisen der Stadt; um mich bei der goldenen Jugend als fêtard einzuführen, gebrach es mir bei Gott an Mitteln, – und andererseits die Bohème? Aber ich bin ein Mensch von Erziehung, ich trage saubere Wäsche und einen heilen Anzug, und ich finde schlechterdings keine Lust darin, mit ungepflegten jungen Leuten an absinthklebrigen Tischen anarchistische Gespräche zu führen. Um kurz zu sein: es gab keinen bestimmten Gesellschaftskreis, dem ich mit Selbstverständlichkeit angehört hätte, und die Bekanntschaften, die sich auf eine oder die andere Weise von selbst ergaben, waren selten, oberflächlich und kühl – durch mein eigenes Verschulden, wie ich zugebe, denn ich hielt mich auch in solchen Fällen mit einem Gefühl der Unsicherheit zurück und mit dem unangenehmen Bewußtsein, nicht einmal einem verbummelten Maler auf kurze, klare und Anerkennung erweckende Weise sagen zu können, wer und was ich eigentlich sei.

Übrigens hatte ich ja wohl mit der »Gesellschaft« gebrochen und auf sie verzichtet, als ich mir die Freiheit nahm, ohne ihr in irgend einer Weise zu dienen, meine eigenen Wege zu gehen, und wenn ich, um glücklich zu sein, der »Leute« bedurft hätte, so mußte ich mir erlauben, mich zu fragen, ob ich in diesem Falle nicht zur Stunde damit beschäftigt gewesen wäre, mich als Geschäftsmann größeren Stils gemeinnützlich zu bereichern und mir den allgemeinen Neid und Respekt zu verschaffen.

Indessen – indessen! Die Tatsache bestand, daß mich meine philosophische Vereinsamung in viel zu hohem Grade verdroß, und daß sie am Ende durchaus nicht mit meiner Auffassung von »Glück« übereinstimmen wollte, mit meinem Bewußtsein, meiner Überzeugung, glücklich zu sein, deren Erschütterung doch – es bestand kein Zweifel – schlechthin unmöglich war. Nicht glücklich sein, unglücklich sein: aber war das überhaupt denkbar? Es war undenkbar, und mit diesem Entscheid war die Frage erledigt, bis aufs neue Stunden kamen, in denen mir dieses Für-sich-sitzen, diese Zurückgezogenheit und Außerhalbstellung nicht in der Ordnung, durchaus nicht in der Ordnung erscheinen wollte und mich zum Erschrecken mürrisch machte.

»Mürrisch« – war das eine Eigenschaft des Glücklichen? Ich erinnerte mich meines Lebens daheim in dem beschränkten Kreise, in dem ich mich mit dem vergnügten Bewußtsein meiner genial-artistischen Veranlagung bewegt hatte – gesellig, liebenswürdig, die Augen voll Heiterkeit, Moquerie und überlegenem Wohlwollen für alle Welt, im Urteil der Leute ein wenig verwunderlich und dennoch beliebt. Damals war ich glücklich gewesen, trotzdem ich in dem großen Holzgeschäfte des Herrn Schlievogt hatte arbeiten müssen; und nun? Und nun? …

Aber ein über die Maßen interessantes Buch ist erschienen, ein neuer französischer Roman, dessen Ankauf ich mir gestattet habe, und den ich, behaglich im Lehnsessel, mit Muße genießen werde. Dreihundert Seiten, wieder einmal, voll Geschmack, Blague und auserlesener Kunst! Ah, ich habe mir mein Leben zu meinem Wohlgefallen eingerichtet! Bin ich vielleicht nicht glücklich? Eine Lächerlichkeit, diese Frage, und weiter nichts …

X.

Wieder einmal ist ein Tag zu Ende, ein Tag, dem nicht abzusprechen ist, Gott sei Dank, daß er Inhalt hatte; der Abend ist da, die Vorhänge des Fensters sind geschlossen, auf dem Schreibtische brennt die Lampe, es ist beinahe schon Mitternacht. Man könnte zu Bette gehen, aber man verharrt halb liegend im Lehnsessel, und die Hände im Schoße gefaltet, blickt man zur Decke empor, um mit Ergebenheit das leise Graben und Zehren irgend eines halb unbestimmten Schmerzes zu verfolgen, der nicht hat verscheucht werden können.

Vor ein paar Stunden noch habe ich mich der Wirkung eines großen Kunstwerkes hingegeben, einer dieser ungeheuren und grausamen Schöpfungen, welche mit dem verderbten Pomp eines ruchlos genialen Dilettantismus rütteln, betäuben, peinigen, beseligen, niederschmettern … Meine Nerven beben noch, meine Phantasie ist aufgewühlt, seltene Stimmungen wogen in mir auf und nieder, Stimmungen von Sehnsucht, religiöser Inbrunst, Triumph, mystischem Frieden, – und ein Bedürfnis ist dabei, das sie stets aufs neue emportreibt, das sie heraustreiben möchte: das Bedürfnis, sie zu äußern, sie mitzuteilen, sie zu zeigen, »etwas daraus zu machen« …

Wie, wenn ich in der Tat ein Künstler wäre, befähigt, mich in Ton, Wort oder Bildwerk zu äußern – am liebsten, aufrichtig gesprochen, in allem zu gleicher Zeit? – Aber es ist wahr, daß ich allerhand vermag! Ich kann, zum guten Beispiel, mich am Flügel niederlassen, um mir im stillen Kämmerlein meine schönen Gefühle vollauf zum Besten zu geben, und das sollte mir billig genügen; denn wenn ich, um glücklich zu sein, der »Leute« bedürfte – zugegeben dies alles! Allein gesetzt, daß ich auch auf den Erfolg ein wenig Wert legte, auf den Ruhm, die

Anerkennung, das Lob, den Neid, die Liebe? … Bei Gott! Schon wenn ich mich an die Scene in jenem Salon zu Palermo erinnere, so muß ich zugeben, daß ein ähnlicher Vorfall in diesem Augenblick für mich eine unvergleichlich wohltuende Ermunterung bedeuten würde.

Wohlüberlegt, ich kann nicht umhin, mir diese sophistische und lächerliche Begriffsunterscheidung zu gestehen: die Unterscheidung zwischen innerem und äußerem Glück! – Das »äußere Glück«, was ist das eigentlich? – Es gibt eine Art von Menschen, Lieblingskinder Gottes, wie es scheint, deren Glück das Genie und deren Genie das Glück ist, Lichtmenschen, die mit dem Widerspiel und Abglanz der Sonne in ihren Augen auf eine leichte, anmutige und liebenswürdige Weise durchs Leben tändeln, während alle Welt sie umringt, während alle Welt sie bewundert, belobt, beneidet und liebt, weil auch der Neid unfähig ist, sie zu hassen. Sie aber blicken darein wie die Kinder, spöttisch, verwöhnt, launisch, übermütig, mit einer sonnigen Freundlichkeit, sicher ihres Glückes und Genies, und als könne das alles durchaus nicht anders sein …

Was mich betrifft, ich leugne die Schwäche nicht, daß ich zu diesen Menschen gehören möchte, und es will mich, gleichviel ob mit Recht oder Unrecht, immer aufs neue bedünken, als hätte ich einstmals zu ihnen gehört: vollkommen »gleichviel«, denn seien wir ehrlich: es kommt darauf an, für was man sich hält, für was man sich gibt, für was man die Sicherheit hat, sich zu geben!

Vielleicht verhält es sich in Wirklichkeit nicht anders, als daß ich auf dieses »äußere Glück« verzichtet habe, indem ich mich dem Dienst der »Gesellschaft« entzog und mir mein Leben ohne die »Leute« einrichtete. An meiner Zufriedenheit aber, damit ist, wie selbstverständlich, in keinem Augenblick zu zweifeln, kann nicht gezweifelt werden, darf nicht gezweifelt werden – denn um es zu wiederholen, und zwar mit einem verzweifelten Nachdruck zu wiederholen: Ich will und muß glücklich sein! Die Auffassung des »Glückes« als eine Art von Verdienst, Genie, Vornehmheit, Liebenswürdigkeit, die Auffassung des »Unglücks« als etwas Häßliches, Lichtscheues, Verächtliches und mit einem Worte Lächerliches ist mir zu tief eigentlich, als daß ich mich selbst noch zu achten vermöchte, wenn ich unglücklich wäre.

Wie dürfte ich mir gestatten, unglücklich zu sein? Welche Rolle müßte ich vor mir spielen? Müßte ich nicht als eine Art von Fledermaus oder Eule im Dunkeln hocken und neidisch zu den »Lichtmenschen« hinüberblinzeln, den liebenswürdigen Glücklichen? Ich müßte sie hassen, mit jenem Haß, der nichts ist als eine vergiftete Liebe, – und mich verachten!

»Im Dunkeln hocken!« Ah, und mir fällt ein, was

ich seit manchem Monat hin und wieder über meine »Außerhalb-Stellung« und »philosophische Vereinsamung« gedacht und gefühlt habe! Und die Angst meldet sich wieder, die übelbekannte Angst! Und das Bewußtsein irgend einer Art von Empörung gegen eine drohende Macht …

– Unzweifelhaft, daß sich ein Trost fand, eine Ablenkung, eine Betäubung für dieses Mal und ein anderes und wiederum ein nächstes. Aber es kehrte wieder, alles dies, es kehrte tausendmal wieder im Laufe der Monate und der Jahre.

XI.

Es gibt Herbsttage, die wie ein Wunder sind. Der Sommer ist vorüber, draußen hat längst das Laub zu vergilben begonnen, und in der Straße hat tagelang bereits der Wind um alle Ecken gepfiffen, während in den Rinnsteinen unreinliche Bäche sprudelten. Du hast dich darein ergeben, du hast dich sozusagen am Ofen bereit gesetzt, um den Winter über dich ergehen zu lassen; eines Morgens aber beim Erwachen bemerkst du mit ungläubigen Augen, daß ein schmaler Streif von leuchtendem Blau zwischen den Fenstervorhängen hindurch in dein Zimmer blitzt. Ganz erstaunt springst du aus dem Bette, du öffnest das Fenster, eine Woge von zitterndem Sonnenlicht strömt dir entgegen, und zugleich vernimmst du durch alles Straßengeräusch hindurch ein geschwätziges und munteres Vogelgezwitscher, während es dir nicht anders ist, als atmetest du mit der frischen und leichten Luft eines ersten Oktobertages die unvergleichlich süße und verheißungsvolle Würze ein, die sonst den Winden des Mai gehört. Es ist Frühling, es ist ganz augenscheinlich Frühling, dem Kalender zum Trotz, und du wirfst dich in die Kleider, um unter dem schimmernden Himmel durch die Straßen und ins Freie zu eilen …

Ein so unverhoffter und merkwürdiger Tag erschien vor nunmehr etwa vier Monaten, – wir stehen augenblicklich am Anfang des Februar – und an diesem Tage sah ich etwas ausnehmend Hübsches. Vor neun Uhr am Morgen hatte ich mich aufgemacht, und ganz erfüllt von einer leichten und freudigen Stimmung, von einer unbestimmten Hoffnung auf Veränderungen, Überraschungen und Glück schlug ich den Weg zum Lerchenberge ein. Ich stieg am rechten Ende den Hügel hinan, und ich verfolgte seinen ganzen Rücken der Länge nach, indem ich mich stets auf der Hauptpromenade am Rande und an der niedrigen Steinrampe hielt, um auf dem ganzen Wege, der wohl eine kleine halbe Stunde in Anspruch nimmt, den Ausblick über die leicht terrassenförmig abfallende Stadt und den Fluß freizuhaben, dessen Schlingungen in der Sonne blinkten und hinter dem die Landschaft mit Hügeln und Grün im Sonnendunst verschwamm.

Es war noch beinahe menschenleer hier oben. Die Bänke jenseits des Weges standen einsam, und hie und da blickte zwischen den Bäumen eine Statue hervor, weißschimmernd vor Sonne, während doch ein welkes Blatt dann und wann langsam darauf niedertaumelte. Die Stille, der ich horchte, während ich im Wandern den Blick auf das lichte Panorama zur Seite gerichtet hielt, blieb ungestört, bis ich das Ende des Hügels erreicht hatte, und der Weg sich zwischen alten Kastanien zu senken begann. Hier jedoch klang hinter mir Pferdegestampf und das Rollen eines Wagens auf, der sich in raschem Trabe näherte, und dem ich an der Mitte etwa des Abstieges Platz machen mußte. Ich trat zur Seite und blieb stehen.

Es war ein kleiner, ganz leichter und zweirädiger Jagdwagen, bespannt mit zwei großen, blanken und lebhaft schnaubenden Füchsen. Die Zügel hielt eine junge Dame von neunzehn vielleicht oder zwanzig Jahren, neben der ein alter Herr von stattlichem und vornehmem Äußern saß, mit weißem à la russe aufgebürstetem Schnurrbart und dichten, weißen Augenbrauen. Ein Bedienter in einfacher, schwarzsilberner Livree dekorierte den Rücksitz.

Das Tempo der Pferde war bei Beginn des Abstieges zum Schritt verzögert worden, da das eine von ihnen nervös und unruhig schien. Es hatte sich weit seitwärts von der Deichsel entfernt, drückte den Kopf auf die Brust und setzte seine schlanken Beine mit einem so zitternden Widerstreben, daß der alte Herr, ein wenig besorgt, sich vorbeugte, um mit seiner elegant behandschuhten Linken der jungen Dame beim Straffziehen der Zügel behilflich zu sein. Die Lenkung schien ihr nur vorübergehend und halb zum Scherze anvertraut worden, wenigstens sah es aus, als ob sie das Kutschieren mit einer Art von kindlicher Wichtigkeit und Unerfahrenheit zugleich behandelte. Sie machte eine kleine, ernsthafte und indignierte Kopfbewegung, während sie das scheuende und stolpernde Tier zu beruhigen suchte.

Sie war brünett und schlank. Auf ihrem Haar, das überm Nacken zu einem festen Knoten gewunden war und das sich ganz leicht und lose um Stirn und Schläfen legte, so daß einzelne lichtbraune Fäden zu unterscheiden waren, saß ein runder, dunkelfarbiger Strohhut, geschmückt ausschließlich mit einem kleinen Arrangement von Bandwerk. Übrigens trug sie eine kurze, dunkelblaue Jacke und einen schlichtgearbeiteten Rock aus hellgrauem Tuch.

In ihrem ovalen und feingeformten Gesicht, dessen zartbrünetter Teint von der Morgenluft frisch gerötet war, bildeten das Anziehendste sicherlich die Augen: ein Paar schmaler und langgeschnittener Augen, deren kaum zur Hälfte sichtbare Iris blitzend schwarz war, und über denen sich außerordentlich gleichmäßige und wie mit der Feder gezeichnete Brauen wölbten. Die Nase war vielleicht ein wenig lang, und der Mund, dessen Lippenlinien jedenfalls klar und fein waren, hätte schmaler sein dürfen. Im Augenblicke aber wurde ihm durch die schimmernd weißen und etwas von einander entfernt stehenden Zähne ein Reiz gegeben, die das junge Mädchen bei den Bemühungen um das Pferd energisch auf die Unterlippe drückte, und mit denen sie das fast kindlich runde Kinn ein wenig emporzog.

Es wäre ganz falsch, zu sagen, daß dieses Gesicht von auffallender und bewunderungswürdiger Schönheit gewesen sei. Es besaß den Reiz der Jugend und der fröhlichen Frische, und dieser Reiz war gleichsam geglättet, stillgemacht und veredelt durch die wohlhabende Sorglosigkeit, vornehme Erziehung und luxuriöse Pflege; es war gewiß, daß diese schmalen und blitzenden Augen, die jetzt mit verwöhnter Ärgerlichkeit auf das störrische Pferd blickten, in der nächsten Minute wieder den Ausdruck sicheren und selbstverständlichen Glückes annehmen würden. – Die Ärmel der Jacke, die an den Schultern weit und bauschig waren, umspannten ganz knapp die schlanken Handgelenke, und niemals habe ich einen entzückenderen Eindruck von auserlesener Eleganz empfangen, als durch die Art, mit der diese schmalen, unbekleideten, mattweißen Hände die Zügel hielten! –

Ich stand am Wege, von keinem Blicke gestreift, während der Wagen vorüberfuhr, und ich ging langsam weiter, als er sich wieder in Trab setzte und rasch verschwand. Was ich empfand, war Freude und Bewunderung; aber irgend ein seltsamer und stechender Schmerz meldete sich zur gleichen Zeit, ein herbes und drängendes Gefühl von – Neid? von Liebe? – ich wagte es nicht auszudenken – von Selbstverachtung?

Während ich schreibe, kommt mir die Vorstellung eines armseligen Bettlers, der vor dem Schaufenster eines Juweliers in den kostbaren Schimmer eines Edelsteinkleinods starrt. Dieser Mensch wird es in seinem Inneren nicht zu dem klaren Wunsche bringen, das Geschmeid zu besitzen; denn schon der Gedanke an diesen Wunsch wäre eine lächerliche Unmöglichkeit, die ihn vor sich selbst zum Gespött machen würde.

XII.

Ich will erzählen, daß ich infolge eines Zufalles diese junge Dame nach Verlauf von acht Tagen bereits zum zweiten Male sah, und zwar in der Oper. Man gab Gounods »Margarethe«, und kaum hatte ich den hellerleuchteten Saal betreten, um mich zu meinem Parkettplatze zu begeben, als ich sie zur Linken des alten Herrn in einer Prosceniumsloge der anderen Seite gewahrte. Nebenbei stellte ich fest, daß mich lächerlicherweise ein kleiner Schreck und etwas wie Verwirrung dabei berührte, und daß ich aus irgend einem Grunde meine Augen sofort abschweifen und über die anderen Ränge und Logen hinwandern ließ. Erst beim Beginn der Ouvertüre entschloß ich mich, die Herrschaften ein wenig eingehender zu betrachten.

Der alte Herr, in streng geschlossenem Gehrock mit schwarzer Schleife, saß mit einer ruhigen Würde in seinen Sessel zurückgelehnt und ließ die eine der braun bekleideten Hände leicht auf dem Sammet der Logenbrüstung ruhen, während die andere hie und da langsam über den Bart oder über das kurzgehaltene ergraute Haupthaar strich. Das junge Mädchen dagegen – seine Tochter, ohne Zweifel? – saß interessiert und lebhaft vorgebeugt, beide Hände, in denen sie ihren Fächer hielt, auf dem Sammetpolster. Dann und wann machte sie eine kurze Kopfbewegung, um das lockere, lichtbraune Haar ein wenig von der Stirn und den Schläfen zurückzuwerfen.

Sie trug eine ganz leichte Bluse aus heller Seide, in deren Gürtel ein Veilchensträußchen steckte, und ihre schmalen Augen blitzten in der scharfen Beleuchtung noch schwärzer als vor acht Tagen. Übrigens machte ich die Beobachtung, daß die Mundhaltung, die ich damals an ihr bemerkt hatte, ihr überhaupt eigentümlich war: in jedem Augenblicke setzte sie ihre weißen, in kleinen, regelmäßigen Abständen schimmernden Zähne auf die Unterlippe und zog das Kinn ein wenig empor. Diese unschuldige Miene, die von gar keiner Koketterie zeugte, der ruhig und fröhlich zugleich umherwandernde Blick ihrer Augen, ihr zarter und weißer Hals, welcher frei war, und um den sich ein schmales Seidenband von der Farbe der Taille schmiegte, die Bewegung, mit der sie sich hie und da an den alten Herrn wandte, um ihn auf irgend etwas im Orchester, am Vorhang, in einer Loge aufmerksam zu machen – alles brachte den Eindruck einer unsäglich feinen und lieblichen Kindlichkeit hervor, die jedoch nichts in irgend einem Grade Rührendes und »Mitleid«-Erregendes an sich hatte. Es war eine vornehme, abgemessene und durch elegantes Wohlleben sicher und überlegen gemachte Kindlichkeit, und sie legte ein Glück an den Tag, dem nichts Übermütiges, sondern eher etwas Stilles eignete, weil es selbstverständlich war.

Gounods geistreiche und zärtliche Musik war, wie mich dünkte, keine falsche Begleitung zu diesem Anblick, und ich lauschte ihr, ohne auf die Bühne zu achten, und ganz und gar hingegeben an eine milde und nachdenkliche Stimmung, deren Wehmut ohne diese Musik vielleicht schmerzlicher gewesen wäre. In der Pause aber bereits, die dem ersten Akte folgte, erhob sich von seinem Parkettplatz ein Herr von sagen wir einmal: siebenundzwanzig bis dreißig Jahren, welcher verschwand und gleich darauf mit einer geschickten Verbeugung in der Loge meiner Aufmerksamkeit erschien. Der alte Herr streckte ihm alsbald die Hand entgegen, und auch die junge Dame reichte ihm mit einem freundlichen Kopfnicken die ihre, die er mit Anstand an seine Lippen führte, worauf man ihn nötigte, Platz zu nehmen.

Ich erkläre mich bereit, zu bekennen, daß dieser Herr den unvergleichlichsten Hemdeinsatz besaß, den ich in meinem Leben erblicken durfte. Er war vollkommen bloßgelegt dieser Hemdeinsatz, denn die Weste war nichts als ein schmaler, schwarzer Streifen, und die Frackjacke, die nicht früher als weit unterhalb des Magens durch einen Knopf geschlossen wurde, war von den Schultern aus in ungewöhnlich weitem Bogen ausgeschnitten. Der Hemdeinsatz aber, der an dem hohen und scharf zurückgeschlagenen Stehkragen durch eine breite, schwarze Schleife abgeschlossen wurde, und auf dem in gemessenen Abständen zwei große, viereckige und ebenfalls schwarze Knöpfe standen, war von blendendem Weiß, und er war bewunderungswürdig gestärkt, ohne darum der Schmiegsamkeit zu ermangeln, denn in der Gegend des Magens bildete er auf angenehme Art eine Vertiefung, um sich dann wiederum zu einem gefälligen und schimmernden Buckel zu erheben.

Es versteht sich, daß dieses Hemd den größten

Teil der Aufmerksamkeit für sich verlangte; der Kopf aber, seinerseits, der vollkommen rund war, und dessen Schädel eine Decke ganz kurzgeschorenen, hellblonden Haares überzog, war geschmückt mit einem rand- und bandlosen Binocle, einem nicht zu starken, blonden und leichtgekräuselten Schnurrbart und auf der einen Wange mit einer Menge von kleinen Mensurschrammen, die sich bis zur Schläfe hinaufzogen. Übrigens war dieser Herr ohne Fehler gebaut und bewegte sich mit Sicherheit.

Ich habe im Verlaufe des Abends – denn er verblieb in der Loge – zwei Positionen an ihm beobachtet, die ihm besonders eigentümlich schienen. Gesetzt nämlich, daß die Unterhaltung mit den Herrschaften ruhte, so saß er, ein Bein über das andere geschlagen und das Fernglas auf den Knieen, mit Bequemlichkeit zurückgelehnt, senkte das Haupt und schob den ganzen Mund heftig hervor, um sich in die Betrachtung seiner beiden Schnurrbartenden zu versenken, gänzlich hypnotisiert davon, wie es schien, und indem er langsam und still den Kopf von der einen Seite nach der anderen wandte. In einer Konversation, andernfalls, mit der jungen Dame begriffen, änderte er aus Ehrerbietung die Stellung seiner Beine, lehnte sich jedoch noch weiter zurück, wobei er mit beiden Händen seinen Sessel erfaßte, erhob das Haupt so weit wie immer möglich und lächelte mit ziemlich weit geöffnetem Munde in liebenswürdiger und bis zu einem gewissen Grade überlegener Weise auf seine junge Nachbarin nieder. Diesen Herrn mußte ein wundervoll glückliches Selbstbewußtsein erfüllen …

Im Ernste gesprochen, ich weiß dergleichen zu schätzen. Keiner seiner Bewegungen, und sei ihre Nonchalance immerhin gewagt gewesen, folgte eine peinliche Verlegenheit; er war getragen von Selbstgefühl. Und warum sollte dies anders sein? Es war klar: er hatte, ohne sich vielleicht besonders hervorzutun, seinen korrekten Weg gemacht, er würde denselben bis zu klaren und nützlichen Zielen verfolgen, er lebte im Schatten des Einverständnisses mit aller Welt und in der Sonne der allgemeinen Achtung. Mittlerweile saß er dort in der Loge und plauderte mit einem jungen Mädchen, für dessen reinen und köstlichen Reiz er vielleicht nicht unzugänglich war, und dessen Hand er in diesem Falle sich guten Mutes erbitten konnte. Wahrhaftig, ich spüre keine Lust, irgendein mißächtliches Wort über diesen Herrn zu äußern!

Ich aber, ich meinesteils? Ich saß hier unten und mochte aus der Entfernung, aus dem Dunkel heraus grämlich beobachten, wie jenes kostbare und unerreichliche Geschöpf mit diesem Nichtswürdigen plauderte und lachte! Ausgeschlossen, unbeachtet, unberechtigt, fremd, hors ligne, deklassiert, Paria, erbärmlich vor mir selbst …

Ich blieb bis zum Ende, und ich traf die drei Herrschaften in der Garderobe wieder, wo man sich beim Umlegen der Pelze ein wenig aufhielt und mit diesem oder jenem ein paar Worte wechselte, hier mit einer Dame, dort mit einem Offizier … Der junge Herr begleitete Vater und Tochter, als sie das Theater verließen, und ich folgte ihnen in einem kleinen Abstande durch das Vestibül.

Es regnete nicht, es standen ein paar Sterne am Himmel, und man nahm keinen Wagen. Gemächlich und plaudernd schritten die drei vor mir her, der ich sie in scheuer Entfernung verfolgte, – niedergedrückt, gepeinigt von einem stechend schmerzlichen, höhnischen, elenden Gefühl … Man hatte nicht weit zu gehen; kaum war eine Straße zurückgelegt, als man vor einem stattlichen Hause mit schlichter Fassade stehen blieb, und gleich darauf verschwanden Vater und Tochter nach herzlicher Verabschiedung von ihrem Begleiter, der seinerseits beschleunigten Schrittes davonging.

An der schweren, geschnitzten Tür des Hauses war der Name »Justizrat Rainer« zu lesen.

XIII.

Ich bin entschlossen, diese Niederschrift zu Ende zu führen, obgleich ich vor innerem Widerstreben in jedem Augenblicke aufspringen und davonlaufen möchte. Ich habe in dieser Angelegenheit so bis zur Erschlaffung gegraben und gebohrt! Ich bin alles dessen so bis zur Übelkeit überdrüssig! …

Es sind nicht völlig drei Monate, daß mich die Zeitungen über einen »Bazar« unterrichteten, der zu Zwecken der Wohltätigkeit im Rathause der Stadt arrangiert worden war, und zwar unter Beteiligung der vornehmen Welt. Ich las diese Annonce mit Aufmerksamkeit, und ich war gleich darauf entschlossen, den Bazar zu besuchen. Sie wird dort sein, dachte ich, vielleicht als Verkäuferin, und in diesem Falle wird nichts mich abhalten, mich ihr zu nähern. Ruhig überlegt bin ich Mensch von Bildung und guter Familie, und wenn mir dieses Fräulein Rainer gefällt, so ist es mir bei solcher Gelegenheit so wenig wie dem Herrn mit dem erstaunlichen Hemdeinsatz verwehrt, sie anzureden, ein paar scherzhafte Worte mit ihr zu wechseln …

Es war ein windiger und regnerischer Nachmittag, als ich mich zum Rathause begab, vor dessen Portal ein Gedränge von Menschen und Wagen herrschte. Ich bahnte mir einen Weg in das Gebäude, erlegte das Eintrittsgeld, gab Überzieher und Hut in Verwahrung und gelangte mit einiger Anstrengung die breite, mit Menschen bedeckte Treppe hinauf ins erste Stockwerk und in den Festsaal, aus dem mir ein schwüler Dunst von Wein, Speisen, Parfüms und Tannengeruch, ein wirrer Lärm von Gelächter, Gespräch, Musik, Ausrufen und Gongschlägen entgegendrang.

Der ungeheuer hohe und weite Raum war mit Fahnen und Guirlanden buntfarbig geschmückt, und an den Wänden wie in der Mitte zogen sich die Buden hin, offene Verkaufsstellen sowohl, wie geschlossene Verschläge, deren Besuch phantastisch maskierte Herren aus vollen Lungen empfahlen. Die Damen, die ringsumher Blumen, Handarbeiten, Tabak und Erfrischungen aller Art verkauften, waren gleichfalls in verschiedener Weise kostümiert. Am oberen Ende des Saales lärmte auf einer mit Pflanzen besetzten Estrade die Musikkapelle, während in dem nicht breiten Gange, den die Buden freiließen, ein kompakter Zug von Menschen sich langsam vorwärts bewegte.

Ein wenig frappiert von dem Geräusch der Musik, der Glückshäfen, der lustigen Reklame, schloß ich mich dem Strome an, und noch war keine Minute vergangen, als ich vier Schritte links vom Eingange die junge Dame erblickte, die ich hier suchte. Sie hielt in einer kleinen, mit Tannenlaub bekränzten Bude Weine und Limonaden feil und war als Italienerin gekleidet: mit dem bunten Rock, der weißen, rechtwinkligen Kopfbedeckung und dem kurzen Mieder der Albanerinnen, dessen Hemdärmel ihre zarten Arme bis zu den Ellenbogen entblößt ließen. Ein wenig erhitzt lehnte sie seitwärts am Verkaufstisch, spielte mit ihrem bunten Fächer und plauderte mit einer Anzahl von Herren, die rauchend die Bude umstanden, und unter denen ich mit dem ersten Blicke den Wohlbekannten gewahrte; ihr zunächst stand er am Tische, vier Finger jeder Hand in den Seitentaschen seines Jaquetts.

Ich drängte langsam vorüber, entschlossen, zu ihr zu treten, sobald eine Gelegenheit sich böte, sobald sie weniger in Anspruch genommen wäre … Ah! Es sollte sich erweisen nunmehr, ob ich noch über einen Rest von fröhlicher Sicherheit und selbstbewußter Gewandtheit verfügte, oder ob die Morosität und die halbe Verzweiflung meiner letzten Wochen berechtigt gewesen war! Was hatte mich eigentlich angefochten? Woher angesichts dieses Mädchens dies peinigende und elende Mischgefühl aus Neid, Liebe, Scham und gereizter Bitterkeit, das mir auch nun wieder, ich bekenne es, das Gesicht erhitzte? Freimut! Liebenswürdigkeit! Heitere und anmutige Selbstgefälligkeit, zum Teufel, wie sie einem begabten und glücklichen Menschen geziemt! Und ich dachte mit einem nervösen Eifer der scherzhaften Wendung, dem guten Worte, der italienischen Anrede nach, mit der ich mich ihr zu nähern beabsichtigte …

Es währte eine gute Weile, bis ich in der schwerfällig vorwärts schiebenden Menge den Weg um den Saal zurückgelegt hatte, – und in der Tat: als ich mich aufs neue bei der kleinen Weinbude befand, war der Halbkreis von Herren verschwunden, und nur der Wohlbekannte lehnte noch am Schanktische, indem er sich aufs lebhafteste mit der jungen Verkäuferin unterhielt. Nun wohl, so mußte ich mir erlauben, diese Unterhaltung zu unterbrechen … Und mit einer kurzen Wendung verließ ich den Strom und stand am Tische.

Was geschah? Ah, nichts! Beinahe nichts! Die Konversation brach ab, der Wohlbekannte trat einen Schritt zur Seite, indem er mit allen fünf Fingern sein rand- und bandloses Binocle erfaßte und mich zwischen diesen Fingern hindurch betrachtete, und die junge Dame ließ einen ruhigen und prüfenden Blick über mich hingleiten – über meinen Anzug bis auf die Stiefel hinab. Dieser Anzug war keineswegs neu, und diese Stiefel waren vom Straßenkot besudelt, ich wußte das. Überdies war ich erhitzt, und mein Haar war sehr möglicherweise in Unordnung. Ich war nicht kühl, nicht frei, nicht auf der Höhe der Situation. Das Gefühl, daß ich, ein Fremder, Unberechtigter, Unzugehöriger, hier störte und mich lächerlich machte, befiel mich. Unsicherheit, Hilflosigkeit, Haß und Jämmerlichkeit verwirrten mir den Blick, und mit einem Worte, ich führte meine munteren Absichten aus, indem ich mit finster zusammengezogenen Brauen, mit heiserer Stimme und auf kurze, beinahe grobe Weise sagte:

»Ich bitte um ein Glas Wein.«

Es ist vollkommen gleichgültig, ob ich mich irrte, als ich zu bemerken glaubte, daß das junge Mädchen einen raschen und spöttischen Blick zu ihrem Freunde hinüberspielen ließ. Schweigend wie er und ich gab sie mir den Wein, und ohne den Blick zu erheben, rot und verstört vor Wut und Schmerz, eine unglückliche und lächerliche Figur, stand ich zwischen diesen beiden, trank ein paar Schlucke, legte das Geld auf den Tisch, verbeugte mich fassungslos, verließ den Saal und stürzte ins Freie.

Seit diesem Augenblicke ist es zu Ende mit mir, und es fügt der Sache bitterwenig hinzu, daß ich ein paar Tage später in den Journalen die Verkündigung fand:

»Die Verlobung meiner Tochter Anna mit Herrn Assessor Dr. Alfred Witznagel beehre ich mich ergebenst anzuzeigen. Justizrat Rainer.«

XIV.

Seit diesem Augenblick ist es zu Ende mit mir. Mein letzter Rest von Glücksbewußtsein und Selbstgefälligkeit ist zu Tode gehetzt zusammengebrochen, ich kann nicht mehr, ja, ich bin unglücklich, ich gestehe es ein, und ich sehe eine klägliche und lächerliche Figur in mir! – Aber ich halte das nicht aus! Ich gehe zu Grunde! Ich werde mich totschießen, sei es heut oder morgen!

Meine erste Regung, mein erster Instinkt war der schlaue Versuch, das Belletristische aus der Sache zu ziehen und mein erbärmliches Übelbefinden in »unglückliche Liebe« umzudeuten: Eine Albernheit, wie sich von selbst versteht. Man geht an keiner unglücklichen Liebe zu Grunde. Eine unglückliche Liebe ist eine Attitüde, die nicht übel ist. In einer unglücklichen Liebe gefällt man sich. Ich aber gehe daran zu Grunde, daß es mit allem Gefallen an mir selbst so ohne Hoffnung zu Ende ist!

Liebte ich, wenn endlich einmal diese Frage erlaubt ist, liebte ich dieses Mädchen denn eigentlich? – Vielleicht … aber wie und warum? War diese Liebe nicht eine Ausgeburt meiner längst schon gereizten und kranken Eitelkeit, die beim ersten Anblick dieser unerreichbaren Kostbarkeit peinigend aufbegehrt war und Gefühle von Neid, Haß und Selbstverachtung hervorgebracht hatte, für die dann die Liebe bloß Vorwand, Ausweg und Rettung war?

Ja, das alles ist Eitelkeit! Und hat mich nicht mein Vater schon einst einen Bajazzo genannt?

Ach, ich war nicht berechtigt, ich am wenigsten, mich seitab zu setzen und die »Gesellschaft« zu ignorieren, ich, der ich zu eitel bin, ihre Miß- und Nichtachtung zu ertragen, der ich ihrer und ihres Beifalls nicht zu entraten vermag! – Aber es handelt sich nicht um Berechtigung? Sondern um Notwendigkeit? Und mein unbrauchbares Bajazzotum hätte für keine sociale Stellung getaugt? Nun wohl, eben dieses Bajazzotum ist es, an dem ich in jedem Falle zu Grunde gehen mußte.

Gleichgültigkeit, ich weiß, das wäre eine Art von Glück … Aber ich bin nicht imstande, gleichgültig gegen mich zu sein, ich bin nicht imstande, mich mit anderen Augen anzusehen, als mit denen der »Leute«, und ich gehe an bösem Gewissen zu Grunde – erfüllt von Unschuld … Sollte das böse Gewissen denn niemals etwas anderes sein, als eiternde Eitelkeit? –

Es gibt nur ein Unglück: das Gefallen an sich selbst einbüßen. Sich nicht mehr zu gefallen, das ist das Unglück – ah, und ich habe das stets sehr deutlich gefühlt! Alles übrige ist Spiel und Bereicherung des Lebens, in jedem anderen Leiden kann man so außerordentlich mit sich zufrieden sein, sich so vorzüglich ausnehmen. Die Zwietracht erst mit dir selbst, das böse Gewissen im Leiden, die Kämpfe der Eitelkeit erst sind es, die dich zu einem kläglichen und widerwärtigen Anblick machen …

Ein alter Bekannter erschien auf der Bildfläche, ein Herr Namens Schilling, mit dem ich einst in dem großen Holzgeschäfte des Herrn Schlievogt gemeinschaftlich der Gesellschaft diente. Er berührte in Geschäften die Stadt und kam, mich zu besuchen – ein »skeptisches Individuum«, die Hände in den Hosentaschen, mit einem schwarzgeränderten Pincenez und einem realistisch duldsamen Achselzucken. Er traf des Abends ein und sagte: »Ich bleibe ein paar Tage hier.« – Wir gingen in eine Weinstube.

Er begegnete mir, als sei ich noch der glückliche Selbstgefällige, als den er mich gekannt hatte, und in dem guten Glauben, mir nur meine eigne fröhliche Meinung entgegen zu bringen, sagte er:

– »Bei Gott, Du hast Dir Dein Leben angenehm eingerichtet, mein Junge! Unabhängig, was? frei! Eigentlich hast Du recht, zum Teufel! Man lebt nur einmal, wie? Was geht einen im Grunde das übrige an? Du bist der Klügere von uns beiden, das muß ich sagen. Übrigens, Du warst immer ein Genie …« Und wie ehemals fuhr er fort, mich bereitwilligst anzuerkennen und mir gefällig zu sein, ohne zu ahnen, daß ich meinerseits voll Angst war, zu mißfallen.

Mit verzweifelten Anstrengungen bemühte ich mich, den Platz zu behaupten, den ich in seinen Augen einnahm, nach wie vor auf der Höhe zu erscheinen, glücklich und selbstzufrieden zu erscheinen – umsonst! Mir fehlte jedes Rückgrat, jeder gute Mut, jede Contenance, ich kam ihm mit einer matten Verlegenheit, einer geduckten Unsicherheit entgegen – und er erfaßte das mit unglaublicher Schnelligkeit! Es war entsetzlich, zu sehen, wie er, der vollkommen bereit gewesen war, mich als glücklichen und überlegenen Menschen anzuerkennen, begann, mich zu durchschauen, mich erstaunt anzusehen, kühl zu werden, überlegen zu werden, ungeduldig und widerwillig zu werden und mir schließlich seine Verachtung mit jeder Miene zu zeigen. Er brach früh auf, und am nächsten Tage belehrten mich ein paar flüchtige Zeilen darüber, daß er dennoch genötigt gewesen sei, abzureisen.

Es ist Tatsache, alle Welt ist viel zu angelegentlich mit sich selbst beschäftigt, als daß man ernstlich eine Meinung über einen anderen zu haben vermöchte; man acceptiert mit träger Bereitwilligkeit den Grad von Respekt, den du die Sicherheit hast, vor dir selber an den Tag zu legen. Sei, wie du willst, lebe, wie du willst, aber zeige kecke Zuversicht und kein böses Gewissen, und niemand wird moralisch genug sein, dich zu verachten. Erlebe es andererseits, die Einigkeit mit dir zu verlieren, die Selbstgefälligkeit einzubüßen, zeige, daß du dich verachtest, und blindlings wird man dir recht geben. – Was mich betrifft, ich bin verloren …

Ich höre auf zu schreiben, ich werfe die Feder fort – voll Ekel, voll Ekel! – Ein Ende machen: aber wäre das nicht beinahe zu heldenhaft für einen »Bajazzo«? Es wird sich ergeben, fürchte ich, daß ich weiter leben, weiter essen, schlafen und mich ein wenig beschäftigen werde und mich allgemach dumpfsinnig daran gewöhnen, eine »unglückliche und lächerliche Figur« zu sein.

Mein Gott, wer hätte es gedacht, wer hätte es denken können, daß es ein solches Verhängnis und Unglück ist, als ein »Bajazzo« geboren zu werden! …

Tobias Mindernickel

I.

Eine der Straßen, die von der Quaigasse aus ziemlich steil zur mittleren Stadt emporführen, heißt der Graue Weg. Etwa in der Mitte dieser Straße und rechter Hand, wenn man vom Flusse kommt, steht das Haus No. 47, ein schmales, trübfarbiges Gebäude, das sich durch nichts von seinen Nachbarn unterscheidet. In seinem Erdgeschoß befindet sich ein Krämerladen, in welchem man auch Gummischuhe und Ricinusöl erhalten kann. Geht man, mit dem Durchblick auf einen Hofraum, in dem sich Katzen umhertreiben, über den Flur, so führt eine enge und ausgetretene Holztreppe, auf der es unaussprechlich dumpfig und ärmlich riecht, in die Etagen hinauf. Im ersten Stockwerk links wohnt ein Schreiner, rechts eine Hebamme. Im zweiten Stockwerk links wohnt ein Flickschuster, rechts eine Dame, welche laut zu singen beginnt, sobald sich Schritte auf der Treppe vernehmen lassen. Im dritten Stockwerk steht linker Hand die Wohnung leer, rechts wohnt ein Mann namens Mindernickel, der obendrein Tobias heißt. Von diesem Manne gibt es eine Geschichte, die erzählt werden soll, weil sie rätselhaft und über alle Begriffe schändlich ist.

Das Äußere Mindernickels ist auffallend, sonderbar und lächerlich. Sieht man beispielsweise, wenn er einen Spaziergang unternimmt, seine magere, auf einen Stock gestützte Gestalt sich die Straße hinaufbewegen, so ist er schwarz gekleidet, und zwar vom Kopfe bis zu den Füßen. Er trägt einen altmodischen, geschweiften und rauhen Cylinder, einen engen und altersblanken Gehrock und in gleichem Maße schäbige Beinkleider, die unten ausgefranst und so kurz sind, daß man den Gummieinsatz der Stiefeletten sieht. Übrigens muß gesagt werden, daß diese Kleidung aufs reinlichste gebürstet ist. Sein hagerer Hals erscheint um so länger, als er sich aus einem niedrigen Klappkragen erhebt. Das ergraute Haar ist glatt und tief in die Schläfen gestrichen, und der breite Rand des Cylinders beschattet ein rasiertes und fahles Gesicht mit eingefallenen Wangen, mit entzündeten Augen, die sich selten vom Boden erheben, und zwei tiefen Furchen, die grämlich von der Nase bis zu den abwärts gezogenen Mundwinkeln laufen.

Mindernickel verläßt selten das Haus, und das hat seinen Grund. Sobald er nämlich auf der Straße erscheint, laufen viele Kinder zusammen, ziehen ein gutes Stück Wegs hinter ihm drein, lachen, höhnen, singen: »Ho, ho, Tobias!« und zupfen ihn wohl auch am Rocke, während die Leute vor die Türen treten und sich amüsieren. Er selbst aber geht, ohne sich zu wehren und scheu um sich blickend, mit hochgezogenen Schultern und vorgestrecktem Kopfe davon, wie ein Mensch, der ohne Schirm durch einen Platzregen eilt; und obgleich man ihm ins Gesicht lacht, grüßt er hie und da mit einer demütigen Höflichkeit jemanden von den Leuten, die vor den Türen stehn. Später, wenn die Kinder zurückbleiben, wenn man ihn nicht mehr kennt und nur wenige sich nach ihm umsehen, ändert sich sein Benehmen nicht wesentlich. Er fährt fort, ängstlich um sich zu blicken und geduckt davonzustreben, als fühlte er tausend höhnische Blicke auf sich, und wenn er unschlüssig und scheu den Blick vom Boden erhebt, so bemerkt man das Sonderbare, daß er nicht imstande ist, irgendeinen Menschen oder auch nur ein Ding mit Festigkeit und Ruhe ins Auge zu fassen. Es scheint, möge es fremdartig klingen, ihm die natürliche, sinnlich wahrnehmende Überlegenheit zu fehlen, mit der das Einzelwesen auf die Welt der Erscheinungen blickt, er scheint sich einer jeden Erscheinung unterlegen zu fühlen, und seine haltlosen Augen müssen vor Mensch und Ding zu Boden kriechen …

Was für eine Bewandtnis hat es mit diesem Manne, der stets allein ist und der in ungewöhnlichem Grade unglücklich zu sein scheint? Seine gewaltsam bürgerliche Kleidung sowie eine gewisse sorgfältige Bewegung der Hand über das Kinn scheint anzudeuten, daß er keineswegs zu der Bevölkerungsklasse gerechnet werden will, in deren Mitte er wohnt. Gott weiß, in welcher Weise ihm mitgespielt worden ist. Sein Gesicht sieht aus, als hätte ihm das Leben verächtlich lachend mit voller Faust hineingeschlagen … Übrigens ist es sehr möglich, daß er, ohne schwere Schicksalsschläge erlebt zu haben, einfach dem Dasein selbst nicht gewachsen ist, und die leidende Unterlegenheit und Blödigkeit seiner Erscheinung macht den peinvollen Eindruck, als hätte die Natur ihm das Maß von Gleichgewicht, Kraft und Rückgrat versagt, das hinlänglich wäre, mit erhobenem Kopfe zu existieren.

Hat er, gestützt auf seinen schwarzen Stock, einen Gang in die Stadt hinauf gemacht, so kehrt er, im Grauen Weg von den Kindern johlend empfangen, in seine Wohnung zurück; er begibt sich die dumpfige Treppe hinauf in sein Zimmer, das ärmlich und schmucklos ist. Nur die Kommode, ein solides Empire-Möbel mit schweren Metallgriffen, ist von Wert und Schönheit. Vor dem Fenster, dessen Aussicht von der grauen Seitenmauer des Nachbarhauses hoffnungslos abgeschnitten ist, steht ein Blumentopf, voll von Erde, in der jedoch durchaus nichts wächst; gleichwohl tritt Tobias Mindernickel zuweilen dorthin, betrachtet den Blumentopf und riecht an der bloßen Erde. – Neben dieser Stube liegt eine kleine, dunkle Schlafkammer. – Nachdem er eingetreten, legt Tobias Cylinder und Stock auf den Tisch, setzt sich auf das grün überzogene Sofa, das nach Staub riecht, stützt das Kinn in die Hand und blickt mit erhobenen Augenbrauen vor sich nieder zu Boden. Es scheint, daß es für ihn auf Erden nichts weiter zu tun gibt.

Was Mindernickels Charakter betrifft, so ist es sehr schwer, darüber zu urteilen; der folgende Vorfall scheint zu Gunsten desselben zu sprechen. Als der sonderbare Mann eines Tages das Haus verließ und wie gewöhnlich eine Schar von Kindern sich einfand, die ihn mit Spottrufen und Gelächter verfolgten, strauchelte ein Junge von etwa zehn Jahren über den Fuß eines anderen und schlug so heftig auf das Pflaster, daß ihm das Blut aus der Nase und von der Stirne lief und er weinend liegen blieb. Alsbald wandte Tobias sich um, eilte auf den Gestürzten zu, beugte sich über ihn und begann mit milder und bebender Stimme ihn zu bemitleiden. »Du armes Kind«, sagte er, »hast Du Dir wehgetan? Du blutest! Seht, das Blut läuft ihm von der Stirn herunter! Ja, ja, wie elend Du nun daliegst! Freilich, es tut so weh, daß es weint, das arme Kind! Welch Erbarmen ich mit Dir habe! Es war Deine Schuld, aber ich will Dir mein Taschentuch um den Kopf binden … So, so! Nun fasse Dich nur, nun erhebe Dich nur wieder …«

Und nachdem er mit diesen Worten dem Jungen in der Tat sein eigenes Schnupftuch umgewunden hatte, stellte er ihn mit Sorgfalt auf die Füße und ging davon. Seine Haltung und sein Gesicht aber zeigten in diesem Augenblicke einen entschieden anderen Ausdruck als gewöhnlich. Er schritt fest und aufrecht, und seine Brust atmete tief unter dem engen Gehrock; seine Augen hatten sich vergrößert, sie hatten Glanz erhalten und faßten mit Sicherheit Menschen und Dinge, während um seinen Mund ein Zug von schmerzlichem Glücke lag …

Dieser Vorfall hatte zur Folge, daß sich die Spottlust der Leute vom Grauen Wege zunächst ein wenig verminderte. Nach Verlauf einiger Zeit jedoch war sein überraschendes Betragen vergessen, und eine Menge von gesunden, wohlgemuten und grausamen Kehlen sang wieder hinter dem geduckten und haltlosen Manne drein: »Ho, ho, Tobias!«

II.

Eines sonnigen Vormittags um 11 Uhr verließ Mindernickel das Haus und begab sich durch die ganze Stadt hinauf zum Lerchenberge, jenem langgestreckten Hügel, der um die Nachmittagsstunden die vornehmste Promenade der Stadt bildet, der aber bei dem ausgezeichneten Frühlingswetter, welches herrschte, auch um diese Zeit bereits von einigen Wagen und Fußgängern besucht war. Unter einem Baum der großen Hauptallee stand ein Mann mit einem jungen Jagdhund an der Leine, den er den Vorübergehenden mit der ersichtlichen Absicht zeigte, ihn zu verkaufen; es war ein kleines gelbes und muskulöses Tier von etwa vier Monaten, mit einem schwarzen Augenring und einem schwarzen Ohr.

Als Tobias dies aus einer Entfernung von zehn Schritten bemerkte, blieb er stehen, strich mehrere Male mit der Hand über das Kinn und blickte nachdenklich auf den Verkäufer und auf das alert mit dem Schwanze wedelnde Hündchen. Hierauf begann er aufs neue zu gehen, umkreiste, die Krücke seines Stockes gegen den Mund gedrückt, dreimal den Baum, an welchem der Mann lehnte, trat dann auf den letzteren zu und sagte, während er unverwandt das Tier im Auge behielt, mit leiser und hastiger Stimme:

»Was kostet dieser Hund?«

»Zehn Mark«, antwortete der Mann.

Tobias schwieg einen Augenblick und wiederholte dann unschlüssig:

»Zehn Mark?«

»Ja«, sagte der Mann.

Da zog Tobias eine schwarze Lederbörse aus der Tasche, entnahm derselben einen Fünf-Mark-Schein,

ein Drei- und ein Zwei-Mark-Stück, händigte rasch dieses Geld dem Verkäufer ein, ergriff die Leine und zerrte eilig, gebückt und scheu um sich blickend, da einige Leute den Kauf beobachtet hatten und lachten, das quiekende und sich sträubende Tier hinter sich her. Es wehrte sich während der Dauer des ganzen Weges, stemmte die Vorderbeine gegen den Boden und blickte ängstlich fragend zu seinem neuen Herrn empor; er jedoch zerrte schweigend und mit Energie und gelangte glücklich durch die Stadt hinunter.

Unter der Straßenjugend des Grauen Weges entstand ein ungeheurer Lärm, als Tobias mit dem Hunde erschien, aber er nahm ihn auf den Arm, beugte sich über ihn und eilte verhöhnt und am Rocke gezupft durch die Spottrufe und das Gelächter hindurch, die Treppen hinauf und in sein Zimmer. Hier setzte er den Hund, der beständig winselte, auf den Boden, streichelte ihn mit Wohlwollen und sagte herablassend:

»Nun, nun, Du brauchst Dich nicht vor mir zu fürchten, Du Tier; das ist nicht nötig.«

Hierauf entnahm er einer Kommodenschieblade einen Teller mit gekochtem Fleisch und Kartoffeln und warf dem Tiere einen Anteil davon zu, worauf es seine Klagelaute einstellte und schmatzend und wedelnd das Mahl verzehrte.

»Übrigens sollst Du Esau heißen«, sagte Tobias;

»verstehst Du mich? Esau. Du kannst den einfachen Klang sehr wohl behalten ...« Und indem er vor sich auf den Boden zeigte, rief er befehlend:

»Esau!«

Der Hund, in der Erwartung vielleicht, noch mehr zu essen zu erhalten, kam in der Tat herbei, und Tobias klopfte ihn beifällig auf die Seite, indem er sagte:

»So ist es recht, mein Freund; ich darf Dich loben.«

Dann trat er ein paar Schritte zurück, wies auf den Boden und befahl aufs neue:

»Esau!«

Und das Tier, das ganz munter geworden war, sprang wiederum herzu und leckte den Stiefel seines Herrn.

Diese Übung wiederholte Tobias mit unermüdlicher Freude am Befehl und dessen Ausführung wohl zwölf- bis vierzehnmal; endlich jedoch schien der Hund ermüdet, er schien Lust zu haben, zu ruhen und zu verdauen, und legte sich in der anmutigen und klugen Pose der Jagdhunde auf den Boden, beide langen und fein gebauten Vorderbeine dicht nebeneinander ausgestreckt.

»Noch einmal!« sagte Tobias. »Esau!«

Aber Esau wandte den Kopf zur Seite und verharrte am Platze.

»Esau!« rief Tobias mit herrisch erhobener Stimme; »Du hast zu kommen, auch wenn Du müde bist!«

Aber Esau legte den Kopf auf die Pfoten und kam durchaus nicht.

»Höre«, sagte Tobias, und sein Ton war voll von leiser und furchtbarer Drohung; »gehorche, oder Du wirst erfahren, daß es nicht klug ist, mich zu reizen!«

Allein das Tier bewegte kaum ein wenig seinen Schwanz.

Da packte den Mindernickel ein maßloser, ein unverhältnismäßiger und toller Zorn. Er ergriff seinen schwarzen Stock, hob Esau am Nackenfell empor und hieb auf das schreiende Tierchen ein, indem er außer sich vor entrüsteter Wut und mit schrecklich zischender Stimme ein Mal über das andere wiederholte:

»Wie, Du gehorchst nicht? Du wagst es, mir nicht zu gehorchen?«

Endlich warf er den Stock beiseite, setzte den winselnden Hund auf den Boden und begann tief atmend und die Hände auf dem Rücken mit langen Schritten vor ihm auf und ab zu schreiten, während er dann und wann einen stolzen und zornigen Blick auf Esau warf. Nachdem er diese Promenade eine Zeit lang fortgesetzt hatte, blieb er bei dem Tiere stehen, das auf dem Rücken lag und die Vorderbeine flehend bewegte, verschränkte die Arme auf der Brust und sprach mit dem entsetzlich kalten und harten Blick und Ton, mit dem Napoleon vor die Compagnie hintrat, die in der Schlacht ihren Adler verloren:

»Wie hast Du Dich betragen, wenn ich Dich fragen darf?«

Und der Hund, glücklich bereits über diese Annäherung, kroch noch näher herbei, schmiegte sich gegen das Bein des Herrn und blickte mit seinen blanken Augen bittend zu ihm empor.

Während einer guten Weile betrachtete Tobias das demütige Wesen schweigend und von oben herab; dann jedoch, als er die rührende Wärme des Körpers an seinem Bein verspürte, hob er Esau zu sich empor.

»Nun, ich will Erbarmen mit Dir haben«, sagte er; als aber das gute Tier begann, ihm das Gesicht zu lecken, schlug plötzlich seine Stimmung völlig in Rührung und Wehmut um. Er preßte den Hund mit schmerzlicher Liebe an sich, seine Augen füllten sich mit Tränen, und ohne den Satz zu vollenden, wiederholte er mehrere Male mit erstickter Stimme:

»Sieh, Du bist ja mein einziger … mein einziger …« Dann bettete er Esau mit Sorgfalt auf das Sofa, setzte sich neben ihn, stützte das Kinn in die Hand und sah ihn mit milden und stillen Augen an.

III.

Tobias Mindernickel verließ nunmehr das Haus noch seltener als früher, denn er verspürte keine Neigung, sich mit Esau in der Öffentlichkeit zu zeigen. Seine ganze Aufmerksamkeit aber widmete er dem Hunde, ja, er beschäftigte sich vom Morgen bis zum Abend mit nichts Anderem, als ihn zu füttern, ihm die Augen auszuwischen, ihm Befehle zu erteilen, ihn zu schelten und aufs menschlichste mit ihm zu reden. Allein die Sache war die, daß Esau sich nicht immer zu seinem Wohlgefallen betrug. Wenn er neben ihm auf dem Sofa lag und ihn, schläfrig vor Mangel an Luft und Freiheit, mit melancholischen Augen ansah, so war Tobias voll Zufriedenheit; er saß in stiller und selbstgefälliger Haltung da und streichelte mitleidig Esaus Rücken, indem er sagte:

»Siehst Du mich schmerzlich an, mein armer Freund? Ja, ja, die Welt ist traurig, das erfährst auch Du, so jung Du bist …« Wenn aber das Tier, blind und toll vor Spiel- und Jagdtrieb, im Zimmer umherfuhr, sich mit einem Pantoffel balgte, auf die Stühle sprang und sich mit ungeheurer Munterkeit überkugelte, so verfolgte Tobias seine Bewegungen aus der Entfernung mit einem ratlosen, mißgünstigen und unsicheren Blick und einem Lächeln, das häßlich und ärgervoll war, bis er es endlich in unwirschem Tone zu sich rief und es anherrschte:

»Laß nun den Übermut. Es liegt kein Grund vor, umherzutanzen.«

Einmal geschah es sogar, daß Esau aus der Stube entwischte und die Treppen hinunter auf die Straße sprang, woselbst er alsbald begann, eine Katze zu jagen, Pferdekot zu fressen und sich überglücklich mit den Kindern umherzutreiben. Als aber Tobias unter dem Applaus und Gelächter der halben Straße mit schmerzlich verzogenem Gesichte erschien, geschah das Traurige, daß der Hund in langen Sätzen vor seinem Herrn davonlief … An diesem Tage prügelte Tobias ihn lange und mit Erbitterung.

Eines Tages – der Hund gehörte ihm bereits seit einigen Wochen – nahm Tobias, um Esau zu füttern, einen Brotlaib aus der Kommodenschieblade und begann mit dem großen Messer mit Knochengriff, dessen er sich hierbei zu bedienen pflegte, in gebückter Haltung kleine Stücke abzuschneiden und auf den Boden fallen zu lassen. Das Tier aber, unsinnig vor Appetit und Albernheit, sprang blindlings herzu, rannte sich das ungeschickt gehaltene Messer unter das rechte Schulterblatt und wand sich blutend am Boden.

Erschrocken warf Tobias alles beiseite und beugte sich über den Verwundeten; plötzlich jedoch veränderte sich der Ausdruck seines Gesichtes, und es ist wahr, daß ein Schimmer von Erleichterung und Glück darüber hin ging. Behutsam trug er den wimmernden Hund auf das Sofa, und niemand vermag auszudenken, mit welcher Hingebung er den Kranken zu pflegen begann. Er wich während des Tages nicht von ihm, er ließ ihn zur Nacht auf seinem eigenen Lager schlafen, er wusch und verband ihn, streichelte, tröstete und bemitleidete ihn mit unermüdlicher Freude und Sorgfalt.

»Schmerzt es sehr?« sagte er. »Ja, ja, Du leidest bitterlich, mein armes Tier! Aber sei still, wir müssen es ertragen …« Sein Gesicht war ruhig, wehmütig und glücklich bei solchen Worten.

In dem Grade jedoch, in welchem Esau zu Kräften kam, fröhlicher wurde und genas, ward das Benehmen des Tobias unruhiger und unzufriedener. Er befand es nunmehr für gut, sich nicht mehr um die Wunde zu bekümmern, sondern lediglich durch Worte und Streicheln dem Hunde sein Erbarmen zu zeigen. Allein die Heilung war weit vorgeschritten, Esau besaß eine gute Natur, er begann bereits wieder, sich im Zimmer umherzubewegen, und eines Tages, nachdem er einen Teller mit Milch und Weißbrot leergeschlappt hatte, sprang er völlig gesundet vom Sofa herunter, um mit freudigem Gebläff und der alten Unbändigkeit durch die beiden Stuben zu fahren, an der Bettdecke zu zerren, eine Kartoffel vor sich her zu jagen und sich vor Lust zu überkugeln.

Tobias stand am Fenster, am Blumentopfe, und

während eine seiner Hände, die lang und mager aus dem ausgefransten Ärmel hervorsah, mechanisch an dem tief in die Schläfen gestrichenen Haare drehte, hob seine Gestalt sich schwarz und sonderbar von der grauen Mauer des Nachbarhauses ab. Sein Gesicht war bleich und gramverzerrt, und mit einem scheelen, verlegenen, neidischen und bösen Blick verfolgte er unbeweglich Esaus Sprünge. Plötzlich jedoch raffte er sich auf, schritt auf ihn zu, hielt ihn an und nahm ihn langsam in seine Arme.

»Mein armes Tier …«, begann er mit wehleidiger Stimme – aber Esau, ausgelassen und gar nicht geneigt, sich ferner in dieser Weise behandeln zu lassen, schnappte munter nach der Hand, die ihn streicheln wollte, entwand sich den Armen, sprang zu Boden, machte einen neckischen Seitensatz, blaffte auf und rannte fröhlich davon.

Was nun geschah, war etwas so Unverständliches und Infames, daß ich mich weigere, es ausführlich zu erzählen. Tobias Mindernickel stand mit am Leibe herunterhängenden Armen ein wenig vorgebeugt, seine Lippen waren zusammengepreßt, und seine Augäpfel zitterten unheimlich in ihren Höhlen. Und dann, plötzlich, mit einer Art von irrsinnigem Sprunge, hatte er das Tier ergriffen, ein großer, blanker Gegenstand blitzte in seiner Hand, und mit einem Schnitt, der von der rechten Schulter bis tief in die Brust lief, stürzte der Hund zu Boden – er gab keinen Laut von sich, er fiel einfach auf die Seite, blutend und bebend …

Im nächsten Augenblicke lag er auf dem Sofa, und Tobias kniete vor ihm, drückte ein Tuch auf die Wunde und stammelte:

»Mein armes Tier! Mein armes Tier! Wie traurig alles ist! Wie traurig wir beide sind! Leidest Du? Ja, ja, ich weiß, Du leidest … wie kläglich Du da vor mir liegst! Aber ich, ich bin bei Dir! Ich tröste Dich! Ich werde mein bestes Taschentuch …«

Allein Esau lag da und röchelte. Seine getrübten und fragenden Augen waren voll Verständnislosigkeit, Unschuld und Klage auf seinen Herrn gerichtet – und dann streckte er ein wenig seine Beine und starb.

Tobias aber verharrte unbeweglich in seiner Stellung. Er hatte das Gesicht auf Esaus Körper gelegt und weinte bitterlich.

Luischen

I.

Es gibt Ehen, deren Entstehung die belletristisch geübteste Phantasie sich nicht vorzustellen vermag. Man muß sie hinnehmen, wie man im Theater die abenteuerlichen Verbindungen von Gegensätzen wie Alt und Stupide mit Schön und Lebhaft hinnimmt, die als Voraussetzung gegeben sind und die Grundlage für den mathematischen Aufbau einer Posse bilden.

Was die Gattin des Rechtsanwalts Jacoby betrifft, so war sie jung und schön, eine Frau von ungewöhnlichen Reizen. Vor – sagen wir einmal – dreißig Jahren war sie auf die Namen Anna, Margarethe, Rosa, Amalie getauft worden, aber man hatte sie, indem man die Anfangsbuchstaben dieser Vornamen zusammenstellte, von jeher nicht anders als Amra genannt, ein Name, der mit seinem exotischen Klange zu ihrer Persönlichkeit paßte wie kein anderer. Denn obgleich die Dunkelheit ihres starken, weichen Haares, das sie seitwärts gescheitelt und nach beiden Seiten schräg von der schmalen Stirn hinweggestrichen trug, nur die Bräune des Kastanienkernes war, so zeigte ihre Haut doch ein vollkommen südliches mattes und dunkles Gelb, und diese Haut umspannte Formen, die ebenfalls von einer südlichen Sonne gereift erschienen und mit ihrer vegetativen und indolenten Üppigkeit an diejenigen einer Sultanin gemahnten. Mit diesem Eindruck, den jede ihrer begehrlich trägen Bewegungen hervorrief, stimmte durchaus überein, daß höchst wahrscheinlich ihr Verstand von Herzen untergeordnet war. Sie brauchte jemanden ein einziges Mal, indem sie auf originelle Art ihre hübschen Brauen ganz waagerecht in die fast rührend schmale Stirn erhob, aus ihren unwissenden, braunen Augen angeblickt zu haben, und man wußte das. Aber auch sie selbst, sie war nicht einfältig genug, es nicht zu wissen; sie vermied es ganz einfach, sich Blößen zu geben, indem sie selten und wenig sprach: und gegen eine Frau, welche schön ist und schweigt, ist nichts einzuwenden. Oh! das Wort »einfältig« war überhaupt wohl am wenigsten bezeichnend für sie. Ihr Blick war nicht nur töricht, sondern auch von einer gewissen lüsternen Verschlagenheit und man sah wohl, daß diese Frau nicht zu beschränkt war, um geneigt zu sein, Unheil zu stiften … Übrigens war vielleicht ihre Nase im Profile ein wenig zu stark und fleischig; aber ihr üppiger und breiter Mund war vollendet schön, wenn auch ohne einen anderen Ausdruck, als den der Sinnlichkeit.

Diese besorgniserregende Frau also war die Gattin des etwa vierzig Jahre alten Rechtsanwaltes Jacoby – und wer diesen sah, der staunte. Er war beleibt, der Rechtsanwalt, er war mehr als beleibt, er war ein wahrer Koloß von einem Manne! Seine Beine, die stets in aschgrauen Hosen steckten, erinnerten in ihrer säulenhaften Formlosigkeit an diejenigen eines Elefanten, sein von Fettpolstern gewölbter Rücken war der eines Bären, und über der ungeheuren Rundung seines Bauches war das sonderbare grüngraue Jäckchen, das er zu tragen pflegte, so mühsam mit einem einzigen Knopfe geschlossen, daß es nach beiden Seiten bis zu den Schultern zurückschnellte, sobald der Knopf geöffnet wurde. Auf diesem gewaltigen Rumpf aber saß, fast ohne den Übergang eines Halses, ein verhältnismäßig kleiner Kopf mit schmalen und wässerigen Äuglein, einer kurzen, gedrungenen Nase und vor Überfülle herabhängenden Wangen, zwischen denen sich ein ganz winziger Mund mit wehmütig gesenkten Winkeln verlor. Den runden Schädel sowie die Oberlippe bedeckten spärliche und harte, hellblonde Borsten, die überall die nackte Haut hervorschimmern ließen, wie bei einem überfütterten Hunde … Ach! es mußte aller Welt klar sein, daß die Leibesfülle des Rechtsanwalts nicht von gesunder Art war. Sein in der Länge wie in der Breite riesenhafter Körper war überfett, ohne muskulös zu sein, und oft konnte man beobachten, wie ein plötzlicher Blutstrom sich in sein verquollenes Gesicht ergoß, um ebenso plötzlich einer gelblichen

Blässe zu weichen, während sein Mund sich auf säuerliche Weise verzog …

Die Praxis des Rechtsanwalts war ganz beschränkt; aber da er, zum Teile von seiten seiner Gattin, ein gutes Vermögen besaß, so bewohnte das – übrigens kinderlose – Paar in der Kaiserstraße ein komfortables Stockwerk und unterhielt einen lebhaften gesellschaftlichen Verkehr: lediglich, wie gewiß ist, den Neigungen Frau Amras gemäß, denn es ist unmöglich, daß der Rechtsanwalt, der nur mit einem gequälten Eifer bei der Sache zu sein schien, sich glücklich dabei befand. Der Charakter dieses dicken Mannes war der sonderbarste. Es gab keinen Menschen, der gegen alle Welt höflicher, zuvorkommender, nachgiebiger gewesen wäre, als er; aber ohne es sich vielleicht auszusprechen, empfand man, daß sein überfreundliches und schmeichlerisches Betragen aus irgend welchen Gründen erzwungen war, daß es auf Kleinmut und innerer Unsicherheit beruhte, und fühlte sich unangenehm berührt. Kein Anblick ist häßlicher, als derjenige eines Menschen, der sich selbst verachtet, der aber aus Feigheit und Eitelkeit dennoch liebenswürdig sein und gefallen möchte: und nicht anders verhielt es sich, meiner Überzeugung nach, mit dem Rechtsanwalt, der in seiner fast kriechenden Selbstverkleinerung zu weit ging, als daß er sich die notwendige persönliche Würde bewahrt haben konnte. Er war im stande, zu einer Dame, die er zu Tische führen wollte, zu sprechen: »Gnädige Frau, ich bin ein widerlicher Mensch, aber wollen Sie die Güte haben? ...« Und dies sagte er, ohne Talent zur Selbstverspottung, bittersüßlich, gequält und abstoßend. – Die folgende Anekdote beruht gleichfalls auf Wahrheit. Als der Rechtsanwalt eines Tages spazieren ging, kam ein rüder Dienstmann mit einem Handwagen daher und fuhr ihm mit dem einen Rade heftig über den Fuß. Zu spät hielt der Mann den Wagen an und wandte sich um, – worauf der Rechtsanwalt, gänzlich fassungslos, blaß und mit bebenden Wangen, ganz tief den Hut zog und stammelte: »Verzeihen Sie mir!« – Dergleichen empört. Aber dieser sonderbare Koloß schien beständig vom bösen Gewissen geplagt zu sein. Wenn er mit seiner Gattin auf dem »Lerchenberge« erschien, der Hauptpromenade der Stadt, so grüßte er, während er hie und da einen scheuen Blick auf die wundervoll elastisch daherschreitende Amra warf, so übereifrig, ängstlich und beflissen nach allen Seiten, als ob er das Bedürfnis empfände, sich demütig vor jedem Leutnant zu bükken und um Verzeihung zu bitten, daß er, gerade er im Besitz dieser schönen Frau sich befinde; und der kläglich freundliche Ausdruck seines Mundes schien zu flehen, daß man ihn nicht verspotten möge.

II.

Es ist schon angedeutet worden: Warum eigentlich Amra den Rechtsanwalt Jacoby geheiratet hatte, das steht dahin. Er aber, von seiner Seite, er liebte sie, und zwar mit einer Liebe, so inbrünstig, wie sie bei Leuten seiner Körperbildung sicherlich selten zu finden ist, und so demütig und angstvoll, wie sie seinem übrigen Wesen entsprach. Oftmals, spät abends, wenn Amra bereits in dem großen Schlafzimmer, dessen hohe Fenster mit faltigen geblümten Gardinen verhängt waren, sich zur Ruhe gelegt hatte, kam der Rechtsanwalt, so leise, daß man nicht seine Schritte, sondern nur das langsame Schüttern des Fußbodens und der Meubles vernahm, an ihr schweres Bett, kniete nieder und ergriff mit unendlicher Vorsicht ihre Hand. Amra pflegte in solchen Fällen ihre Brauen waagerecht in die Stirn zu ziehen und ihren ungeheuren Gatten, der im schwachen Licht der Nachtlampe vor ihr lag, schweigend und mit einem Ausdruck sinnlicher Bosheit zu betrachten. Er aber, während er mit seinen plumpen und zitternden Händen behutsam das Hemd von ihrem Arm zurückstrich und sein traurig dickes Gesicht in das weiche Gelenk dieses vollen und bräunlichen Armes drückte, dort, wo sich kleine, blaue Adern von dem dunklen Teint abzeichneten, – er begann mit unterdrückter und bebender Stimme zu sprechen, wie ein verständiger Mensch eigentlich im alltäglichen Leben nicht zu sprechen pflegt. »Amra«, flüsterte er, »meine liebe Amra! Ich störe dich nicht? Du schliefst noch nicht? Lieber Gott, ich habe den ganzen Tag darüber nachgedacht, wie schön du bist und wie ich dich liebe! … Paß auf, was ich dir sagen will (es ist so schwer, es auszudrücken) … Ich liebe dich so sehr, daß sich manchmal mein Herz zusammenzieht und ich nicht weiß, wohin ich gehen soll; ich liebe dich über meine Kraft! Du verstehst das wohl nicht, aber du wirst es mir glauben, und du mußt mir ein einziges Mal sagen, daß du mir ein wenig dankbar dafür sein wirst, denn, siehst du, eine solche Liebe, wie die meine zu dir, hat ihren Wert in diesem Leben … und daß du mich niemals verraten und hintergehen wirst, auch wenn du mich wohl nicht lieben kannst, aber aus Dankbarkeit, allein aus Dankbarkeit … ich komme zu dir, um dich darum zu bitten, so herzlich, so innig ich bitten kann …« Und solche Reden pflegten damit zu enden, daß der Rechtsanwalt, ohne seine Lage zu verändern, anfing, leise und bitterlich zu weinen. In diesem Falle aber ward Amra gerührt, strich mit der Hand über die Borsten ihres Gatten und sagte mehrere Male in dem langgezogenen, tröstenden und moquanten Tone, in dem man zu einem Hunde spricht, der kommt, einem die Füße zu lecken: »Ja–! Ja –! Du gutes Tier –!«

Dieses Benehmen Amras war sicherlich nicht

dasjenige einer Frau von Sitten. Auch ist es an der Zeit, daß ich mich der Wahrheit entlaste, die ich bislang zurückhielt, der Wahrheit nämlich, daß sie ihren Gatten dennoch täuschte, daß sie ihn, sage ich, betrog, und zwar mit einem Herrn namens Alfred Läutner. Dies war ein junger Musiker von Begabung, der sich durch amüsante kleine Kompositionen mit seinen siebenundzwanzig Jahren bereits einen hübschen Ruf erworben hatte; ein schlanker Mensch mit keckem Gesicht, einer blonden, losen Frisur und einem sonnigen Lächeln in den Augen, das sehr bewußt war. Er gehörte zu dem Schlage jener kleinen Artisten von heutzutage, die nicht allzu viel von sich verlangen, in erster Linie glückliche und liebenswürdige Menschen sein wollen, sich ihres angenehmen kleinen Talentes bedienen, um ihre persönliche Liebenswürdigkeit zu erhöhen, und in Gesellschaft gern das naive Genie spielen. Bewußt kindlich, unmoralisch, skrupellos, fröhlich, selbstgefällig wie sie sind, und gesund genug, um sich auch in ihren Krankheiten noch gefallen zu können, ist ihre Eitelkeit in der Tat liebenswürdig, solange sie noch niemals verwundet wurde. Wehe jedoch diesen kleinen Glücklichen und Mimen, wenn ein ernsthaftes Unglück sie befällt, ein Leiden, mit dem sich nicht kokettieren läßt, in dem sie sich nicht mehr gefallen können! Sie werden es nicht verstehen, auf anständige Art unglücklich zu sein, sie werden mit dem Leiden nichts »anzufangen« wissen, sie werden zu Grunde gehen … allein das ist eine Geschichte für sich. – Herr Läutner machte hübsche Sachen: Walzer und Mazurken zumeist, deren Vergnügtheit zwar ein wenig zu populär war, als daß sie (soweit ich mich darauf verstehe) zur »Musik« hätten gerechnet werden können, würde nicht jede dieser Kompositionen eine kleine, originelle Stelle enthalten haben, einen Übergang, einen Einsatz, eine harmonische Wendung, irgend eine kleine nervöse Wirkung, die Witz und Erfindsamkeit verriet, um derentwillen sie gemacht schienen, und die sie auch für ernsthafte Kenner interessant machte. Oftmals hatten diese zwei einsamen Takte etwas wunderlich Wehmütiges und Melancholisches an sich, was plötzlich und schnell vergehend in der Tanzsaalheiterkeit der Werkchen aufklang …

Für diesen jungen Mann also war Amra Jacoby in sträflicher Neigung entbrannt, und er seinesteils hatte nicht genug Sittlichkeit besessen, ihren Anlokkungen zu widerstehen. Man traf sich hier, man traf sich dort, und ein unkeusches Verhältnis verband seit Jahr und Tag die beiden: ein Verhältnis, von dem die ganze Stadt wußte, und über das sich die ganze Stadt hinter dem Rücken des Rechtsanwalts unterhielt. Und was ihn, den letzteren, betraf? Amra war zu dumm, um an bösem Gewissen leiden und sich ihm dadurch verraten zu können. Es muß durchaus als ausgemacht hingestellt werden, daß der Rechtsanwalt, wie sehr auch immer sein Herz von Sorge und Angst beschwert gewesen sein mag, keinen bestimmten Verdacht gegen seine Gattin hegen konnte.

III.

Nun war, um jedes Herz zu erfreuen, der Frühling ins Land gezogen, und Amra hatte einen allerliebsten Einfall gehabt.

»Christian«, sagte sie – der Rechtsanwalt hieß Christian – »wir wollen ein Fest geben, ein großes Fest dem neugebrauten Frühlingsbiere zu Ehren, – ganz einfach natürlich, nur kalter Kalbsbraten, aber mit vielen Leuten.«

»Gewiß«, antwortete der Rechtsanwalt. »Aber könnten wir es nicht vielleicht noch ein wenig hinausschieben?«

Hierauf antwortete Amra nicht, sondern ging sofort auf Einzelheiten ein.

»Es werden so viele Leute sein, weißt du, daß unser Raum hier zu beschränkt sein wird; wir müssen uns ein Etablissement, einen Garten, einen Saal vorm Tore mieten, um hinreichend Platz und Luft zu haben. Das wirst du begreifen. Ich denke in erster Linie an den großen Saal des Herrn Wendelin, am Fuße des Lerchenberges. Dieser Saal liegt frei und ist mit der eigentlichen Wirtschaft und der Brauerei nur durch einen Durchgang verbunden. Man kann ihn festlich ausschmücken, man kann dort lange Tische aufstellen und Frühlingsbier trinken; man kann dort tanzen und musizieren, vielleicht auch ein bißchen Theater spielen, denn ich weiß, daß eine kleine Bühne dort ist, worauf ich besonderes Gewicht lege … Kurz und gut: es soll ein ganz originelles Fest werden, und wir werden uns wundervoll unterhalten.«

Das Gesicht des Rechtsanwaltes war während dieses Gespräches leicht gelblich geworden, und seine Mundwinkel zuckten abwärts. Er sagte:

»Ich freue mich von Herzen darauf, meine liebe Amra. Ich weiß, daß ich alles deiner Geschicklichkeit überlassen darf. Ich bitte dich, deine Vorbereitungen zu treffen …«

IV.

Und Amra traf ihre Vorbereitungen. Sie nahm Rücksprache mit verschiedenen Damen und Herren, sie mietete persönlich den großen Saal des Herrn Wendelin, sie bildete sogar eine Art von Komitee aus Herrschaften, die aufgefordert worden waren oder sich erboten hatten, bei den heiteren Darstellungen mitzuwirken, welche das Fest verschönern sollten … Dieses Komitee bestand ausschließlich aus Herren, bis auf die Gattin des Hofschauspielers Hildebrandt, welche Sängerin war. Im übrigen zählten Herr Hildebrandt selbst, ein Assessor Witznagel, ein junger Maler und Herr Alfred Läutner dazu, abgesehen von einigen Studenten, die durch den Assessor eingeführt worden waren und Negertänze zur Aufführung bringen sollten.

Acht Tage bereits, nachdem Amra ihren Entschluß gefaßt hatte, war dieses Komitee, um Rats zu pflegen, in der Kaiserstraße versammelt, und zwar in Amras Salon, einem kleinen, warmen und vollen Raum, der mit einem dicken Teppich, einer Ottomane nebst vielen Kissen, einer Fächerpalme, englischen Ledersesseln und einem Mahagoni-Tisch mit geschweiften Beinen ausgestattet war, auf dem eine Plüschdecke und mehrere Prachtwerke lagen. Auch ein Kamin war vorhanden, der noch ein wenig geheizt war; auf der schwarzen Steinplatte standen einige Teller mit fein belegtem Butterbrot, Gläser und zwei Karaffen mit Sherry. – Amra lehnte, einen Fuß leicht über den andern gestellt, in den Kissen der Ottomane, die von der Fächerpalme beschattet ward, und war schön wie eine warme Nacht. Eine Bluse aus heller und ganz leichter Seide umhüllte ihre Büste, ihr Rock aber war aus einem schweren, dunklen und mit großen Blumen bestickten Stoff; hier und da strich sie mit einer Hand die kastanienbraune Haarwelle aus der schmalen Stirn. – Frau Hildebrandt, die Sängerin, saß gleichfalls auf der Ottomane neben ihr; sie hatte rotes Haar und war im Reitkleide. Gegenüber aber den beiden Damen hatten in gedrängtem Halbkreise die Herren Platz genommen – mitten unter ihnen der Rechtsanwalt, der nur einen ganz niedrigen Ledersessel gefunden hatte und sich unsäglich unglücklich ausnahm; dann und wann tat er einen schweren Atemzug und schluckte hinunter, als ob er gegen aufsteigende Übelkeit ankämpfte … Herr Alfred Läutner, im Lawn-Tennis-Anzug, hatte auf einen Stuhl verzichtet und lehnte schmuck und fröhlich am Kamin, weil er behauptete, nicht so lange ruhig sitzen zu können.

Herr Hildebrandt sprach mit wohltönender Stimme über englische Lieder. Er war ein äußerst solid und gut in Schwarz gekleideter Mann mit dickem Cäsarenkopf und sicherem Auftreten – ein Hofschauspieler von Bildung, gediegenen Kenntnissen und geläutertem Geschmack. Er liebte es, in ernsten Gesprächen Ibsen, Zola und Tolstoi zu verurteilen, die ja die gleichen verwerflichen Ziele verfolgten; heute aber war er mit Leutseligkeit bei der geringfügigen Sache.

»Kennen die Herrschaften vielleicht das köstliche Lied ›That's Maria!‹?« sagte er … »Es ist ein wenig pikant, aber von ganz ungemeiner Wirksamkeit. Auch wäre da noch das berühmte –« und er brachte noch einige Lieder in Vorschlag, über die man sich schließlich einigte, und die Frau Hildebrandt singen zu wollen erklärte. – Der junge Maler, ein Herr mit stark abfallenden Schultern und blondem Spitzbart, sollte einen Zauberkünstler parodieren, während Herr Hildebrandt beabsichtigte, berühmte Männer darzustellen … kurz, alles entwickelte sich zum Besten, und das Programm schien bereits fertiggestellt, als Herr Assessor Witznagel, der über kulante Bewegungen und viele Mensur-Narben verfügte, plötzlich aufs neue das Wort ergriff.

»Schön und gut, meine Herrschaften, das alles verspricht in der Tat unterhaltend zu werden. Allein, ich stehe nicht an, noch eines auszusprechen. Mich dünkt, uns fehlt noch etwas, und zwar die Hauptnummer, die Glanznummer, der Clou, der Höhepunkt … etwas ganz Besonderes, ganz Verblüffendes, ein Spaß, der die Heiterkeit auf den Gipfel bringt … kurz, ich stelle anheim, ich habe keinen bestimmten Gedanken; jedoch meinem Gefühle nach …«

»Das ist im Grunde wahr!« ließ Herr Läutner vom Kamine her seine Tenorstimme vernehmen. »Witznagel hat recht. Eine Haupt- und Schlußnummer wäre sehr wünschenswert. Denken wir nach …« Und während er mit einigen raschen Griffen seinen roten Gürtel zurecht schob, blickte er forschend umher. Der Ausdruck seines Gesichtes war wirklich liebenswürdig.

»Je nun«, sagte Herr Hildebrandt; »wenn man

die großen Männer nicht als Höhepunkt auffassen will …«

Alle stimmten dem Assessor bei. Eine besonders scherzhafte Hauptnummer sei wünschenswert. Selbst der Rechtsanwalt nickte und sagte leise: »Wahrhaftig – etwas hervorragend Heiteres …« Alle versanken in Nachdenken.

Und am Ende dieser Gesprächspause, die etwa eine Minute dauerte und nur durch kleine Ausrufe des Überlegens unterbrochen ward, geschah das Seltsame. Amra saß in die Kissen der Ottomane zurückgelehnt und nagte flink und eifrig wie eine Maus an dem spitzen Nagel ihres kleinen Fingers, während ihr Gesicht einen ganz eigenartigen Ausdruck zeigte. Ein Lächeln lag um ihren Mund, ein abwesendes und beinahe irres Lächeln, das von einer schmerzlichen und zugleich grausamen Lüsternheit redete, und ihre Augen, welche ganz weit geöffnet und ganz blank waren, schweiften langsam zum Kamin hinüber, wo sie für eine Sekunde in dem Blicke des jungen Musikers hängen blieben. Dann aber, mit einem Ruck, schob sie den ganzen Oberkörper zur Seite, ihrem Gatten, dem Rechtsanwalte, entgegen, und während sie ihm, beide Hände im Schoß, mit einem klammernden und saugenden Blick ins Gesicht starrte, wobei ihr Antlitz sichtlich erbleichte, sprach sie mit voller und langsamer Stimme:

»Christian, ich schlage vor, daß du zum Schlusse als Chanteuse mit einem rotseidenen Babykleide auftrittst und uns etwas vortanzest.« –

Die Wirkung dieser wenigen Worte war ungeheuer. Nur der junge Maler versuchte gutmütig zu lachen, während Herr Hildebrandt mit steinkaltem Gesicht seinen Ärmel säuberte, die Studenten husteten und unziemlich laut ihre Schnupftücher gebrauchten, Frau Hildebrandt heftig errötete, was nicht oft geschah, und Assessor Witznagel einfach davonlief, um sich ein Butterbrot zu holen. Der Rechtsanwalt hockte in qualvoller Stellung auf seinem niedrigen Sessel und blickte mit gelbem Gesicht und einem angsterfüllten Lächeln umher, indem er stammelte:

»Aber mein Gott … ich … wohl kaum befähigt … nicht als ob … verzeihen Sie mir …«

Alfred Läutner hatte kein sorgloses Gesicht mehr. Es sah aus, als ob er ein wenig rot geworden sei, und mit vorgestrecktem Kopf blickte er in Amras Augen, verstört, verständnislos, forschend …

Sie aber, Amra, ohne ihre eindringliche Stellung zu verändern, fuhr mit derselben gewichtigen Betonung zu sprechen fort:

»Und zwar solltest du ein Lied singen, Christian, das Herr Läutner komponiert hat, und das er dich auf dem Klavier begleiten wird; das wird der beste und wirksamste Höhepunkt unseres Festes sein.«

Eine Pause trat ein, eine drückende Pause. Dann jedoch, ganz plötzlich, begab sich das Sonderbare, daß Herr Läutner, angesteckt gleichsam, mitgerissen und aufgeregt, einen Schritt vortrat und zitternd vor einer Art jäher Begeisterung rasch zu sprechen begann:

»Bei Gott, Herr Rechtsanwalt, ich bin bereit, ich erkläre mich bereit, Ihnen etwas zu komponieren … Sie müssen es singen, Sie müssen es tanzen … Es ist der einzig denkbare Höhepunkt des Festes … Sie werden sehen, Sie werden sehen – es wird das Beste sein, was ich gemacht habe und jemals machen werde … In rotseidenem Babykleide! Ach, Ihre Frau Gemahlin ist eine Künstlerin, eine Künstlerin sage ich! Sie hätte sonst nicht auf diesen Gedanken kommen können! Sagen Sie ja, ich flehe Sie an, willigen Sie ein! Ich werde etwas leisten, ich werde etwas machen, Sie werden sehen …«

Hier löste sich alles, und alles geriet in Bewegung. Sei es aus Bosheit oder aus Höflichkeit – alles begann, auf den Rechtsanwalt mit Bitten einzustürmen, und Frau Hildebrandt ging so weit, mit ihrer Brünnhildenstimme ganz laut zu sagen: »Herr Rechtsanwalt, Sie sind doch sonst ein lustiger und unterhaltender Mann!« Aber auch er selbst, der Rechtsanwalt, fand nun Worte, und ein wenig gelb noch, aber mit einem starken Aufwand von Entschiedenheit, sagte er:

»Hören Sie mich an, meine Herrschaften – was soll ich Ihnen sagen? Ich bin nicht geeignet, glauben Sie mir. Ich besitze wenig komische Begabung, und abgesehen davon … kurz, nein, das ist leider unmöglich.«

Bei dieser Weigerung beharrte er hartnäckig, und da Amra nicht mehr in die Unterhaltung eingriff, da sie mit ziemlich abwesendem Gesichtsausdruck zurückgelehnt saß, und da auch Herr Läutner kein Wort mehr sprach, sondern in tiefer Betrachtung auf eine Arabeske des Teppichs starrte, so gelang es Herrn Hildebrandt, dem Gespräche eine andere Wendung zu geben, und bald darauf löste sich die Gesellschaft auf, ohne über die letzte Frage zu einer Entscheidung gelangt zu sein. –

Am Abend des nämlichen Tages jedoch, als Amra schlafen gegangen war und mit offenen Augen lag, trat schweren Schrittes ihr Gatte ein, zog einen Stuhl an ihr Bett, ließ sich nieder und sagte leise und zögernd:

»Höre, Amra, um offen zu sein, so bin ich von Bedenken bedrückt. Wenn ich heute den Herrschaften allzu abweisend begegnet bin, wenn ich sie vor die Stirn gestoßen habe – Gott weiß, daß es nicht meine Absicht war! Oder solltest du ernstlich der Meinung sein … ich bitte dich …«

Amra schwieg einen Augenblick, während ihre Brauen sich langsam in die Stirn zogen. Dann zuckte sie die Achseln und sagte:

»Ich weiß nicht, was ich dir antworten soll, mein Freund. Du hast dich betragen, wie ich es niemals von dir erwartet hätte. Du hast dich mit unfreundlichen Worten geweigert, die Aufführungen durch deine Mitwirkung zu unterstützen, die, was dir nur schmeichelhaft sein kann, von allen für notwendig gehalten wurde. Du hast alle Welt, um mich eines gelinden Ausdruckes zu bedienen, aufs schwerste enttäuscht, und du hast das ganze Fest durch deine rauhe Ungefälligkeit gestört, während es deine Pflicht als Gastgeber gewesen wäre …«

Der Rechtsanwalt hatte den Kopf sinken lassen, und schwer atmend sagte er:

»Nein, Amra, ich habe nicht ungefällig sein wollen, glaube mir das. Ich will niemand beleidigen und niemandem mißfallen, und wenn ich mich häßlich benommen habe, so bin ich bereit, es wieder gut zu machen. Es handelt sich um einen Scherz, eine Mummerei, einen unschuldigen Spaß – warum nicht? Ich will das Fest nicht stören, ich erkläre mich bereit …«

– Am nächsten Nachmittage fuhr Amra wieder einmal aus, um »Besorgungen« zu machen. Sie hielt in der Holzstraße Nr. 78 und stieg in das zweite Stockwerk hinauf, woselbst man sie erwartete. Und während sie hingestreckt und aufgelöst in Liebe seinen Kopf an ihre Brust drückte, flüsterte sie mit Leidenschaft:

»Setze es vierhändig, hörst du! Wir werden ihn miteinander begleiten, während er singt und tanzt. Ich, ich werde für das Kostüm sorgen …«

Und ein seltsamer Schauer, ein unterdrücktes und krampfhaftes Gelächter ging durch die Glieder beider. –

V.

Jedem, der ein Fest zu geben wünscht, eine Unterhaltung größeren Stils im Freien, sind die Lokalitäten des Herrn Wendelin am Lerchenberge aufs beste zu empfehlen. Von der anmutigen Vorstadtstraße aus betritt man durch ein hohes Gattertor den parkartigen Garten, der dem Etablissement zugehört, und in dessen Mitte die weitläufige Festhalle gelegen ist. Diese Halle, die nur ein schmaler Durchgang mit dem Restaurant, der Küche und der Brauerei verbindet, und die aus lustig bunt bemaltem Holz in einem drolligen Stilgemisch aus Chinesisch und Renaissance erbaut ist, besitzt große Flügeltüren, die man bei gutem Wetter geöffnet halten kann, um den Atem der Bäume herein zu lassen, und faßt eine Menge von Menschen.

Heute wurden die heranrollenden Wagen schon in der Ferne von farbigem Lichtschimmer begrüßt, denn das ganze Gitter, die Bäume des Gartens und die Halle selbst waren dicht mit bunten Lampions geschmückt, und was den inneren Festsaal betrifft, so bot er einen wahrhaft freudigen Anblick. Unterhalb der Decke zogen sich starke Guirlanden hin, an denen wiederum zahlreiche Papierlaternen befestigt waren, obgleich zwischen dem Schmuck der Wände, der aus Fahnen, Strauchwerk und künstlichen Blumen bestand, eine Menge elektrischer Glühlampen hervorstrahlten, die den Saal aufs glänzendste beleuchteten. An seinem Ende befand sich die Bühne, zu deren Seiten Blattpflanzen standen, und auf deren rotem Vorhang ein von Künstlerhand gemalter Genius schwebte. Vom andern Ende des Raumes aber zogen sich, fast bis zur Bühne hin, die langen, mit Blumen geschmückten Tafeln, an denen die Gäste des Rechtsanwalts Jacoby sich in Frühlingsbier und Kalbsbraten gütlich taten: Juristen, Offiziere, Kaufherren, Künstler, hohe Beamte nebst ihren Gattinnen und Töchtern – mehr als hundertundfünfzig Herrschaften sicherlich. Man war ganz einfach, in schwarzem Rock und halbheller Frühlingstoilette, erschienen, denn heitere Ungezwungenheit war heute Gesetz. Die Herren liefen persönlich mit den Krügen zu den großen Fässern, die an der einen Seitenwand aufgestellt waren, und in dem weiten, bunten und lichten Raume, den der süßliche und schwüle Festdunst von Tannen, Blumen, Menschen, Bier und Speisen erfüllte, schwirrte und toste das Geklapper, das laute und einfache Gespräch, das helle, höfliche, lebhafte und sorglose Gelächter aller dieser Leute … Der Rechtsanwalt saß unförmig und hilflos am Ende der einen Tafel, nahe der Bühne; er trank nicht viel und richtete hie und da ein mühsames Wort an seine Nachbarin, die Regierungsrätin Havermann. Er atmete widerwillig mit hängenden Mundwinkeln, und seine verquollenen, trübewässerigen Augen blickten unbeweglich und mit einer Art schwermütiger Befremdung in das fröhliche Treiben hinein, als läge in diesem Festdunst, in dieser geräuschvollen Heiterkeit etwas unsäglich Trauriges und Unverständliches …

Nun wurden große Torten herumgereicht, wozu man anfing, süßen Wein zu trinken und Reden zu halten. Herr Hildebrandt, der Hofschauspieler, feierte das Frühlingsbier in einer Ansprache, die ganz aus klassischen Citaten, ja, auch aus griechischen, bestand, und Assessor Witznagel toastete mit seinen coulantesten Bewegungen in der feinsinnigsten Weise auf die anwesenden Damen, indem er aus der nächsten Vase und vom Tischtuch eine Handvoll Blumen nahm und jeder davon eine Dame verglich. Amra Jacoby aber, die ihm in einer Toilette aus dünner, gelber Seide gegenüber saß, ward »die schönere Schwester der Teerose« genannt.

Gleich darauf strich sie mit der Hand über ihren weichen Scheitel, hob die Augenbrauen und nickte ihrem Gatten ernsthaft zu, – worauf der dicke Mann sich erhob und beinahe die ganze Stimmung verdorben hätte, indem er in seiner peinlichen Art mit häßlichem Lächeln ein paar armselige Worte stammelte … Nur ein paar künstliche Bravos wurden laut, und einen Augenblick herrschte bedrücktes Schweigen. Alsbald jedoch trug die Fröhlichkeit wieder den Sieg davon, und schon begann man auch, sich rauchend und ziemlich bezecht zu erheben und eigenhändig unter großem Lärm die Tische aus dem Saale zu schaffen, denn man wollte tanzen …

Es war nach elf Uhr, und die Zwanglosigkeit war vollkommen geworden. Ein Teil der Gesellschaft war in den bunt beleuchteten Garten hinausgeströmt, um frische Luft zu schöpfen, während ein anderer im Saale verblieb, in Gruppen beisammenstand, rauchte, plauderte, Bier zapfte, im Stehen trank … Da erscholl von der Bühne ein starker Trompetenstoß, der alles in den Saal berief. Musiker – Bläser und Streicher – waren eingetroffen und hatten sich vorm Vorhang niedergelassen; Stuhlreihen, auf denen rote Programme lagen, waren aufgestellt worden, und die Damen ließen sich nieder, während die Herren hinter ihnen oder zu beiden Seiten sich aufstellten. Es herrschte erwartungsvolle Stille.

Dann spielte das kleine Orchester eine rauschende Ouvertüre, der Vorhang öffnete sich – und siehe, da stand eine Anzahl scheußlicher Neger, in schreienden Kostümen und mit blutroten Lippen, welche die Zähne fletschten und ein barbarisches Geheul begannen … Diese Aufführungen bildeten in der Tat den Höhepunkt von Amras Fest. Begeisterter Applaus brach los, und Nummer für Nummer entwickelte sich das klug komponierte Programm: Frau Hildebrandt trat mit einer gepuderten Perücke auf, stieß mit einem langen Stock auf den Fußboden und sang überlaut: ›That's Maria!‹ Ein Zauberkünstler erschien in ordenbedecktem Frack, um das Erstaunlichste zu vollführen, Herr Hildebrandt stellte Goethe, Bismarck und Napoleon zum Erschrecken ähnlich dar, und Redakteur Doktor Wiesensprung übernahm im letzten Augenblick einen humoristischen Vortrag über das Thema: »Das Frühlingsbier in seiner sozialen Bedeutung.« Am Ende jedoch erreichte die Spannung ihren Gipfel, denn die letzte Nummer stand bevor, diese geheimnisvolle Nummer, die auf dem Programm mit einem Lorbeerkranze eingerahmt war und also lautete: »Luischen. Gesang und Tanz. Musik von Alfred Läutner.« –

Eine Bewegung ging durch den Saal, und die Blicke trafen sich, als die Musiker ihre Instrumente beiseite stellten und Herr Läutner, der bislang schweigsam und die Cigarette zwischen den gleichgiltig aufgeworfenen Lippen an einer Tür gelehnt hatte, zusammen mit Amra Jacoby an dem Piano Platz nahm, das in der Mitte vorm Vorhang stand. Sein Gesicht war gerötet, und er blätterte nervös in den geschriebenen Noten, während Amra, die im Gegenteile ein wenig blaß war, einen Arm auf die Stuhllehne gestützt, mit einem lauernden Blick ins Publikum sah. Dann erscholl, während alle Hälse sich reckten, das scharfe Klingelzeichen. Herr Läutner und Amra spielten ein paar Takte belangloser Einleitung, der Vorhang rollte empor, Luischen erschien …

Ein Ruck der Verblüffung und des Erstarrens pflanzte sich durch die Menge der Zuschauer fort, als diese traurige und gräßlich aufgeputzte Masse in mühsamem Bärentanzschritt hereinkam. Es war der Rechtsanwalt. Ein weites, faltenloses Kleid aus blutroter Seide, welches bis zu den Füßen hinabfiel, umgab seinen unförmigen Körper, und dieses Kleid war ausgeschnitten, sodaß der mit Mehlpuder betupfte Hals widerlich freilag. Auch die Ärmel waren an den Schultern ganz kurz gepufft, aber lange, hellgelbe Handschuhe bedeckten die dicken und muskellosen Arme, während auf dem Kopfe eine hohe, semmelblonde Locken-Coiffüre saß, auf der eine grüne Feder hin und wieder wankte. Unter dieser Perücke aber blickte ein gelbes, verquollenes, unglückliches und verzweifelt munteres Gesicht hervor, dessen Wangen beständig in mitleiderregender Weise auf- und niederbebten, und dessen kleine, rotgeränderte Augen, ohne etwas zu sehen, angestrengt auf den Fußboden niederstarrten, während der dicke Mann sich mühsam von einem Bein auf das andere warf, wobei er entweder mit beiden Händen sein Kleid erfaßt hielt oder mit kraftlosen Armen beide Zeigefinger emporhob – er wußte keine andere Bewegung;

und mit gepreßter und keuchender Stimme sang er zu den Klängen des Pianos ein albernes Lied …

Ging nicht mehr als jemals von dieser jammervollen Figur ein kalter Hauch des Leidens aus, der jede unbefangene Fröhlichkeit tötete und sich wie ein unabwendbarer Druck peinvoller Mißstimmung über diese ganze Gesellschaft legte? … Das nämliche Grauen lag im Grunde aller der zahllosen Augen, die sich wie gebannt geradeaus auf dieses Bild richteten, auf dieses Paar am Klaviere und auf diesen Ehegatten dort oben … Der stille, unerhörte Skandal dauerte wohl fünf lange Minuten.

Dann aber trat der Augenblick ein, den niemand, der ihm beigewohnt, während der Dauer seines Lebens vergessen wird … Vergegenwärtigen wir uns, was in dieser kleinen furchtbaren und komplizierten Zeitspanne eigentlich vor sich ging.

Man kennt das lächerliche Couplet, das »Luischen« betitelt ist, und man erinnert sich ohne Zweifel der Zeilen, welche lauten:

»Den Walzertanz und auch die Polke
Hat keine noch, wie ich, vollführt;
Ich bin Luischen aus dem Volke,
Die manches Männerherz gerührt …«

– dieser unschönen und leichtfertigen Verse, die den Refrain der drei ziemlich langen Strophen bilden.

Nun wohl, bei der Neukomposition dieser Worte hatte Alfred Läutner sein Meisterstück vollbracht, indem er seine Manier, inmitten eines vulgären und komischen Machwerkes durch ein plötzliches Kunststück der hohen Musik zu verblüffen, auf die Spitze getrieben hatte. Die Melodie, die sich in cis-dur bewegte, war während der ersten Strophen ziemlich hübsch und ganz banal gewesen. Zu Beginn des citierten Refrains wurde das Zeitmaß belebter, und Dissonanzen traten auf, die durch das immer lebhaftere Hervorklingen eines h einen Übergang nach fis-dur erwarten ließen. Diese Disharmonieen komplizierten sich bis zu dem Worte »vollführt«, und nach dem »ich bin«, das die Verwicklung und Spannung vollständig machte, mußte eine Auflösung nach fis-dur hin erfolgen. Statt dessen geschah das Überraschendste. Durch eine jähe Wendung nämlich, vermittelst eines nahezu genialen Einfalles, schlug hier die Tonart nach f-dur um, und dieser Einsatz, der unter Benutzung beider Pedale auf der lang ausgehaltenen zweiten Silbe des Wortes »Luischen« erfolgte, war von unbeschreiblicher, von ganz unerhörter Wirkung! Es war eine vollkommen verblüffende Überrumpelung, eine jähe Berührung der Nerven, die den Rücken hinunterschauerte, es war ein Wunder, eine Enthüllung, eine in ihrer Plötzlichkeit fast grausame Entschleierung, ein Vorhang, der zerreißt …

Und bei diesem F-dur-Accord hörte der Rechtsanwalt Jacoby zu tanzen auf. Er stand still, er stand inmitten der Bühne wie angewurzelt, beide Zeigefinger noch immer erhoben – einen ein wenig niedriger als den anderen – das i von Luischen brach ihm vom Munde ab, er verstummte, und während fast gleichzeitig auch die Klavierbegleitung sich scharf unterbrach, starrte diese abenteuerliche und gräßlich lächerliche Erscheinung dort oben mit tierisch vorgeschobenem Kopf und entzündeten Augen gerade aus … Er starrte in diesen geputzten, hellen und menschenvollen Festsaal hinein, in dem, wie eine Ausdünstung aller dieser Menschen, der fast zur Atmosphäre verdichtete Skandal lagerte … Er starrte in alle diese erhobenen, verzogenen und scharfbeleuchteten Gesichter, in diese Hunderte von Augen, die alle sich mit dem gleichen Ausdruck von Wissen auf das Paar dort unten vor ihm und auf ihn selbst richteten … Er ließ, während eine furchtbare, von keinem Laut unterbrochene Stille über allen lagerte, seine immer mehr sich erweiternden Augen langsam und unheimlich von diesem Paar auf das Publikum und von dem Publikum auf dies Paar wandern … eine Erkenntnis schien plötzlich über sein Gesicht zu gehen, ein Blutstrom ergoß sich in dieses Gesicht, um es rot wie das Seidenkleid aufquellen zu machen und es gleich darauf wachsgelb zurückzulassen – und der dicke Mann brach zusammen, daß die Bretter krachten.

– Während eines Augenblickes herrschte die Stille fort; dann wurden Schreie laut, Tumult entstand, ein paar beherzte Herren, darunter ein junger Arzt, sprangen vom Orchester aus auf die Bühne, der Vorhang ward herabgelassen …

Amra Jacoby und Alfred Läutner saßen, voneinander abgewandt, noch immer am Klavier. Er, gesenkten Hauptes, schien noch seinem Übergang nach F-dur nachzuhorchen; sie, unfähig, mit ihrem Spatzenhirn so rasch zu begreifen, was vor sich ging, blickte mit vollkommen leerem Gesichte um sich her …

Gleich darauf erschien der junge Arzt aufs neue im Saal, ein kleiner jüdischer Herr mit ernstem Gesicht und schwarzem Spitzbart. Einigen Herrschaften, die ihn an der Tür umringten, antwortete er achselzuckend:

»Aus.«

Der Kleiderschrank

Es war trübe, dämmerig und kühl, als der Schnellzug Berlin–Rom in eine mittelgroße Bahnhofshalle einfuhr. In einem Coupé erster Klasse mit Spitzendekken über den breiten Plüschsesseln richtete sich ein Alleinreisender empor: Albrecht van der Qualen. Er erwachte. Er verspürte einen faden Geschmack im Munde, und sein Körper war voll von dem nicht sehr angenehmen Gefühl, das durch das Stillstehen nach längerer Fahrt, das Verstummen des rhythmisch rollenden Gestampfes, die Stille hervorgebracht wird, von welcher die Geräusche draußen, die Rufe und Signale sich merkwürdig bedeutsam abheben ... Dieser Zustand ist wie ein Zusichkommen aus einem Rausche, einer Betäubung. Unseren Nerven ist plötzlich der Halt, der Rhythmus genommen, dem sie sich hingegeben haben: nun fühlen sie sich äußerst verstört und verlassen. Und dies desto mehr, wenn wir gleichzeitig aus dem dumpfen Reiseschlaf erwachen.

Albrecht van der Qualen reckte sich ein wenig, trat ans Fenster und ließ die Scheibe herunter. Er blickte am Zuge entlang. Droben am Postwagen machten sich verschiedene Männer mit dem Ein- und Ausladen von Paketen zu schaffen. Die Lokomotive gab mehrere Laute von sich, nieste und kollerte ein wenig, schwieg dann und verhielt sich still; aber nur wie ein Pferd stillsteht, das bebend die Hufe hebt, die Ohren bewegt und gierig auf das Zeichen zum Anziehen wartet. Eine große und dicke Dame in langem Regenmantel schleppte mit unendlich besorgtem Gesicht eine centnerschwere Reisetasche, die sie mit einem Knie ruckweise vor sich her stieß, beständig an den Waggons hin und her: stumm, gehetzt und mit angstvollen Augen. Besonders ihre Oberlippe, die sie weit hervorschob und auf der ganz kleine Schweißtropfen standen, hatte etwas namenlos Rührendes … Du Liebe, Arme! dachte van der Qualen. Wenn ich dir helfen könnte, dich unterbringen, dich beruhigen, nur deiner Oberlippe zu Gefallen! Aber jeder für sich, so ist's eingerichtet, und ich, der ich in diesem Augenblicke ganz ohne Angst bin, stehe hier und sehe dir zu, wie einem Käfer, der auf den Rücken gefallen ist …

Dämmerung herrschte in der bescheidenen Halle. War es Abend oder Morgen? Er wußte es nicht. Er hatte geschlafen, und es war ganz und gar unbestimmt, ob er zwei, fünf, oder zwölf Stunden geschlafen hatte. Kam es nicht vor, daß er 24 Stunden und länger schlief, ohne die geringste Unterbrechung, tief, außerordentlich tief? – Er war ein Herr in einem halblangen, dunkelbraunen Winterüberzieher mit Sammetkragen. Aus seinen Zügen war sein Alter sehr schwer zu erkennen; man konnte geradezu zwischen 25 und dem Ende der Dreißiger schwanken. Er besaß einen gelblichen Teint, seine Augen aber waren glühend schwarz wie Kohlen und tief umschattet. Diese Augen verrieten nichts Gutes. Verschiedene Ärzte hatten ihm, in ernsten und offenen Gesprächen unter zwei Männern, nicht mehr viele Monate gegeben … Übrigens war sein dunkles Haar seitwärts glatt gescheitelt.

Er hatte in Berlin – obgleich Berlin nicht der Ausgangspunkt seiner Reise war – gelegentlich mit seiner Handtasche aus rotem Leder den grade abgehenden Schnellzug bestiegen, er hatte geschlafen, und nun, da er erwachte, fühlte er sich so völlig der Zeit enthoben, daß ihn das Behagen durchströmte. Er besaß keine Uhr. Er war glücklich, an der dünnen, goldenen Kette, die er um den Hals gehängt trug, nur ein kleines Medaillon in seiner Westentasche zu wissen. Er liebte es nicht, sich in Kenntnis über die Stunde oder auch nur den Wochentag zu befinden, denn auch einen Kalender hielt er sich nicht. Seit längerer Zeit hatte er sich der Gewohnheit entschlagen, zu wissen, den wievielten Tag des Monats oder auch nur welchen Monat, ja sogar welche Jahreszahl man schrieb. Alles muß in der Luft stehen, pflegte er zu denken, und er verstand ziemlich viel darunter, obgleich es eine etwas dunkle Redewendung war. Er ward selten oder niemals in dieser Unkenntnis gestört, da er sich bemühte, alle Störungen solcher Art von sich fern zu halten. Genügte es ihm vielleicht nicht, ungefähr zu bemerken, welche Jahreszeit man hatte? Es ist gewissermaßen Herbst, dachte er, während er in die trübe und feuchte Halle hinausblickte. Mehr weiß ich nicht! Weiß ich überhaupt, wo ich bin? …

Und plötzlich, bei diesem Gedanken, ward die Zufriedenheit, die er empfand, zu einem freudigen Entsetzen. Nein, er wußte nicht, wo er sich befand! War er noch in Deutschland? Zweifelsohne. In Norddeutschland? Das stand dahin! Mit Augen, die noch blöde waren vom Schlafe, hatte er das Fenster seines Coupés an einer erleuchteten Tafel vorübergleiten sehen, die möglicherweise den Namen der Station aufgewiesen hatte … nicht das Bild eines Buchstabens war zu seinem Hirn gelangt. In noch trunkenem Zustande hatte er die Schaffner zwei- oder dreimal den Namen rufen hören … nicht einen Laut davon hatte er verstanden. Dort aber, dort, in einer Dämmerung, von der er nicht wußte, ob sie Morgen oder Abend bedeutete, lag ein fremder Ort, eine unbekannte Stadt … Albrecht van der Qualen nahm seinen Filzhut aus dem Netz, ergriff seine rotlederne Reisetasche, deren Schnallriemen gleichzeitig eine rot und weiß gewürfelte Decke aus Seiden-Wolle umfaßte, in welcher wiederum ein Regenschirm mit silberner Krücke steckte – und obgleich sein Billett nach Florenz lautete, verließ er das Coupé, schritt die bescheidene Halle entlang, legte sein Gepäck in dem betreffenden Bureau nieder, zündete eine Cigarre an, steckte die Hände – er trug weder Stock noch Schirm – in die Paletottaschen und verließ den Bahnhof.

Draußen auf dem trüben, feuchten und ziemlich leeren Platze knallten fünf oder sechs Droschkenkutscher mit ihren Peitschen, und ein Mann mit betreßter Mütze und langem Mantel, in den er sich fröstelnd hüllte, sagte mit fragender Betonung: »Hotel zum braven Manne?« Van der Qualen dankte ihm höflich und ging seines Wegs gradaus. Die Leute, denen er begegnete, hatten die Kragen ihrer Mäntel emporgeklappt; darum tat er es auch, schmiegte das Kinn in den Sammet, rauchte und schritt nicht schnell und nicht langsam fürbaß.

Er kam an einem untersetzten Gemäuer vorüber, einem alten Tore mit zwei massiven Türmen, und überschritt eine Brücke, an deren Geländern Statuen standen und unter der das Wasser sich trübe und träge dahinwälzte. Ein langer, morscher Kahn kam vorbei, an dessen Hinterteil ein Mann mit einer langen Stange ruderte. Van der Qualen blieb ein wenig stehen und beugte sich über die Brüstung. Sieh da, dachte er, ein Fluß; der Fluß. Angenehm, daß ich seinen ordinären Namen nicht weiß … Dann ging er weiter.

Er ging noch eine Weile auf dem Trottoir einer Straße geradeaus, die weder sehr breit, noch sehr schmal war, und bog dann irgendwo zur linken Hand ab. Es war Abend. Die elektrischen Bogenlampen zuckten auf, flackerten ein paarmal, glühten, zischten und leuchteten dann im Nebel. Die Läden schlossen. Also sagen wir, es ist in jeder Beziehung Herbst, dachte van der Qualen und schritt auf dem schwarznassen Trottoir dahin. Er trug keine Galoschen, aber seine Stiefel waren außerordentlich breit, fest, durabel und ermangelten trotzdem nicht der Eleganz.

Er ging andauernd nach links. Menschen schritten und eilten an ihm vorüber, gingen ihren Geschäften nach oder kamen von Geschäften. Und ich gehe mitten unter ihnen, dachte er, und bin so allein und fremd, wie es mutmaßlich kein Mensch gewesen ist. Ich habe kein Geschäft und kein Ziel. Ich habe nicht einmal einen Stock, auf den ich mich stütze. Haltloser, freier, unbeteiligter kann niemand sein. Niemand verdankt mir etwas, und ich verdanke niemandem etwas. Gott hat seine Hand niemals über mir gehalten, er kennt mich gar nicht. Treues Unglück ohne Almosen ist eine gute Sache; man kann sich sagen: Ich bin Gott nichts schuldig …

Die Stadt war bald zu Ende. Wahrscheinlich war er etwa von der Mitte aus in die Quere gegangen. Er befand sich auf einer breiten Vorstadtstraße mit Bäumen und Villen, bog rechts ab, passierte drei oder vier fast dorfartige, nur von Gaslaternen beleuchtete Gassen und blieb schließlich in einer etwas breiteren vor einer Holzpforte stehen, die sich rechts neben einem gewöhnlichen, trübgelb gestrichenen Hause befand, welches sich seinerseits durch völlig undurchsichtige und sehr stark gewölbte Spiegel-Fensterscheiben auszeichnete. An der Pforte jedoch war ein Schild befestigt mit der Aufschrift: »In diesem Hause im 3. Stock sind Zimmer zu vermieten.« So? sagte er, warf den Rest seiner Cigarre fort, ging durch die Pforte, an einer Planke entlang, die das Grundstück von dem benachbarten trennte, linker Hand durch die Haustür, mit zwei Schritten über den Vorplatz, auf dem ein ärmlicher Läufer, eine alte, graue Decke lag, und begann, die anspruchslosen Holztreppen hinaufzusteigen.

Auch die Etagentüren waren sehr bescheiden, mit Milchglasscheiben, vor denen sich Drahtgeflechte befanden, und irgendwelche Namensschilder waren daran. Die Treppenabsätze waren von Petroleumlampen beleuchtet. Im dritten Stockwerk aber – es war das letzte, und hierauf kam der Speicher – befanden sich auch rechts und links von der Treppe noch Eingänge: einfache bräunliche Stubentüren; ein Name war nicht zu bemerken. Van der Qualen zog in der Mitte den messingnen Klingelknopf … Es schellte, aber drinnen ward keine Bewegung laut. Er pochte links … Keine Antwort. Er pochte rechts …

Lange, leichte Schritte ließen sich vernehmen, und man öffnete.

Es war eine Frau, eine große, magere Dame, alt und lang. Sie trug eine Haube mit einer großen, mattlilafarbenen Schleife und ein altmodisches, verschossenes, schwarzes Kleid. Sie zeigte ein eingefallenes Vogelgesicht, und auf ihrer Stirn war ein Stück Ausschlag zu sehen, ein moosartiges Gewächs. Es war etwas ziemlich Abscheuliches.

»Guten Abend«, sagte van der Qualen. »Die Zimmer …« Die alte Dame nickte; sie nickte und lächelte langsam, stumm und voll Verständnis und wies mit einer schönen, weißen, langen Hand, mit langsamer, müder und vornehmer Gebärde auf die gegenüberliegende, die linke Tür. Dann zog sie sich zurück und erschien aufs neue mit einem Schlüssel. Sieh da, dachte er, der hinter ihr stand, während sie aufschloß. Sie sind ja wie ein Alb, wie eine Figur von Hoffmann, gnädige Frau … Sie nahm die Petroleumlampe vom Haken und ließ ihn eintreten.

Es war ein kleiner, niedriger Raum mit brauner Diele; seine Wände aber waren bis oben hinauf mit strohfarbenen Matten bekleidet. Das Fenster an der Rückwand rechts verhüllte in langen, schlanken Falten ein weißer Mousselinvorhang. Die weiße Tür zum Nebenzimmer befand sich rechter Hand.

Die alte Dame öffnete und hob ihre Lampe empor. Dieses Zimmer war erbärmlich kahl, mit nackten, weißen Wänden, von denen sich drei hellrot lackierte Rohrstühle abhoben wie Erdbeeren von Schlagsahne. Ein Kleiderschrank, eine Waschkommode nebst Spiegel … Das Bett, ein außerordentlich mächtiges Mahagonimöbel, stand frei in der Mitte des Raumes.

»Haben Sie etwas dawider?« fragte die alte Dame und fuhr mit ihrer schönen, langen, weißen Hand leicht über das Moosgewächs an ihrer Stirn … Es war, als sagte sie das nur aus Versehen, als könne sie sich eines gewöhnlicheren Ausdruckes für den Augenblick nicht entsinnen. Sie fügte sofort hinzu: »So zu sagen –?«

»Nein, ich habe nichts dawider«, sagte van der Qualen. »Die Zimmer sind ziemlich witzig eingerichtet. Ich miete sie … Ich möchte, daß irgend jemand meine Sachen vom Bahnhofe abholt, hier ist der Schein. Sie werden die Gefälligkeit haben, das Bett, den Nachttisch herrichten zu lassen … mir jetzt sogleich den Hausschlüssel, den Etagenschlüssel einzuhändigen … sowie Sie mir auch ein paar Handtücher verschaffen werden. Ich möchte ein wenig Toilette machen, dann in die Stadt zum Essen gehen und später zurückkehren.«

Er zog ein vernickeltes Etui aus der Tasche, entnahm ihm Seife und begann, sich an der Waschkommode Gesicht und Hände zu erfrischen. Zwischendurch blickte er durch die stark nach außen gewölbten Fensterscheiben tief hinab über kotige Vorstadtstraßen im Gaslicht, auf Bogenlampen und Villen … Während er seine Hände trocknete, ging er hinüber zum Kleiderschrank. Es war ein vierschrötiges, braungebeiztes, ein wenig wackeliges Ding mit einer einfältig verzierten Krönung und stand inmitten der rechten Seitenwand genau in der Nische einer zweiten weißen Tür, die in die Räumlichkeiten führen mußte, zu welchen draußen an der Treppe die Haupt- und Mitteltür den Eingang bildete. Einiges in der Welt ist gut eingerichtet, dachte van der Qualen. Dieser Kleiderschrank paßt in die Türnische, als wäre er dafür gemacht … Er öffnete … Der Schrank war vollkommen leer, mit mehreren Reihen von Haken an der Decke; aber es zeigte sich, daß dieses solide Möbel gar keine Rückwand besaß, sondern hinten durch einen grauen Stoff, hartes, gewöhnliches Rupfenzeug abgeschlossen war, das mit Nägeln oder Reißstiften an den vier Ecken befestigt war. –

Van der Qualen verschloß den Schrank, nahm seinen Hut, klappte den Kragen seines Paletots wieder empor, löschte die Kerze und brach auf. Während er durch das vordere Zimmer ging, glaubte er, zwischen dem Geräusch seiner Schritte, nebenan, in jenen anderen Räumlichkeiten, einen Klang zu hören, einen leisen, hellen, metallischen Ton … aber es ist ganz unsicher, ob es nicht Täuschung war. Wie wenn ein goldener Ring in ein silbernes Becken fällt, dachte er, während er die Wohnung verschloß, ging die Treppen hinunter, verließ das Haus und fand den Weg zurück zur Stadt.

In einer belebten Straße betrat er ein erleuchtetes Restaurant und nahm an einem der vorderen Tische Platz, indem er aller Welt den Rücken zuwandte. Er aß eine Kräutersuppe mit geröstetem Brot, ein Beefsteak mit Ei, Kompott und Wein, ein Stückchen grünen Gorgonzola und die Hälfte einer Birne. Während er bezahlte und sich ankleidete, tat er ein paar Züge aus einer russischen Cigarette, zündete dann eine Cigarre an und ging. Er schlenderte ein wenig umher, spürte seinen Heimweg in die Vorstadt auf und legte ihn ohne Eile zurück.

Das Haus mit den Spiegelscheiben lag völlig dunkel und schweigend da, als van der Qualen sich die Haustür öffnete und die finsteren Stiegen hinanstieg. Er leuchtete mit einem Zündhölzchen vor sich her und öffnete im dritten Stockwerk die braune Tür zur Linken, die in seine Zimmer führte. Nachdem er Überzieher und Hut auf den Diwan gelegt, entzündete er die Lampe auf dem großen Schreibtisch und fand daselbst seine Reisetasche, sowie die Plaidrolle mit dem Regenschirm. Er rollte die Decke auseinander und zog eine Cognacflasche hervor, worauf er der Ledertasche ein Gläschen entnahm und, während er seine Cigarre zu Ende rauchte, im Armstuhle hier und da einen Schluck tat. Angenehm, dachte er, daß es auf der Welt doch immerhin Cognac gibt … Dann ging er ins Schlafzimmer, wo er die Kerze auf dem Nachttisch entzündete, löschte drüben die Lampe und begann, sich zu entkleiden. Er legte Stück für Stück seines grauen, unauffälligen und dauerhaften Anzuges auf den roten Stuhl am Bette; dann jedoch, als er das Tragband löste, fielen ihm Hut und Paletot ein, die noch auf dem Diwan lagen; er holte sie herüber, er öffnete den Kleiderschrank … Er tat einen Schritt rückwärts und griff mit der Hand hinter sich nach einer der großen, dunkelroten Mahagonikugeln, welche die vier Ecken des Bettes zierten.

Das Zimmer mit seinen kahlen, weißen Wänden, von denen sich die rotlackierten Stühle abhoben, wie Erdbeeren von Schlagsahne, lag in dem unruhigen Lichte der Kerze. Dort aber, der Kleiderschrank, dessen Tür weit offen stand: er war nicht leer, jemand stand darin, eine Gestalt, ein Wesen, so hold, daß Albrecht van der Qualens Herz einen Augenblick stillstand und dann mit vollen, langsamen, sanften Schlägen zu arbeiten fortfuhr … Sie war ganz nackt und hielt einen ihrer schmalen, zarten Arme empor, indem sie mit dem Zeigefinger einen Haken an der Decke des Schrankes umfaßte. Wellen ihres langen, braunen Haares ruhten auf ihren Kinderschultern, von welchen ein Liebreiz ausging, auf den man nur mit Schluchzen antworten kann. In ihren länglichen schwarzen Augen spiegelte sich der Schein der Kerze … Ihr Mund war ein wenig breit, aber von einem Ausdruck, so süß, wie die Lippen des Schlafes, wenn sie sich nach Tagen der Pein auf unsere Stirn senken. Sie hielt die Fersen fest geschlossen, und ihre schlanken Beine schmiegten sich aneinander …

Albrecht van der Qualen strich sich mit der Hand über die Augen und sah … er sah auch, daß dort unten in der rechten Ecke das graue Rupfenzeug vom Schranke gelöst war … »Wie?« sagte er … »Wollen Sie nicht hereinkommen? … wie soll ich sagen … herauskommen? Nehmen Sie nicht ein Gläschen Cognac? Ein halbes Gläschen? …«

Aber er erwartete keine Antwort hierauf und bekam auch keine. Ihre schmalen, glänzenden und so schwarzen Augen, daß sie ohne Ausdruck, unergründlich und stumm erschienen – sie waren auf ihn gerichtet, aber ohne Halt und Ziel, verschwommen, und als sähen sie ihn nicht.

»Soll ich dir erzählen?« sagte sie plötzlich mit ruhiger, verschleierter Stimme.

»Erzähle …« antwortete er. Er war in sitzender Haltung auf den Bettrand gesunken, der Überzieher lag auf seinen Knieen, und seine zusammengelegten Hände ruhten darauf. Sein Mund stand ein wenig geöffnet, und seine Augen waren halb geschlossen. Aber das Blut kreiste warm und milde pulsierend durch seinen Körper, und in seinen Ohren sauste es leise.

Sie hatte sich im Schranke niedergelassen und umschlang mit ihren zarten Armen das eine ihrer Kniee, das sie emporgezogen hatte, während das andere Bein nach außen hing. Ihre kleinen Brüste wurden durch die Oberarme zusammengepreßt, und die gestraffte Haut ihres Knies glänzte. Sie erzählte … erzählte mit leiser Stimme, während die Kerzenflamme lautlose Tänze aufführte …

Zwei gingen über das Heideland, und ihr Haupt lag auf seiner Schulter. Die Kräuter dufteten stark, aber schon stiegen die wolkigen Abendnebel vom Grunde: So fing es an. Und oftmals waren es Verse, die sich auf so unvergleichlich leichte und süße Art reimten, wie es uns hie und da in Fiebernächten im Halbschlaf geschieht. Aber es ging nicht gut aus. Das Ende war so traurig, wie wenn Zwei sich unauflöslich umschlungen halten, und, während ihre Lippen aufeinander liegen, das eine dem anderen ein breites Messer oberhalb des Gürtels in den Körper stößt, und zwar aus guten Gründen. So aber schloß es. Und dann stand sie mit einer unendlich stillen und bescheidenen Gebärde auf, lüftete dort unten den rechten Zipfel des grauen Zeuges, das die Rückwand des Schrankes bildete, und war nicht mehr da.

Von nun an fand er sie allabendlich in seinem Kleiderschranke und hörte ihr zu … wie viele Abende? Wie viele Tage, Wochen oder Monate verblieb er in dieser Wohnung und in dieser Stadt? – Niemandem würde es nützen, wenn hier die Zahl stünde. Wer würde sich an einer armseligen Zahl erfreuen? ... Und wir wissen, daß Albrecht van der Qualen von mehreren Ärzten nicht mehr viele Monate zugestanden bekommen hatte.

Sie erzählte ihm ... und es waren traurige Geschichten, ohne Trost; aber sie legten sich als eine süße Last auf das Herz und ließen es langsamer und seliger schlagen. Oftmals vergaß er sich ... Sein Blut wallte auf in ihm, er streckte die Hände nach ihr aus, und sie wehrte ihm nicht. Aber er fand sie dann mehrere Abende nicht im Schranke, und wenn sie wiederkehrte, so erzählte sie doch noch mehrere Abende nichts und begann dann langsam wieder, bis er sich abermals vergaß.

Wie lange dauerte das ... wer weiß es? Wer weiß auch nur, ob überhaupt Albrecht van der Qualen an jenem Nachmittage wirklich erwachte und sich in die unbekannte Stadt begab; ob er nicht vielmehr schlafend in seinem Coupé erster Klasse verblieb und von dem Schnellzuge Berlin–Rom mit ungeheurer Geschwindigkeit über alle Berge getragen ward? Wer unter uns möchte sich unterfangen, eine Antwort auf diese Frage mit Bestimmtheit und auf seine Verantwortung hin zu vertreten? Das ist ganz ungewiß. »Alles muß in der Luft stehen ...«

Gerächt
Novellistische Studie

»An die einfachsten und grundsätzlichsten Wahrheiten«, sagte Anselm zu vorgerückter Stunde, »verschwendet das Leben manchmal die originellsten Belege.«

Als ich Dunja Stegemann kennenlernte, war ich zwanzig Jahre alt und von extremer Gimpelhaftigkeit. Emsig damit beschäftigt, mir die Hörner abzulaufen, war ich weit von der Vollendung dieses Geschäftes entfernt. Meine Begierden waren zügellos, ohne Skrupel gab ich mich ihrer Befriedigung hin, und mit der neugierigen Lasterhaftigkeit meiner Lebensführung verband ich aufs anmutigste jenen Idealismus, der mich zum Beispiel die reine, geistige – aber absolut geistige – Vertrautheit mit einer Frau innig erwünschen ließ. – Was die Stegemann anging, so war sie zu Moskau von deutschen Eltern geboren und dortselbst, oder doch in Rußland, aufgewachsen. Dreier Sprachen, des Russischen, Französischen und Deutschen mächtig, war sie als Gouvernante nach Deutschland gekommen; aber mit artistischen Instinkten ausgestattet, hatte sie diesen Beruf nach einigen Jahren fahrenlassen und lebte nun als intelligentes und freies Frauenzimmer, als Philosophin und Junggesellin, indem sie eine Zeitung zweiten oder dritten Ranges mit Literatur- und Musikberichten versah.

Sie war dreißig Jahre alt, als ich, am Tage meiner Ankunft in B., an der spärlich besetzten Table d'hôte einer kleinen Pension mit ihr zusammentraf: – eine große Person mit flacher Brust, flachen Hüften, hellgrünlichen Augen, die keines verwirrten Ausdrucks fähig waren, einer übermäßig aufgeworfenen Nase und einer kunstlosen Frisur von indifferentem Blond. Ihr schlichtes, dunkelbraunes Kleid war so schmuck- und koketterielos wie ihre Hände. Noch niemals hatte ich bei einer Frau eine so unzweideutige und resolute Häßlichkeit gesehen.

Beim Roastbeef kamen wir in ein Gespräch über Wagner im allgemeinen und den ›Tristan‹ im besonderen. Die Freiheit ihres Geistes verblüffte mich. Ihre Emanzipation war so ungewollt, so ohne Übertreibung und Unterstreichung, so ruhig, sicher und selbstverständlich, wie ich es nicht für möglich gehalten hatte. Die objektive Gelassenheit, mit der sie im Laufe unseres Gespräches Ausdrücke wie »entfleischte Brunst« gebrauchte, erschütterte mich. Und dem entsprachen ihre Blicke, ihre Bewegungen, die kameradschaftliche Art, in der sie die Hand auf meinen Arm legte …

Unsere Unterhaltung war lebhaft und tiefgehend,

wir setzten sie nach Tische, als die vier oder fünf übrigen Gäste das Speisezimmer längst verlassen hatten, noch stundenlang fort, wir sahen uns beim Abendessen wieder, musizierten später auf dem verstimmten Piano der Pension, tauschten wiederum Gedanken und Empfindungen aus und verstanden uns bis auf den Grund. Ich empfand viel Genugtuung. Hier war ein Weib mit vollkommen männlich gebildetem Hirn. Ihre Worte dienten der Sache und keiner persönlichen Koketterie, während ihre Vorurteilslosigkeit jenen intimen Radikalismus im Austausche von Erlebnissen, Stimmungen und Sensationen ermöglichte, der damals meine Leidenschaft war. Hier war mein Verlangen erfüllt: ein weiblicher Kamerad gefunden, dessen sublime Unbefangenheit nichts Beunruhigendes aufkommen ließ, und in dessen Nähe ich sicher und getrost sein konnte, daß ausschließlich mein Geist in Bewegung geriet; denn die körperlichen Reize dieser Intellektuellen waren die eines Besens. Ja, meine Sicherheit in dieser Beziehung war um so größer, als alles, was an Dunja Stegemann fleischlich war, mir in dem Maße, wie unsere seelische Vertrautheit zunahm, mehr und mehr zuwider und geradezu zum Ekel wurde: – ein Triumph des Geistes, wie ich ihn nicht glänzender hatte ersehnen können.

Und dennoch … dennoch, zu welcher Vollkommenheit sich unsere Freundschaft entwickelte, so unbedenklich wir, als wir beide die Pension verlassen, uns einander in unseren Wohnungen besuchten, dennoch stand oftmals etwas zwischen uns, was der erhabenen Kälte unseres eigenartigen Verhältnisses dreimal fremd hätte sein sollen … stand zwischen uns gerade dann, wenn unsere Seelen ihre letzten und keuschesten Geheimnisse voreinander enthüllten, unsere Geister an der Lösung ihrer subtilsten Rätsel arbeiteten, wenn das »Sie«, das in minder gehobenen Stunden unsere Anrede blieb, einem makellosen »Du« wich … ein übler Reiz lag dabei in der Luft, verunreinigte sie und behinderte mir die Atmung … Sie schien nichts davon zu verspüren. Ihre Stärke und Freiheit war so groß! Ich aber empfand es und litt darunter.

So, und empfindlicher als jemals, war es eines Abends, als wir zusammen in psychologischem Gespräch auf meinem Zimmer saßen. Sie hatte bei mir gegessen; bis auf den Rotwein, dem zuzusprechen wir fortfuhren, war der runde Tisch abgeräumt, und die vollständig ungalante Situation, in der wir unsere Zigaretten rauchten, war bezeichnend für unser Verhältnis: Dunja Stegemann saß aufrecht am Tische, während ich, das Gesicht derselben Richtung zugewandt, halb liegend auf der Chaiselongue ruhte. – Unser bohrendes, zerlegendes und radikal offenherziges Gespräch, das sich mit den Seelenzuständen beschäftigte, welche die Liebe beim Mann und beim Weibe bewirkt, nahm seinen Fortgang. Ich aber war nicht ruhig, nicht frei und vielleicht ungewöhnlich reizbar, da ich stark getrunken hatte. Jenes Etwas war zugegen … jener üble Reiz lag in der Luft und verunreinigte sie in einer Weise, die mir immer unerträglicher wurde. Das Bedürfnis, gleichsam ein Fenster aufzustoßen, indem ich endlich einmal ausdrücklich mit einem geraden und brutalen Worte das unberechtigt Beunruhigende für jetzt und immer ins Reich der Nichtigkeit verwies, nahm mich ganz in Anspruch. Was ich auszusprechen beschloß, war nicht stärker und ehrlicher als vieles andere, was wir einander ausgesprochen hatten, und mußte einmal erledigt werden. Mein Gott, für Rücksichten der Höflichkeit und Galanterie würde sie am wenigsten Dank wissen …

»Hören Sie«, sagte ich, indem ich die Knie emporzog und ein Bein über das andere legte, »was ich noch immer festzustellen vergaß. Weißt du, was für mich unserem Verhältnis den originellsten und feinsten Charme gibt? Es ist die intime Vertrautheit unserer Geister, die mir unentbehrlich geworden ist, im Gegensatze zu der prononcierten Abneigung, die ich körperlich dir gegenüber empfinde.«

Stillschweigen. – »Ja, ja«, sagte sie dann, »das ist amüsant.« Und damit war dieser Einwurf abgetan, und unser Gespräch über die Liebe ward wieder aufgenommen. Ich atmete auf dabei. Das Fenster war geöffnet. Die Klarheit, Reinlichkeit und Sicherheit der Lage war hergestellt, wie es ohne Zweifel auch ihr Bedürfnis gewesen. Wir rauchten und sprachen.

»Und dann das Eine«, sagte sie plötzlich, »das einmal zwischen uns zur Sprache kommen muß ... Du weißt nämlich nicht, daß ich einmal ein Liebesverhältnis gehabt habe.«

Ich wandte den Kopf nach ihr und starrte sie fassungslos an. Sie saß aufrecht, ganz ruhig, und bewegte die Hand, in der sie die Zigarette hielt, ein wenig auf dem Tische hin und her. Ihr Mund hatte sich leicht geöffnet, und ihre hellgrünen Augen blickten unbeweglich geradeaus. Ich rief:

»Du? ... Sie? ... Ein platonisches?«

»Nein; ein ... ernstes.«

»Wo ... wann ... mit wem?!«

»In Frankfurt am Main, vor einem Jahre, mit einem Bankbeamten, einem noch jungen, sehr schönen Manne ... Ich fühlte das Bedürfnis, es dir einmal zu sagen ... Es ist mir lieb, daß du es nun weißt. – Oder bin ich in deiner Achtung gesunken?«

Ich lachte, streckte mich wieder aus und trommelte mit den Fingern neben mir an der Wand.

»Wahrscheinlich!« sagte ich mit großartiger Ironie. Ich blickte sie nicht mehr an, sondern hielt das Gesicht nach der Wand gedreht und sah meinen trommelnden Fingern zu. Mit einem Schlage hatte sich die eben noch gereinigte Atmosphäre so verdickt, daß das Blut mir zu Kopfe stieg und meine Augen trübte … Dieses Weib hatte sich lieben lassen. Ihr Körper war von einem Manne umfangen worden. Ohne mein Gesicht von der Wand zu wenden, ließ ich meine Phantasie diesen Körper entkleiden und fand einen abstoßenden Reiz an ihm. Ich goß noch ein – das wievielte? – Glas Rotwein hinunter. Stillschweigen.

»Ja«, wiederholte sie mit halber Stimme, »es ist mir lieb, daß du es nun weißt.« Und die unzweifelhaft bedeutsame Betonung, mit der sie dies sprach, machte, daß ich in ein niederträchtiges Zittern geriet. Sie saß da, allein mit mir gegen Mitternacht im Zimmer, aufrecht, ohne sich zu rühren, in wartender, anbietender Bewegungslosigkeit … Meine lasterhaften Instinkte waren in Aufruhr. Die Vorstellung des Raffinements, das darin liegen konnte, mich mit dieser Frau einer schamlosen und diabolischen Ausschweifung hinzugeben, ließ mein Herz in unerträglicher Weise hämmern.

»Sieh da!« sagte ich mit schwerer Zunge. »Das ist mir äußerst interessant! … Und er hat dich amüsiert, dieser Bankbeamte?«

Sie antwortete: »O ja.«

»Und«, fuhr ich fort, immer ohne sie anzusehen, »du würdest nichts dagegen haben, dergleichen noch einmal zu erleben?«

»Gar nichts –«

Brüsk, mit einem Ruck, warf ich mich herum, stützte die Hand auf das Polster und fragte mit der Frechheit der übermäßigen Gier:

»Wie wäre es mit uns?«

Sie wandte mir langsam das Gesicht zu und sah mich mit freundlichem Erstaunen an.

»Oh, mein Lieber, wie verfallen Sie darauf? – Nein, unser Verhältnis ist denn doch zu rein geistiger Natur …«

»Nun ja … nun ja … aber das ist doch eine Sache für sich! Wir können uns doch, unbeschadet unserer sonstigen Freundschaft und ganz abgesehen von dieser, auch einmal in anderer Weise zusammenfinden …«

»Aber nein! Sie hören ja, daß ich nein sage!« antwortete sie immer erstaunter.

Ich rief mit der Wut des Wüstlings, der nicht gewohnt ist, sich der schmutzigsten Grille zu entschlagen:

»Warum nicht? Warum nicht? Warum zierst du dich denn?!« Und ich machte Miene, zu Tätlichkeiten überzugehen. – Dunja Stegemann stand auf.

»Nehmen Sie sich doch zusammen«, sagte sie. »Sie sind ja ganz außer sich! Ich kenne Ihre Schwäche, aber dies ist Ihrer unwürdig. Ich habe nein gesagt und habe Ihnen gesagt, daß unsere beiderseitige Sympathie zu absolut geistiger Natur ist. Verstehen

Sie das denn nicht? – Und nun will ich gehen. Es ist spät geworden.«

Ich war ernüchtert, und meine Fassung war zurückgekehrt.

»Also ein Korb!?« sagte ich lachend … »Nun, ich hoffe, daß auch der an unserer Freundschaft nichts ändern wird …«

»Warum nicht gar!« antwortete sie und schüttelte kameradschaftlich meine Hand, wobei ein ziemlich spöttisches Lächeln um ihren unschönen Mund lag. – Dann ging sie.

Ich stand inmitten des Zimmers, und mein Gesicht war nicht geistvoll, während ich mir dies allerliebste Abenteuer noch einmal durch den Sinn gehen ließ. Am Ende schlug ich mir mit der Hand vor die Stirn und ging schlafen.

Der Weg zum Friedhof

Der Weg zum Friedhof lief immer neben der Chaussee, immer an ihrer Seite hin, bis er sein Ziel erreicht hatte, nämlich den Friedhof. An seiner anderen Seite lagen anfänglich menschliche Wohnungen, Neubauten der Vorstadt, an denen zum Teil noch gearbeitet wurde; und dann kamen Felder. Was die Chaussee betraf, die von Bäumen, knorrigen Buchen gesetzten Alters, flankiert wurde, so war sie zur Hälfte gepflastert, zur Hälfte war sie's nicht. Aber der Weg zum Friedhof war leicht mit Kies bestreut, was ihm den Charakter eines angenehmen Fußpfades gab. Ein schmaler, trockener Graben, von Gras und Wiesenblumen ausgefüllt, zog sich zwischen beiden hin.

Es war Frühling, beinahe schon Sommer. Die Welt lächelte. Gottes blauer Himmel war mit lauter kleinen, runden, kompakten Wolkenstückchen besetzt, betupft mit lauter schneeweißen Klümpchen von humoristischem Ausdruck. Die Vögel zwitscherten in den Buchen, und über die Felder daher kam ein milder Wind.

Auf der Chaussee schlich ein Wagen vom nächsten Dorfe her gegen die Stadt, er fuhr zur Hälfte auf dem gepflasterten, zur anderen Hälfte auf dem nicht gepflasterten Teile der Straße. Der Fuhrmann ließ seine Beine zu beiden Seiten der Deichsel hinabhängen und pfiff aufs unreinste. Am äußersten Hinterteile aber saß ein gelbes Hündchen, das ihm den Rücken zuwandte und über sein spitzes Schnäuzchen hinweg mit unsäglich ernster und gesammelter Miene auf den Weg zurückblickte, den es gekommen war. Es war ein unvergleichliches Hündchen, Goldes wert, tief erheiternd; aber leider gehört es nicht zur Sache, weshalb wir uns von ihm abkehren müssen. – Ein Trupp Soldaten zog vorüber. Sie kamen von der unfernen Kaserne, marschierten in ihrem Dunst und sangen. Ein zweiter Wagen schlich, von der Stadt kommend, gegen das nächste Dorf. Der Fuhrmann schlief, und ein Hündchen war nicht darauf, weshalb dieses Fuhrwerk ganz ohne Interesse ist. Zwei Handwerksburschen kamen des Weges, der eine bucklig, der andere ein Riese an Gestalt. Sie gingen barfuß, weil sie ihre Stiefel auf dem Rücken trugen, riefen dem schlafenden Fuhrmann etwas Gutgelauntes zu und zogen fürbaß. Es war ein maßvoller Verkehr, der sich ohne Verwicklungen und Zwischenfälle erledigte.

Auf dem Wege zum Friedhof ging nur e i n Mann; er ging langsam, gesenkten Hauptes und gestützt auf einen schwarzen Stock. Dieser Mann hieß Piepsam,

Lobgott Piepsam und nicht anders. Wir nennen ausdrücklich seinen Namen, weil er sich in der Folge aufs sonderbarste benahm.

Er war schwarz gekleidet, denn er befand sich auf dem Wege zu den Gräbern seiner Lieben. Er trug einen rauhen, geschweiften Cylinderhut, einen altersblanken Gehrock, Beinkleider, die sowohl zu eng als auch zu kurz waren, und schwarze, überall abgeschabte Glacéhandschuhe. Sein Hals, ein langer, dürrer Hals mit großem Kehlkopfapfel, erhob sich aus einem Klappkragen, der ausfranste, ja, er war an den Kanten schon ein wenig aufgerauht, dieser Klappkragen. Wenn aber der Mann seinen Kopf erhob, was er zuweilen tat, um zu sehen, wie weit er noch vom Friedhof entfernt sei, so bekam man etwas zu sehen, ein seltenes Gesicht, ohne Frage ein Gesicht, das man nicht so schnell wieder vergaß.

Es war glatt rasiert und bleich. Zwischen den ausgehöhlten Wangen aber trat eine vorn sich knollenartig verdickende Nase hervor, die in einer unmäßigen, unnatürlichen Röte glühte und zum Überfluß von einer Menge kleiner Auswüchse strotzte, ungesunder Gewächse, die ihr ein unregelmäßiges und phantastisches Aussehen verliehen. Diese Nase, deren tiefe Glut scharf gegen die matte Blässe der Gesichtsfläche abstach, hatte etwas Unwahrscheinliches und Pittoreskes, sie sah aus wie angesetzt, wie eine Faschingsnase, wie ein melancholischer Spaß. Aber es war nicht an dem … Seinen Mund, einen breiten Mund mit gesenkten Winkeln, hielt der Mann fest geschlossen, und wenn er aufblickte, so zog er seine schwarzen, mit weißen Härchen durchsetzten Brauen hoch unter die Hutkrempe empor, daß man so recht zu sehen vermochte, wie entzündet und jämmerlich umrändert seine Augen waren. Kurzum, es war ein Gesicht, dem man die lebhafteste Sympathie dauernd nicht versagen konnte.

Lobgott Piepsams Erscheinung war nicht freudig, sie paßte schlecht zu diesem lieblichen Vormittag, und auch für einen, der die Gräber seiner Lieben besuchen will, war sie allzu trübselig. Wenn man aber in sein Inneres sah, so mußte man zugeben, daß ausreichende Gründe dafür vorhanden waren. Er war ein wenig gedrückt, wie? … es ist schwer, so lustigen Leuten wie euch dergleichen begreiflich zu machen … ein wenig unglücklich, nicht wahr? ein bißchen schlecht behandelt. Ach, die Wahrheit zu reden, so war er dies nicht nur ein wenig, er war es in hohem Grade, es war ohne Übertreibung elend mit ihm bestellt.

Erstens trank er. Nun, davon wird noch die Rede sein. Ferner war er verwitwet, verwaist und von aller Welt verlassen; er hatte nicht eine liebende Seele auf Erden. Seine Frau, eine geborene Lebzelt, war ihm entrissen worden, als sie ihm vor Halbjahrsfrist ein Kind geschenkt hatte; es war das dritte Kind und es war tot gewesen. Auch die beiden anderen Kinder waren gestorben; das eine an der Diphtherie, das andere an nichts und wieder nichts, vielleicht an allgemeiner Unzulänglichkeit. Nicht genug damit, hatte er bald darauf seine Erwerbsstelle eingebüßt, war schimpflich aus Amt und Brot gejagt worden, und das hing mit jener Leidenschaft zusammen, die stärker war als Piepsam.

Er hatte ihr ehemals einigermaßen Widerpart zu halten vermocht, obgleich er ihr periodenweise unmäßig gefrönt hatte. Als ihm aber Weib und Kinder entrafft waren, als er ohne Halt und Stütze, von allem Anhang entblößt, allein auf Erden stand, war das Laster Herr über ihn geworden und hatte seinen seelischen Widerstand mehr und mehr gebrochen. Er war Beamter im Dienste einer Versicherungssozietät gewesen, eine Art von höherem Kopisten mit monatlich neunzig Reichsmark bar. In unzurechnungsfähigem Zustande jedoch hatte er sich grober Versehen schuldig gemacht und war, nach wiederholten Vermahnungen, endlich als dauernd unzuverlässig entlassen worden.

Es ist klar, daß dies durchaus keine sittliche Erhebung Piepsams zur Folge gehabt hatte, daß er nun vielmehr vollends dem Ruin anheimgefallen war. Ihr müßt nämlich wissen, daß das Unglück des Menschen Würde ertötet – es ist immerhin gut, ein wenig Einsicht in diese Dinge zu besitzen. Es hat eine sonderbare und schauerliche Bewandtnis hiermit. Es nützt nichts, daß der Mensch sich selbst seine Unschuld beteuert: in den meisten Fällen wird er sich für sein Unglück verachten. Selbstverachtung und Laster aber stehen in der schauderhaftesten Wechselbeziehung, sie nähren einander, sie arbeiten einander in die Hände, daß es ein Graus ist. So war es auch mit Piepsam. Er trank, weil er sich nicht achtete, und er achtete sich weniger und weniger, weil das immer erneute Zuschandenwerden aller guten Vorsätze sein Selbstvertrauen zerfraß. Zu Hause in seinem Kleiderschranke pflegte eine Flasche mit einer giftgelben Flüssigkeit zu stehen, einer verderblichen Flüssigkeit, wir nennen aus Vorsicht nicht ihren Namen. Vor diesem Schranke hatte Lobgott Piepsam buchstäblich schon auf den Knieen gelegen und sich die Zunge zerbissen; und dennoch war er schließlich erlegen … Wir erzählen euch nicht gern solche Dinge; aber sie sind immerhin lehrreich. – Nun ging er auf dem Wege zum Friedhof und stieß seinen schwarzen Stock vor sich hin. Der milde Wind umspielte auch seine Nase, aber er fühlte es nicht. Mit hoch emporgezogenen Brauen starrte er hohl und trüb in die Welt, ein elender und verlorener Mensch. – Plötzlich vernahm er hinter sich ein Geräusch und horchte auf: ein sanftes Rauschen näherte sich aus weiter Ferne her mit großer Geschwindigkeit. Er wandte sich um und blieb stehen … Es war ein Fahrrad, dessen

Pneumatik auf dem leicht mit Kies bestreuten Boden knirschte, und das in voller Karriere herankam, dann aber sein Tempo verlangsamte, da Piepsam mitten im Wege stand.

Ein junger Mann saß auf dem Sattel, ein Jüngling, ein unbesorgter Tourist. Ach, mein Gott, er erhob durchaus nicht den Anspruch, zu den Großen und Herrlichen dieser Erde gezählt zu werden! Er fuhr eine Maschine von mittlerer Qualität, gleichviel aus welcher Fabrik, ein Rad im Preise von zweihundert Mark, auf gut Glück geraten. Und damit kutschierte er ein wenig über Land, frisch aus der Stadt hinaus, mit blitzenden Pedalen in Gottes freie Natur hinein, hurra! Er trug ein buntes Hemd und eine graue Jacke darüber, Sportgamaschen und das keckste Mützchen der Welt – ein Witz von einem Mützchen, bräunlich kariert, mit einem Knopf auf der Höhe. Darunter aber kam ein Wust, ein dicker Schopf von blondem Haar hervor, das ihm über die Stirne emporstand. Seine Augen waren blitzblau. Er kam daher wie das Leben und rührte die Glocke; aber Piepsam ging nicht um eines Haares Breite aus dem Wege. Er stand da und blickte das Leben mit unbeweglicher Miene an.

Es warf ihm einen ärgerlichen Blick zu und fuhr langsam an ihm vorüber, worauf Piepsam ebenfalls wieder vorwärts zu gehen begann. Als es aber vor ihm war, sagte er langsam und mit schwerer Betonung:

»Numero neuntausendsiebenhundertundsieben.« Dann kniff er die Lippen zusammen und blickte unverwandt vor sich nieder, während er fühlte, daß des Lebens Blick verdutzt auf ihm ruhte.

Es hatte sich umgewendet, den Sattel hinter sich mit der einen Hand erfaßt und fuhr ganz langsam.

»Wie?« fragte es …

»Numero neuntausendsiebenhundertundsieben«, wiederholte Piepsam. »O nichts. Ich werde Sie anzeigen.«

»Sie werden mich anzeigen?« fragte das Leben, wandte sich noch weiter herum und fuhr noch langsamer, so daß es angestrengt mit der Lenkstange hin- und herbalancieren mußte …

»Gewiß«, antwortete Piepsam in einer Entfernung von fünf oder sechs Schritten.

»Warum?« fragte das Leben und stieg ab. Es blieb stehen und sah sehr erwartungsvoll aus.

»Das wissen Sie selbst sehr wohl.«

»Nein, das weiß ich nicht.«

»Sie müssen es wissen.«

»Aber ich weiß es nicht«, sagte das Leben, »und es interessiert mich auch außerordentlich wenig!« Damit machte es sich an sein Fahrrad, um wieder aufzusteigen. Es war durchaus nicht auf den Mund gefallen.

»Ich werde Sie anzeigen, weil Sie hier fahren, nicht

dort draußen auf der Chaussee, sondern hier auf dem Wege zum Friedhof«, sagte Piepsam.

»Aber, lieber Herr!« sagte das Leben mit einem ärgerlichen und ungeduldigen Lachen, wandte sich neuerdings um und blieb stehen ... »Sie sehen hier Spuren von Fahrrädern den ganzen Weg entlang ... Hier fährt jedermann ...«

»Das ist mir ganz gleich«, entgegnete Piepsam, »ich werde Sie anzeigen.«

»Ei, so tun Sie, was Ihnen Vergnügen macht!« rief das Leben und stieg zu Rade. Es stieg wirklich auf, es blamierte sich nicht, indem ihm das Aufsteigen mißlang; es stieß sich nur ein einziges Mal mit dem Fuße ab, saß sicher im Sattel und legte sich ins Zeug, um wieder ein Tempo zu gewinnen, das seinem Temperamente entsprach.

»Wenn Sie nun noch weiter hier fahren, hier, auf dem Wege zum Friedhof, so werde ich Sie ganz sicher anzeigen«, sprach Piepsam mit erhöhter und bebender Stimme. Aber das Leben kümmerte sich jämmerlich wenig darum; es fuhr mit wachsender Geschwindigkeit weiter.

Hättet ihr in diesem Augenblick Lobgott Piepsams Gesicht gesehen, ihr wäret tief erschrocken gewesen. Er kniff die Lippen so fest zusammen, daß seine Wangen und sogar die glühende Nase sich ganz und gar verschoben, und unter den unnatürlich hoch emporgezogenen Brauen starrten seine Augen dem entrollenden Fahrzeug mit wahnsinnigem Ausdruck nach. Plötzlich stürzte er vorwärts. Er legte die kurze Strecke, die ihn von der Maschine trennte, rennend zurück und ergriff die Satteltasche; er klammerte sich mit beiden Händen daran fest, hing sich förmlich daran und, immer mit übermenschlich fest zusammengekniffenen Lippen, stumm und mit wilden Augen, zerrte er aus Leibeskräften an dem vorwärtsstrebenden und balancierenden Zweirad. Wer ihn sah, konnte im Zweifel sein, ob er aus Bosheit beabsichtigte, den jungen Mann am Weiterfahren zu hindern, oder ob er von dem Wunsche gepackt worden war, sich ins Schlepptau nehmen zu lassen, sich hinten aufzuschwingen und mitzufahren, ebenfalls ein wenig hinauszukutschieren, mit blitzenden Pedalen in Gottes freie Natur hinein, hurra! … Das Zweirad konnte dieser verzweifelten Last nicht lange widerstehen; es stand, es neigte sich, es fiel um.

Nun aber wurde das Leben grob. Es war auf ein Bein zu stehen gekommen, holte mit dem rechten Arme aus und gab Herrn Piepsam einen solchen Stoß vor die Brust, daß er mehrere Schritte zurücktaumelte. Dann sagte es mit bedrohlich anschwellender Stimme:

»Sie sind wohl besoffen, Kerl! Wenn Sie sonderbarer Patron sich's nun noch einmal einfallen lassen, mich aufzuhalten, so haue ich Sie in die Pfanne, verstehen Sie das? Ich schlage Ihnen die Knochen entzwei! Wollen Sie das zur Kenntnis nehmen!« Und damit drehte es Herrn Piepsam den Rücken zu, zog mit einer entrüsteten Bewegung sein Mützchen fester über den Kopf und stieg wieder aufs Rad. Nein, es war durchaus nicht auf den Mund gefallen. Auch mißlang ihm das Aufsteigen ebensowenig wie vorhin. Es trat wieder nur einmal an, saß sicher im Sattel und hatte die Maschine sofort in der Gewalt. Piepsam sah seinen Rücken sich rascher und rascher entfernen.

Er stand da, keuchte und starrte dem Leben nach … Es stürzte nicht, es geschah ihm kein Unglück, kein Pneumatik platzte, und kein Stein lag ihm im Wege; federnd fuhr es dahin. Da begann Piepsam zu schreien und zu schimpfen – man konnte es ein Gebrüll heißen, es war gar keine menschliche Stimme mehr.

»Sie fahren nicht weiter!« schrie er. »Sie tun es nicht! Sie fahren dort draußen und nicht auf dem Wege zum Friedhof, hören Sie mich?! … Sie steigen ab, Sie steigen sofort ab! Oh! Oh! ich zeige Sie an! ich verklage Sie! Ach, Herr du mein Gott, wenn du stürztest, wenn du stürzen wolltest, du windige Kanaille, ich würde dich treten, mit dem Stiefel in dein Gesicht treten, du verfluchter Bube …«

Niemals wurde dergleichen ersehen! Ein schimpfender Mann auf dem Wege zum Friedhof, ein Mann, der mit geschwollenem Kopfe brüllt, ein Mann, der vor Schimpfen tanzt, Kapriolen macht, Arme und

Beine um sich wirft und sich nicht zu lassen weiß! Das Fahrzeug war schon gar nicht mehr sichtbar, und Piepsam tobte noch immer an derselben Stelle umher.

»Haltet ihn! Haltet ihn! Er fährt auf dem Wege zum Friedhof! Reißt ihn doch herunter, den verdammten Laffen! Ach … ach … hätte ich dich, wie wollte ich dich schinden, du alberner Hund, du dummer Windbeutel, du Hans Narr, du unwissender Geck … Sie steigen ab! Sie steigen in diesem Augenblick ab! Wirft ihn denn keiner in den Staub, den Wicht?! … Spazierenfahren, wie? Auf dem Wege zum Friedhof, was?! Du Schurke! Du dreister Bengel! Du verdammter Affe! Blitzblaue Augen, nicht wahr? Und was sonst noch? Der Teufel kratze sie dir aus, du unwissender, unwissender, unwissender Geck!! …«

Piepsam ging nun zu Redewendungen über, die nicht wiederzugeben sind, er schäumte und stieß mit geborstener Stimme die schändlichsten Schimpfworte hervor, indes die Raserei seines Körpers sich immer mehr verstärkte. Ein paar Kinder mit einem Korbe und einem Pinscherhunde kamen von der Chaussee herüber; sie kletterten über den Graben, umringten den schreienden Mann und blickten neugierig in sein verzerrtes Gesicht. Einige Leute, die dort hinten an den Neubauten arbeiteten oder eben ihre Mittagspause begonnen hatten, wurden ebenfalls aufmerksam, und Männer sowohl wie Mörtelweiber kamen den Weg daher auf die Gruppe zu. Aber Piepsam wütete immer weiter, es wurde immer schlimmer mit ihm. Er schüttelte blind und toll die Fäuste gen Himmel und nach allen Richtungen hin, zappelte mit den Beinen, drehte sich um sich selbst, beugte die Kniee und schnellte wieder empor vor unmäßiger Anstrengung, recht laut zu schreien. Er machte nicht einen Augenblick Pause im Schimpfen, er ließ sich kaum Zeit zu atmen, und es war zum Erstaunen, woher ihm all die Worte kamen. Sein Gesicht war fürchterlich geschwollen, sein Cylinderhut saß ihm im Nacken, und sein umgebundenes Vorhemd hing ihm aus der Weste heraus. Dabei war er längst bei Allgemeinheiten angelangt und stieß Dinge hervor, die nicht im entferntesten mehr zur Sache gehörten. Es waren Anspielungen auf sein Lasterleben und religiöse Hindeutungen, in so unpassendem Tone vorgebracht und mit Schimpfwörtern liederlich untermischt.

»Kommt nur her, kommt nur alle herbei!« brüllte er. »Nicht ihr, nicht bloß ihr, auch ihr anderen, ihr mit den Mützchen und den blitzblauen Augen! Ich will euch Wahrheiten in die Ohren schreien, daß euch ewig grausen soll, euch windigen Wichten! ... Grinst ihr? Zuckt ihr die Achseln? ... Ich trinke ... gewiß, ich trinke! Ich saufe sogar, wenn ihr's hören wollt! Was bedeutet das?! Es ist noch nicht aller Tage Abend! Es kommt der Tag, ihr nichtiges Geschmeiß, da Gott uns alle wägen wird … Ach … ach … des Menschen Sohn wird kommen in den Wolken, ihr unschuldigen Kanaillen, und seine Gerechtigkeit ist nicht von dieser Welt! Er wird euch in die äußerste Finsternis werfen, euch munteres Gezücht, wo da ist Heulen und …«

Er war jetzt von einer stattlichen Menschenansammlung umgeben. Einige lachten, und einige sahen ihn mit gerunzelten Brauen an. Es waren noch mehr Arbeiter und Mörtelweiber von den Bauten herangekommen. Ein Fuhrmann war von seinem Wagen gestiegen, der auf der Landstraße hielt, und, die Peitsche in der Hand, ebenfalls über den Graben herzugetreten. Ein Mann rüttelte Piepsam am Arme, aber das führte zu nichts. Ein Trupp Soldaten, der vorübermarschierte, reckte lachend die Hälse nach ihm. Der Pinscherhund konnte nicht länger an sich halten, stemmte die Vorderbeine gegen den Boden und heulte ihm mit eingeklemmtem Schwanze gerade ins Gesicht hinein.

Plötzlich schrie Lobgott Piepsam noch einmal aus voller Kraft: »Du steigst ab, du steigst sofort ab, du unwissender Geck!« beschrieb mit einem Arme einen weiten Halbkreis und stürzte in sich selbst zusammen. Er lag da, jäh verstummt, als ein schwarzer Haufen inmitten der Neugierigen. Sein geschweifter Cylinderhut flog davon, sprang einmal vom Boden empor und blieb dann ebenfalls liegen.

Zwei Maurersleute beugten sich über den unbeweglichen Piepsam und verhandelten in dem biederen und vernünftigen Ton von arbeitenden Männern über den Fall. Dann machte sich der eine von ihnen auf die Beine und verschwand im Geschwindschritt. Die Zurückbleibenden nahmen noch einige Experimente mit dem Bewußtlosen vor. Der eine besprengte ihn aus einer Bütte mit Wasser, ein anderer goß aus seiner Flasche Branntwein in die hohle Hand und rieb ihm die Schläfen damit. Aber diese Bemühungen wurden von keinem Erfolge gekrönt.

So verging eine kleine Weile. Dann wurden Räder laut, und ein Wagen kam auf der Chaussee heran. Es war ein Sanitätswagen, und an Ort und Stelle machte er halt: mit zwei hübschen kleinen Pferden bespannt und mit einem ungeheuren roten Kreuze an jeder Seite bemalt. Zwei Männer in kleidsamer Uniform kletterten vom Bocke herab, und während der eine sich an das Hinterteil des Wagens begab, um es zu öffnen und das verschiebbare Bett herauszuziehen, sprang der andere auf den Weg zum Friedhof, schob die Gaffer beiseite und schleppte mit Hilfe eines Mannes aus dem Volke Herrn Piepsam zum Wagen. Er wurde auf das Bett gestreckt und hineingeschoben wie ein Brot in den Backofen, worauf die Tür wieder zuschnappte und die beiden Uniformierten wieder auf den Bock kletterten. Das alles ging mit großer

Präzision, mit ein paar geübten Griffen, klipp und klapp, wie im Affentheater.

Und dann fuhren sie Lobgott Piepsam von hinnen.

Gladius Dei

I.

München leuchtete. Über den festlichen Plätzen und weißen Säulentempeln, den antikisierenden Monumenten und Barockkirchen, den springenden Brunnen, Palästen und Gartenanlagen der Residenz spannte sich strahlend ein Himmel von blauer Seide, und ihre breiten und lichten, umgrünten und wohlberechneten Perspektiven lagen in dem Sonnendunst eines ersten, schönen Junitages.

Vogelgeschwätz und heimlicher Jubel über allen Gassen … Und auf Plätzen und Zeilen rollt, wallt und summt das unüberstürzte und amüsante Treiben der schönen und gemächlichen Stadt. Reisende aller Nationen kutschieren in den kleinen, langsamen Droschken umher, indem sie rechts und links in wahlloser Neugier an den Wänden der Häuser hinaufschauen, und steigen die Freitreppen der Museen hinan …

Viele Fenster stehen geöffnet, und aus vielen klingt Musik auf die Straßen hinaus, Übungen auf dem Klavier, der Geige oder dem Violoncell, redliche und wohlgemeinte dilettantische Bemühungen.

Im »Odeon« aber wird, wie man vernimmt, an mehreren Flügeln ernstlich studiert.

Junge Leute, die das Nothung-Motiv pfeifen und abends die Hintergründe des modernen Schauspielhauses füllen, wandern, literarische Zeitschriften in den Seitentaschen ihrer Jacketts, in der Universität und der Staatsbibliothek aus und ein. Vor der Akademie der bildenden Künste, die ihre weißen Arme zwischen der Türkenstraße und dem Siegestor ausbreitet, hält eine Hofkarosse. Und auf der Höhe der Rampe stehen, sitzen und lagern in farbigen Gruppen die Modelle, pittoreske Greise, Kinder und Frauen in der Tracht der Albaner Berge.

Lässigkeit und hastloses Schlendern in all den langen Straßenzügen des Nordens … Man ist von Erwerbsgier nicht gerade gehetzt und verzehrt dortselbst, sondern lebt angenehmen Zwecken. Junge Künstler, runde Hütchen auf den Hinterköpfen, mit lockeren Kravatten und ohne Stock, unbesorgte Gesellen, die ihren Mietzins mit Farbenskizzen bezahlen, gehen spazieren, um diesen hellblauen Vormittag auf ihre Stimmung wirken zu lassen, und sehen den kleinen Mädchen nach, diesem hübschen, untersetzten Typus mit den brünetten Haarbandeaux, den etwas zu großen Füßen und den unbedenklichen Sitten … Jedes fünfte Haus läßt Atelierfensterscheiben in der Sonne blinken. Manchmal tritt ein Kunstbau aus der Reihe der bürgerlichen hervor, das Werk eines phantasievollen jungen Architekten, breit und flachbogig, mit bizarrer Ornamentik, voll Witz und Stil. Und plötzlich ist irgendwo die Tür an einer allzu langweiligen Fassade von einer kekken Improvisation umrahmt, von fließenden Linien und sonnigen Farben, Bacchanten, Nixen, rosigen Nacktheiten …

Es ist stets aufs neue ergötzlich, vor den Auslagen der Kunstschreinereien und der Basare für moderne Luxusartikel zu verweilen. Wie viel phantasievoller Komfort, wie viel linearer Humor in der Gestalt aller Dinge! Überall sind die kleinen Skulptur-, Rahmen- und Antiquitätenhandlungen verstreut, aus deren Schaufenstern dir die Büsten der florentinischen Quattrocento-Frauen voll einer edlen Pikanterie entgegenschauen. Und der Besitzer des kleinsten und billigsten dieser Läden spricht dir von Donatello und Mino da Fiesole, als habe er das Vervielfältigungsrecht von ihnen persönlich empfangen …

Aber dort oben am Odeonsplatz, angesichts der gewaltigen Loggia, vor der sich die geräumige Mosaikfläche ausbreitet, und schräg gegenüber dem Palast des Regenten, drängen sich die Leute um die breiten Fenster und Schaukästen des großen Kunstmagazins, des weitläufigen Schönheitsgeschäftes von M. Blüthenzweig. Welche freudige Pracht der Auslage! Reproduktionen von Meisterwerken aus allen Galerieen der Erde, eingefaßt in kostbare, raffiniert getönte und ornamentierte Rahmen in einem Geschmack von preziöser Einfachheit; Abbildungen moderner Gemälde, sinnenfroher Phantasieen, in denen die Antike auf eine humorvolle und realistische Weise wiedergeboren zu sein scheint; die Plastik der Renaissance in vollendeten Abgüssen; nackte Bronzeleiber und zerbrechliche Ziergläser; irdene Vasen von steilem Stil, die aus Bädern von Metalldämpfen in einem schillernden Farbenmantel hervorgegangen sind; Prachtbände, Triumphe der neuen Ausstattungskunst, Werke modischer Lyriker, gehüllt in einen dekorativen und vornehmen Prunk; dazwischen die Portraits von Künstlern, Musikern, Philosophen, Schauspielern, Dichtern, der Volksneugier nach Persönlichem ausgehängt … In dem ersten Fenster, der anstoßenden Buchhandlung zunächst, steht auf einer Staffelei ein großes Bild, vor dem die Menge sich staut: eine wertvolle, in rotbraunem Tone ausgeführte Photographie in breitem, altgoldenem Rahmen, ein Aufsehen erregendes Stück, eine Nachbildung des Clou der großen internationalen Ausstellung des Jahres, zu deren Besuch an den Litfaßsäulen, zwischen Konzertprospekten und künstlerisch ausgestatteten Empfehlungen von Toilettenmitteln, archaisierende und wirksame Plakate einladen.

Blick' um dich, sieh' in die Fenster der Buchläden. Deinen Augen begegnen Titel wie »Die Wohnungskunst seit der Renaissance«, »Die Erziehung des Farbensinnes«, »Die Renaissance im modernen Kunstgewerbe«, »Das Buch als Kunstwerk«, »Die dekorative Kunst«, »Der Hunger nach Kunst« – und du mußt wissen, daß diese Weckschriften tausendfach gekauft und gelesen werden, und daß abends über ebendieselben Gegenstände vor vollen Sälen geredet wird …

Hast du Glück, so begegnet dir eine der berühmten Frauen in Person, die man durch das Medium der Kunst zu schauen gewohnt ist, eine jener reichen und schönen Damen von künstlich hergestelltem tizianischen Blond und im Brillantenschmuck, deren betörenden Zügen durch die Hand eines genialen Portraitisten die Ewigkeit zuteil geworden ist, und von deren Liebesleben die Stadt spricht – Königinnen der Künstlerfeste im Karneval, ein wenig geschminkt, ein wenig gemalt, voll einer edlen Pikanterie, gefallsüchtig und anbetungswürdig. Und sieh, dort fährt ein großer Maler mit seiner Geliebten in einem Wagen die Ludwigstraße hinauf. Man zeigt sich das Gefährt, man bleibt stehen und blickt den beiden nach. Viele Leute grüßen. Und es fehlt nicht viel, daß die Schutzleute Front machen.

Die Kunst blüht, die Kunst ist an der Herrschaft, die Kunst streckt ihr rosenumwundenes Scepter über die Stadt hin und lächelt. Eine allseitige respektvolle Anteilnahme an ihrem Gedeihen, eine allseitige, fleißige und hingebungsvolle Übung und Propaganda in ihrem Dienste, ein treuherziger Kultus der Linie, des Schmuckes, der Form, der Sinne, der Schönheit obwaltet … München leuchtete.

II.

Es schritt ein Jüngling die Schellingstraße hinan; er schritt, umklingelt von den Radfahrern, in der Mitte des Holzpflasters der breiten Fassade der Ludwigskirche entgegen. Sah man ihn an, so war es, als ob ein Schatten über die Sonne ginge oder über das Gemüt eine Erinnerung an schwere Stunden. Liebte er die Sonne nicht, die die schöne Stadt in Festglanz tauchte? Warum hielt er in sich gekehrt und abgewandt die Augen zu Boden gerichtet, indes er wandelte?

Er trug keinen Hut, woran bei der Kostümfreiheit der leichtgemuten Stadt keine Seele Anstoß nahm, sondern hatte statt dessen die Kapuze seines weiten, schwarzen Mantels über den Kopf gezogen, die seine niedrige, eckig hervorspringende Stirn beschattete, seine Ohren bedeckte und seine hageren Wangen umrahmte. Welcher Gewissensgram, welche Skrupeln und welche Mißhandlungen seiner selbst hatten diese Wangen so auszuhöhlen vermocht? Ist es nicht schauerlich, an solchem Sonnentage den Kummer in den Wangenhöhlen eines Menschen wohnen zu sehen? Seine dunklen Brauen verdickten sich stark an der schmalen Wurzel seiner Nase, die groß und gehöckert aus dem Gesichte hervorsprang, und seine Lippen waren stark und wulstig. Wenn er seine ziemlich nahe bei einander liegenden braunen Augen erhob, bildeten sich Querfalten auf seiner kantigen Stirn. Er blickte mit einem Ausdruck von Wissen, Begrenztheit und Leiden. Im Profil gesehen, glich dieses Gesicht genau einem alten Bildnis von Möncheshand, aufbewahrt zu Florenz in einer engen und harten Klosterzelle, aus welcher einstmals ein furchtbarer und niederschmetternder Protest gegen das Leben und seinen Triumph erging …

Hieronymus schritt die Schellingstraße hinan, schritt langsam und fest, indes er seinen weiten Mantel von innen mit beiden Händen zusammenhielt. Zwei kleine Mädchen, zwei dieser hübschen, untersetzten Wesen mit den Haarbandeaux, den zu großen Füßen und den unbedenklichen Sitten, die Arm in Arm und abenteuerlustig an ihm vorüberschlenderten, stießen sich an und lachten, legten sich vornüber und gerieten ins Laufen vor Lachen über seine Kapuze und sein Gesicht. Aber er achtete dessen nicht. Gesenkten Hauptes und ohne nach rechts oder links zu blicken, überschritt er die Ludwigstraße und stieg die Stufen der Kirche hinan.

Die großen Flügel der Mitteltür standen weit geöffnet. In der geweihten Dämmerung, kühl, dumpfig und mit Opferrauch geschwängert, war irgendwo fern ein schwaches, rötliches Glühen bemerkbar. Ein altes Weib mit blutigen Augen erhob sich von einer Betbank und schleppte sich an Krücken zwischen den Säulen hindurch. Sonst war die Kirche leer.

Hieronymus benetzte sich Stirn und Brust am Becken, beugte das Knie vor dem Hochaltar und blieb dann im Mittelschiffe stehen. War es nicht, als sei seine Gestalt gewachsen, hier drinnen? Aufrecht und unbeweglich, mit frei erhobenem Haupte stand er da, seine große, gehöckerte Nase schien mit einem herrischen Ausdruck über den starken Lippen hervorzuspringen, und seine Augen waren nicht mehr zu Boden gerichtet, sondern blickten kühn und geradeswegs ins Weite, zu dem Kruzifix auf dem Hochaltar hinüber. So verharrte er reglos eine Weile; dann beugte er zurücktretend aufs neue das Knie und verließ die Kirche.

Er schritt die Ludwigstraße hinauf, langsam und fest, gesenkten Hauptes, inmitten des breiten, ungepflasterten Fahrdammes, entgegen der gewaltigen Loggia mit ihren Statuen. Aber auf dem Odeonsplatze angelangt, blickte er auf, so daß sich Querfalten auf seiner kantigen Stirne bildeten, und hemmte seine Schritte: aufmerksam gemacht durch die Menschenansammlung vor den Auslagen der großen Kunsthandlung, des weitläufigen Schönheitsgeschäftes von M. Blüthenzweig.

Die Leute gingen von Fenster zu Fenster, zeigten sich die ausgestellten Schätze und tauschten ihre Meinungen aus, indes einer über des anderen Schulter blickte. Hieronymus mischte sich unter sie und begann, auch seinerseits alle diese Dinge zu betrachten, alles in Augenschein zu nehmen, Stück für Stück.

Er sah die Nachbildungen von Meisterwerken aus allen Galerieen der Erde, die kostbaren Rahmen in ihrer simplen Bizarrerie, die Renaissanceplastik, die Bronzeleiber und Ziergläser, die schillernden Vasen, den Buchschmuck und die Portraits der Künstler, Musiker, Philosophen, Schauspieler, Dichter, sah alles an und wandte an jeden Gegenstand einen Augenblick. Indem er seinen Mantel von innen mit beiden Händen fest zusammenhielt, drehte er seinen von der Kapuze bedeckten Kopf in kleinen, kurzen Wendungen von einer Sache zur nächsten, und unter seinen dunklen, an der Nasenwurzel stark sich verdichtenden Brauen, die er emporzog, blickten seine Augen mit einem befremdeten, stumpfen und kühl erstaunten Ausdruck auf jedes Ding eine Weile. So erreichte er das erste Fenster, dasjenige, hinter dem das aufsehenerregende Bild sich befand, blickte eine Zeitlang den vor ihm sich drängenden Leuten über die Schultern und gelangte endlich nach vorn, dicht an die Auslage heran.

Die große, rötlichbraune Photographie stand, mit

äußerstem Geschmack in Altgold gerahmt, auf einer Staffelei inmitten des Fensterraumes. Es war eine Madonna, eine durchaus modern empfundene, von jeder Konvention freie Arbeit. Die Gestalt der heiligen Gebärerin war von berückender Weiblichkeit, entblößt und schön. Ihre großen, schwülen Augen waren dunkel umrändert, und ihre delikat und seltsam lächelnden Lippen standen halb geöffnet. Ihre schmalen, ein wenig nervös und krampfhaft gruppierten Finger umfaßten die Hüfte des Kindes, eines nackten Knaben von distinguierter und fast primitiver Schlankheit, der mit ihrer Brust spielte und dabei seine Augen mit einem klugen Seitenblick auf den Beschauer gerichtet hielt.

Zwei andere Jünglinge standen neben Hieronymus und unterhielten sich über das Bild, zwei junge Männer mit Büchern unter dem Arm, die sie aus der Staatsbibliothek geholt hatten oder dorthin brachten, humanistisch gebildete Leute, beschlagen in Kunst und Wissenschaft.

»Der Kleine hat es gut, hol' mich der Teufel!« sagte der eine.

»Und augenscheinlich hat er die Absicht, einen neidisch zu machen«, versetzte der andere … »Ein bedenkliches Weib!«

»Ein Weib zum Rasendwerden! Man wird ein wenig irre am Dogma von der unbefleckten Empfängnis …«

»Ja, ja, sie macht einen ziemlich berührten Eindruck … Hast du das Original gesehen?«

»Selbstverständlich. Ich war ganz angegriffen. Sie wirkt in der Farbe noch weit aphrodisischer … besonders die Augen.«

»Die Ähnlichkeit ist eigentlich doch ausgesprochen.«

»Wieso?«

»Kennst du nicht das Modell? Er hat doch seine kleine Putzmacherin dazu benützt. Es ist beinahe Portrait, nur stark ins Gebiet des Korrupten hinaufstilisiert … Die Kleine ist harmloser.«

»Das hoffe ich. Das Leben wäre allzu anstrengend, wenn es viele gäbe wie diese mater amata …«

»Die Pinakothek hat es angekauft.«

»Wahrhaftig? Sieh' da! Sie wußte wohl übrigens, was sie tat. Die Behandlung des Fleisches und der Linienfluß des Gewandes ist wirklich eminent.«

»Ja; ein unglaublich begabter Kerl.«

»Kennst du ihn?«

»Ein wenig. Er wird Karriere machen, das ist sicher. Er war schon zweimal beim Regenten zur Tafel …«

Das letzte sprachen sie, während sie anfingen, voneinander Abschied zu nehmen.

»Sieht man dich heute Abend im Theater?« fragte der eine. »Der dramatische Verein gibt Macchiavellis Mandragola zum besten.«

»O, bravo. Davon kann man sich Spaß versprechen. Ich hatte vor, ins Künstlervariété zu gehen, aber es ist wahrscheinlich, daß ich den wackeren Nicolo schließlich vorziehe. Auf Wiedersehen …«

Sie trennten sich, traten zurück und gingen nach rechts und links auseinander. Neue Leute rückten an ihre Stelle und betrachteten das erfolgreiche Bild. Aber Hieronymus stand unbeweglich an seinem Platze; er stand mit vorgestrecktem Kopfe, und man sah, wie seine Hände, mit denen er auf der Brust seinen Mantel von innen zusammenhielt, sich krampfhaft ballten. Seine Brauen waren nicht mehr mit jenem kühl und ein wenig gehässig erstaunten Ausdruck emporgezogen, sie hatten sich gesenkt und verfinstert, seine Wangen, von der schwarzen Kapuze halb bedeckt, schienen tiefer ausgehöhlt, als vordem, und seine dicken Lippen waren ganz bleich. Langsam neigte sein Kopf sich tiefer und tiefer, so daß er schließlich seine Augen ganz von unten herauf starr auf das Kunstwerk gerichtet hielt. Die Flügel seiner großen Nase bebten.

In dieser Haltung verblieb er wohl eine Viertelstunde. Die Leute um ihn her lösten sich ab, er aber wich nicht vom Platze. Endlich drehte er sich langsam, langsam auf den Fußballen herum und ging fort.

III.

Aber das Bild der Madonna ging mit ihm. Immerdar, mochte er nun in seinem engen und harten Kämmerlein weilen oder in den kühlen Kirchen knieen, stand es vor seiner empörten Seele, mit schwülen, umränderten Augen, mit rätselhaft lächelnden Lippen, entblößt und schön. Und kein Gebet vermochte, es zu verscheuchen.

In der dritten Nacht aber geschah es, daß ein Befehl und Ruf aus der Höhe an Hieronymus erging, einzuschreiten und seine Stimme zu erheben gegen leichtherzige Ruchlosigkeit und frechen Schönheitsdünkel. Vergebens wendete er, Mosen gleich, seine blöde Zunge vor; Gottes Wille blieb unerschütterlich und verlangte laut von seiner Zaghaftigkeit diesen Opfergang unter die lachenden Feinde.

Da machte er sich auf am Vormittage und ging, weil Gott es wollte, den Weg zur Kunsthandlung, zum großen Schönheitsgeschäft von M. Blüthenzweig. Er trug die Kapuze über dem Kopf und hielt seinen Mantel von innen mit beiden Händen zusammen, indes er wandelte.

IV.

Es war schwül geworden; der Himmel war fahl, und ein Gewitter drohte. Wiederum belagerte viel Volks die Fenster der Kunsthandlung, besonders aber dasjenige, in dem das Madonnenbild sich befand. Hieronymus warf nur einen kurzen Blick dorthin; dann drückte er die Klinke der mit Plakaten und Kunstzeitschriften verhangenen Glastür. »Gott will es!« sagte er und trat in den Laden.

Ein junges Mädchen, das irgendwo an einem Pult in einem großen Buche geschrieben hatte, ein hübsches, brünettes Wesen mit Haarbandeaux und zu großen Füßen, trat auf ihn zu und fragte freundlich, was ihm zu Diensten stehe.

»Ich danke Ihnen«, sagte Hieronymus leise und blickte ihr, Querfalten in seiner kantigen Stirn, ernst in die Augen. »Nicht Sie will ich sprechen, sondern den Inhaber des Geschäftes, Herrn Blüthenzweig.«

Ein wenig zögernd zog sie sich von ihm zurück und nahm ihre Beschäftigung wieder auf. Er stand inmitten des Ladens.

Alles, was draußen in einzelnen Beispielen zur Schau gestellt war, es war hier drinnen zwanzigfach zu Hauf getürmt und üppig ausgebreitet: eine Fülle von Farbe, Linie und Form, von Stil, Witz, Wohlgeschmack und Schönheit. Hieronymus blickte langsam nach beiden Seiten, und dann zog er die

Falten seines schwarzen Mantels fester um sich zusammen.

Es waren mehrere Leute im Laden anwesend. An einem der breiten Tische, die sich quer durch den Raum zogen, saß ein Herr in gelbem Anzug und mit schwarzem Ziegenbart und betrachtete eine Mappe mit französischen Zeichnungen, über die er manchmal ein meckerndes Lachen vernehmen ließ. Ein junger Mensch mit einem Aspekt von Schlechtbezahltheit und Pflanzenkost bediente ihn, indem er neue Mappen zur Ansicht herbeischleppte. Dem meckernden Herrn schräg gegenüber prüfte eine vornehme alte Dame moderne Kunststickereien, große Fabelblumen in blassen Tönen, die auf langen, steifen Stielen senkrecht nebeneinander standen. Auch um sie bemühte sich ein Angestellter des Geschäfts. An einem zweiten Tische saß, die Reisemütze auf dem Kopfe und die Holzpfeife im Munde, nachlässig ein Engländer. Durabel gekleidet, glatt rasiert, kalt und unbestimmten Alters, wählte er unter Bronzen, die Herr Blüthenzweig ihm persönlich herzutrug. Die ziere Gestalt eines nackten kleinen Mädchens, welche, unreif und zart gegliedert, ihre Händchen in koketter Keuschheit auf der Brust kreuzte, hielt er am Kopfe erfaßt und musterte sie eingehend, indem er sie langsam um sich selbst drehte.

Herr Blüthenzweig, ein Mann mit kurzem braunen Vollbart und blanken Augen von ebenderselben

Farbe, bewegte sich händereibend um ihn herum, indem er das kleine Mädchen mit allen Vokabeln pries, deren er habhaft werden konnte.

»Hundertfünfzig Mark, Sir«, sagte er auf englisch; »Münchener Kunst, Sir. Sehr lieblich in der Tat. Voller Reiz, wissen Sie. Es ist die Grazie selbst, Sir. Wirklich äußerst hübsch, niedlich und bewunderungswürdig.« Hierauf fiel ihm noch etwas ein und er sagte: »Höchst anziehend und verlockend.« Dann fing er wieder von vorne an.

Seine Nase lag ein wenig platt auf der Oberlippe, so daß er beständig mit einem leicht fauchenden Geräusch in seinen Schnurrbart schnüffelte. Manchmal näherte er sich dabei dem Käufer in gebückter Haltung, als beröche er ihn. Als Hieronymus eintrat, untersuchte Herr Blüthenzweig ihn flüchtig in eben dieser Weise, widmete sich aber alsbald wieder dem Engländer.

Die vornehme Dame hatte ihre Wahl getroffen und verließ den Laden. Ein neuer Herr trat ein. Herr Blüthenzweig beroch ihn kurz, als wollte er so den Grad seiner Kauffähigkeit erkunden, und überließ es der jungen Buchhalterin, ihn zu bedienen. Der Herr erstand nur eine Fayencebüste Pieros, Sohn des prächtigen Medici, und entfernte sich wieder. Auch der Engländer begann nun, aufzubrechen. Er hatte sich das kleine Mädchen zu eigen gemacht und ging unter den Verbeugungen Herrn Blüthenzweigs.

Dann wandte sich der Kunsthändler zu Hieronymus und stellte sich vor ihn hin.

»Sie wünschen …« fragte er ohne viel Demut.

Hieronymus hielt seinen Mantel von innen mit beiden Händen zusammen und blickte Herrn Blüthenzweig fast ohne mit den Wimpern zu zucken ins Gesicht. Er trennte langsam seine dicken Lippen und sagte:

»Ich komme zu Ihnen wegen des Bildes in jenem Fenster dort, der großen Photographie, der Madonna.« – Seine Stimme war belegt und modulationslos.

»Jawohl, ganz recht«, sagte Herr Blüthenzweig lebhaft und begann, sich die Hände zu reiben: »Siebenzig Mark im Rahmen, mein Herr. Es ist unveränderlich … eine erstklassige Reproduktion. Höchst anziehend und reizvoll.«

Hieronymus schwieg. Er neigte seinen Kopf in der Kapuze und sank ein wenig in sich zusammen, während der Kunsthändler sprach; dann richtete er sich wieder auf und sagte:

»Ich bemerke Ihnen im voraus, daß ich nicht in der Lage, noch überhaupt willens bin, irgend etwas zu kaufen. Es tut mir leid, Ihre Erwartungen enttäuschen zu müssen. Ich habe Mitleid mit Ihnen, wenn Ihnen das Schmerz bereitet. Aber erstens bin ich arm, und zweitens liebe ich die Dinge nicht, die Sie feilhalten. Nein, kaufen kann ich nichts.«

»Nicht … also nicht«, sagte Herr Blüthenzweig und schnüffelte stark. »Nun, darf ich fragen …«

»Wie ich Sie zu kennen glaube«, fuhr Hieronymus fort, »so verachten Sie mich darum, daß ich nicht imstande bin, Ihnen etwas abzukaufen …«

»Hm …« sagte Herr Blüthenzweig. »Nicht doch! Nur …«

»Dennoch bitte ich Sie, mir Gehör zu schenken und meinen Worten Gewicht beizulegen.«

»Gewicht beizulegen. Hm. Darf ich fragen …«

»Sie dürfen fragen«, sagte Hieronymus, »und ich werde Ihnen antworten. Ich bin gekommen, Sie zu bitten, daß Sie jenes Bild, die große Photographie, die Madonna, sogleich aus Ihrem Fenster entfernen und sie niemals wieder zur Schau stellen.«

Herr Blüthenzweig blickte eine Weile stumm in Hieronymus' Gesicht, mit einem Ausdruck, als forderte er ihn auf, über seine abenteuerlichen Worte in Verlegenheit zu geraten. Da dies aber keineswegs geschah, so schnüffelte er heftig und brachte hervor:

»Wollen Sie die Güte haben, mir mitzuteilen, ob Sie hier in irgend einer amtlichen Eigenschaft stehen, die Sie befugt, mir Vorschriften zu machen, oder was Sie eigentlich herführt …«

»O nein«, antwortete Hieronymus; »ich habe weder Amt noch Würde von Staates wegen. Die Macht ist nicht auf meiner Seite, Herr. Was mich herführt, ist allein mein Gewissen.«

Herr Blüthenzweig bewegte nach Worten suchend den Kopf hin und her, blies heftig mit der Nase in seinen Schnurrbart und rang mit der Sprache. Endlich sagte er:

»Ihr Gewissen … Nun, so wollen Sie gefälligst … Notiz davon nehmen … daß Ihr Gewissen für uns eine … eine gänzlich belanglose Einrichtung ist!« –

Damit drehte er sich um, ging schnell zu seinem Pult im Hintergrunde des Ladens und begann zu schreiben. Die beiden Ladendiener lachten von Herzen. Auch das hübsche Fräulein kicherte über ihrem Kontobuche. Was den gelben Herrn mit dem schwarzen Ziegenbart betraf, so zeigte es sich, daß er ein Fremder war, denn er verstand augenscheinlich nichts von dem Gespräch, sondern fuhr fort, sich mit den französischen Zeichnungen zu beschäftigen, wobei er von Zeit zu Zeit sein meckerndes Lachen vernehmen ließ. –

»Wollen Sie den Herrn abfertigen«, sagte Herr Blüthenzweig über die Schulter hinweg zu seinem Gehilfen. Dann schrieb er weiter. Der junge Mensch mit dem Aspekt von Schlechtbezahltheit und Pflanzenkost trat auf Hieronymus zu, indem er sich des Lachens zu enthalten trachtete, und auch der andere Verkäufer näherte sich.

»Können wir Ihnen sonst irgendwie dienlich sein?« fragte der Schlechtbezahlte sanft.

Hieronymus hielt unverwandt seinen leidenden,

stumpfen und dennoch durchdringenden Blick auf ihn gerichtet.

»Nein«, sagte er, »sonst können Sie es nicht. Ich bitte Sie, das Madonnenbild unverzüglich aus dem Fenster zu entfernen, und zwar für immer.«

»O … Warum?«

»Es ist die heilige Mutter Gottes …« sagte Hieronymus gedämpft.

»Allerdings … Sie hören ja aber, daß Herr Blüthenzweig nicht geneigt ist, Ihren Wunsch zu erfüllen.«

»Man muß bedenken, daß es die heilige Mutter Gottes ist«, sagte Hieronymus, und sein Kopf zitterte.

»Das ist richtig. – Und weiter? Darf man keine Madonnen ausstellen? Darf man keine malen?«

»Nicht so! Nicht so!« sagte Hieronymus beinahe flüsternd, indem er sich hoch emporrichtete und mehrmals heftig den Kopf schüttelte. Seine kantige Stirn unter der Kapuze war ganz von langen und tiefen Querfalten durchfurcht. »Sie wissen sehr wohl, daß es das Laster selbst ist, das ein Mensch dort gemalt hat … die entblößte Wollust! Von zwei schlichten und unbewußten Leuten, die dieses Madonnenbild betrachteten, habe ich mit meinen Ohren gehört, daß es sie an dem Dogma der unbefleckten Empfängnis irre mache …«

»O, erlauben Sie, nicht darum handelt es sich«,

sagte der junge Verkäufer überlegen lächelnd. Er schrieb in seinen Mußestunden eine Broschüre über die moderne Kunstbewegung und war sehr wohl im stande, ein gebildetes Gespräch zu führen. »Das Bild ist ein Kunstwerk«, fuhr er fort, »und man muß den Maßstab daran legen, der ihm gebührt. Es hat allerseits den größten Beifall gehabt. Der Staat hat es angekauft ...«

»Ich weiß, daß der Staat es angekauft hat«, sagte Hieronymus.

»Ich weiß auch, daß der Maler zweimal beim Regenten gespeist hat. Das Volk spricht davon, und Gott weiß, wie es sich die Tatsache deutet, daß jemand für ein solches Werk zum hochgeehrten Manne wird. Wovon legt diese Tatsache Zeugnis ab? Von der Blindheit der Welt, einer Blindheit, die unfaßlich ist, wenn sie nicht auf schamloser Heuchelei beruht. Dieses Gebilde ist aus Sinnenlust entstanden und wird in Sinnenlust genossen ... ist dies wahr oder nicht? Antworten Sie; antworten auch Sie, Herr Blüthenzweig!«

Eine Pause trat ein. Hieronymus schien allen Ernstes eine Antwort zu verlangen und blickte mit seinen leidenden und durchdringenden braunen Augen abwechselnd auf die beiden Verkäufer, die ihn neugierig und verdutzt anstarrten, und auf Herrn Blüthenzweigs runden Rücken. Es herrschte Stille. Nur der gelbe Herr mit dem schwarzen Ziegenbart ließ, über die französischen Zeichnungen gebeugt, sein meckerndes Lachen vernehmen.

»Es ist wahr!« fuhr Hieronymus fort, und in seiner belegten Stimme bebte eine tiefe Entrüstung ... »Sie wagen nicht, es zu leugnen! Wie aber ist es dann möglich, den Verfertiger dieses Gebildes im Ernste zu feiern, als habe er der Menschheit ideale Güter um eines vermehrt? Wie ist es dann möglich, davor zu stehen, sich unbedenklich dem schnöden Genusse hinzugeben, den es verursacht, und sein Gewissen mit dem Worte Schönheit zum Schweigen zu bringen, ja, sich ernstlich einzureden, man überlasse sich dabei einem edlen, erlesenen und höchst menschenwürdigen Zustande? Ist dies ruchlose Unwissenheit oder verworfene Heuchelei? Mein Verstand steht still an dieser Stelle ... er steht still vor der absurden Tatsache, daß ein Mensch durch die dumme und zuversichtliche Entfaltung seiner tierischen Triebe auf Erden zu höchstem Ruhme gelangen kann! ... Schönheit ... Was ist Schönheit? Wodurch wird die Schönheit zutage getrieben und worauf wirkt sie? Es ist unmöglich, dies nicht zu wissen, Herr Blüthenzweig! Wie aber ist es denkbar, eine Sache so sehr zu durchschauen und nicht angesichts ihrer von Ekel und Gram erfüllt zu werden? Es ist verbrecherisch, die Unwissenheit der schamlosen Kinder und kecken Unbedenklichen durch die Erhöhung und frevle Anbetung der Schönheit zu bestätigen, zu bekräftigen und ihr zur Macht zu verhelfen, denn sie sind weit vom Leiden und weiter noch von der Erlösung! … Du blickst schwarz, antworten Sie mir, du, Unbekannter. Das Wissen, sage ich Ihnen, ist die tiefste Qual der Welt; aber es ist das Fegefeuer, ohne dessen läuternde Pein keines Menschen Seele zum Heile gelangt. Nicht kecker Kindersinn und ruchlose Unbefangenheit frommt, Herr Blüthenzweig, sondern jene Erkenntnis, in der die Leidenschaften unseres eklen Fleisches hinsterben und verlöschen.«

Stillschweigen. Der gelbe Herr mit dem schwarzen Ziegenbart meckerte kurz.

»Sie müssen nun wohl gehen«, sagte der Schlechtbezahlte sanft.

Aber Hieronymus machte keineswegs Anstalten, zu gehen. Hoch aufgerichtet in seinem Kapuzenmantel, mit brennenden Augen stand er inmitten des Kunstladens, und seine dicken Lippen formten mit hartem und gleichsam rostigem Klange unaufhaltsam verdammende Worte …

»Kunst! rufen sie, Genuß! Schönheit! Hüllt die Welt in Schönheit ein und verleiht jedem Dinge den Adel des Stiles! … Geht mir, Verruchte! Denkt man, mit prunkenden Farben das Elend der Welt zu übertünchen? Glaubt man, mit dem Festlärm des üppigen Wohlgeschmacks das Ächzen der gequälten Erde übertönen zu können? Ihr irrt, Schamlose! Gott läßt sich nicht spotten, und ein Greuel ist in seinen

Augen euer frecher Götzendienst der gleißenden Oberfläche! … Du schmähst die Kunst, antworten Sie mir, du, Unbekannter. Sie lügen, sage ich Ihnen, ich schmähe nicht die Kunst! Die Kunst ist kein gewissenloser Trug, der lockend zur Bekräftigung und Bestätigung des Lebens im Fleische reizt! Die Kunst ist die heilige Fackel, die barmherzig hineinleuchte in alle fürchterlichen Tiefen, in alle scham- und gramvollen Abgründe des Daseins; die Kunst ist das göttliche Feuer, das an die Welt gelegt werde, damit sie aufflamme und zergehe samt all ihrer Schande und Marter in erlösendem Mitleid! … Nehmen Sie, Herr Blüthenzweig, nehmen Sie das Werk des berühmten Malers dort aus Ihrem Fenster … ja, Sie täten gut, es mit einem heißen Feuer zu verbrennen und seine Asche in alle Winde zu streuen, in alle vier Winde! …«

Seine unschöne Stimme brach ab. Er hatte einen heftigen Schritt rückwärts getan, hatte einen Arm der Umhüllung des schwarzen Mantels entrissen, hatte ihn mit leidenschaftlicher Bewegung weit hinausgereckt und wies mit einer seltsam verzerrten, krampfhaft auf- und niederbebenden Hand auf die Auslage, das Schaufenster, dorthin, wo das Aufsehen erregende Madonnenbild seinen Platz hatte. In dieser herrischen Haltung verharrte er. Seine große, gehöckerte Nase schien mit einem befehlshaberischen Ausdruck hervorzuspringen, seine dunklen, an der

Nasenwurzel stark sich verdickenden Brauen waren so hoch emporgezogen, daß die kantige, von der Kapuze beschattete Stirn ganz in breiten Querfalten lag, und über seinen Wangenhöhlen hatte sich eine hektische Hitze entzündet.

Hier aber wandte Herr Blüthenzweig sich um. Sei es, daß die Zumutung, diese Siebenzig-Mark-Reproduktion zu verbrennen, ihn so aufrichtig entrüstete, oder daß überhaupt Hieronymus' Reden seine Geduld am Ende erschöpft hatten: jedenfalls bot er ein Bild gerechten und starken Zornes. Er wies mit dem Federhalter auf die Ladentür, blies mehrere Male kurz und erregt mit der Nase in den Schnurrbart, rang mit der Sprache und brachte dann mit höchstem Nachdruck hervor:

»Wenn Sie Patron nun nicht augenblicklich von der Bildfläche verschwinden, so lasse ich Ihnen durch den Packer den Abgang erleichtern, verstehen Sie mich?!«

»O, Sie schüchtern mich nicht ein, Sie verjagen mich nicht, Sie bringen meine Stimme nicht zum Schweigen!« rief Hieronymus, indem er oberhalb der Brust seine Kapuze mit der Faust zusammenraffte und furchtlos den Kopf schüttelte … »Ich weiß, daß ich einsam und machtlos bin, und dennoch verstumme ich nicht, bis Sie mich hören, Herr Blüthenzweig! Nehmen Sie das Bild aus Ihrem Fenster und verbrennen Sie es noch heute! Ach, verbrennen Sie nicht dies allein! Verbrennen Sie auch diese Statuetten und Büsten, deren Anblick in Sünde stürzt, verbrennen Sie diese Vasen und Zierate, diese schamlosen Wiedergeburten des Heidentums, diese üppig ausgestatteten Liebesverse! Verbrennen Sie alles, was Ihr Laden birgt, Herr Blüthenzweig, denn es ist ein Unrat in Gottes Augen! Verbrennen, verbrennen, verbrennen Sie es!« rief er außer sich, indem er eine wilde, weite Bewegung rings in die Runde vollführte ... »Die Ernte ist reif für den Schnitter ... Die Frechheit dieser Zeit durchbricht alle Dämme... Ich aber sage Ihnen ...«

»Krauthuber!« ließ Herr Blüthenzweig, einer Tür im Hintergrund zugewandt, mit Anstrengung seine Stimme vernehmen ... »Kommen Sie sofort herein!«

Das, was infolge dieses Befehles auf dem Schauplatze erschien, war ein massiges und übergewaltiges Etwas, eine ungeheuerliche und strotzende menschliche Erscheinung von schreckeneinflößender Fülle, deren schwellende, quellende, gepolsterte Gliedmaßen überall formlos ineinander übergingen ... eine unmäßige, langsam über den Boden wuchtende und schwer pustende Riesengestalt, genährt mit Malz, ein Sohn des Volkes von fürchterlicher Rüstigkeit! Ein fransenartiger Seehundsschnauzbart war droben in seinem Angesicht bemerkbar, ein gewaltiges, mit Kleister besudeltes Schurzfell bedeckte seinen Leib, und die gelben Ärmel seines Hemdes waren von seinen sagenhaften Armen zurückgerollt.

»Wollen Sie diesem Herrn die Türe öffnen, Krauthuber«, sagte Herr Blüthenzweig, »und, sollte er sie dennoch nicht finden, ihm auf die Straße hinausverhelfen.«

»Ha?« sagte der Mann, indem er mit seinen kleinen Elefantenaugen abwechselnd Hieronymus und seinen erzürnten Brotherrn betrachtete ... Es war ein dumpfer Laut von mühsam zurückgedämmter Kraft. Dann ging er, mit seinen Tritten alles um sich her erschütternd, zur Tür und öffnete sie.

Hieronymus war sehr bleich geworden. »Verbrennen Sie ...« wollte er sagen, aber schon fühlte er sich von einer furchtbaren Übermacht umgewandt, von einer Körperwucht, gegen die kein Widerstand denkbar war, langsam und unaufhaltsam der Tür entgegengedrängt.

»Ich bin schwach ...« brachte er hervor. »Mein Fleisch erträgt nicht die Gewalt ... es hält nicht stand, nein ... Was beweist das? Verbrennen Sie ...«

Er verstummte. Er befand sich außerhalb des Kunstladens. Herrn Blüthenzweigs riesiger Knecht hatte ihn schließlich mit einem kleinen Stoß und Schwung fahren lassen, so daß er, auf eine Hand gestützt, seitwärts auf die steinerne Stufe niedergesunken war. Und hinter ihm schloß sich klirrend die Glastür.

Er richtete sich empor. Er stand aufrecht und hielt schwer atmend mit der einen Faust seine Kapuze oberhalb der Brust zusammengerafft, indes er die andere unter dem Mantel hinabhängen ließ. In seinen Wangenhöhlen lagerte eine graue Blässe; die Flügel seiner großen, gehöckerten Nase blähten und schlossen sich zuckend; seine häßlichen Lippen waren zu dem Ausdruck eines verzweifelten Hasses verzerrt, und seine Augen, von Glut umzogen, schweiften irr und ekstatisch über den schönen Platz.

Er sah nicht die neugierig und lachend auf ihn gerichteten Blicke. Er sah auf der Mosaikfläche vor der großen Loggia die Eitelkeiten der Welt, die Maskenkostüme der Künstlerfeste, die Zierate, Vasen, Schmuckstücke und Stilgegenstände, die nackten Statuen und Frauenbüsten, die malerischen Wiedergeburten des Heidentums, die Portraits der berühmten Schönheiten von Meisterhand, die üppig ausgestatteten Liebesverse und Propagandaschriften der Kunst pyramidenartig aufgetürmt und unter dem Jubelgeschrei des durch seine furchtbaren Worte geknechteten Volkes in prasselnde Flammen aufgehen … Er sah gegen die gelbliche Wolkenwand, die von der Theatinerstraße heraufgezogen war und in der es leise donnerte, ein breites Feuerschwert stehen, das sich im Schwefellicht über die frohe Stadt hinreckte …

»Gladius Dei super terram …« flüsterten seine dicken Lippen, und in seinem Kapuzenmantel sich höher emporrichtend, mit einem versteckten und krampfigen Schütteln seiner hinabhängenden Faust, murmelte er bebend: »Cito et velociter!«

Tristan

Hier ist »Einfried«, das Sanatorium! Weiß und geradlinig liegt es mit seinem langgestreckten Hauptgebäude und seinem Seitenflügel inmitten des weiten Gartens, der mit Grotten, Laubengängen und kleinen Pavillons aus Baumrinde ergötzlich ausgestattet ist, und hinter seinen Schieferdächern ragen tannengrün, massig und weich zerklüftet die Berge himmelan.

Nach wie vor leitet Doktor Leander die Anstalt. Mit seinem zweispitzigen schwarzen Bart, der hart und kraus ist, wie das Roßhaar, mit dem man die Meubles stopft, seinen dicken, funkelnden Brillengläsern und diesem Aspekt eines Mannes, den die Wissenschaft gekältet, gehärtet und mit stillem, nachsichtigem Pessimismus erfüllt hat, hält er auf kurz angebundene und verschlossene Art die Leidenden in seinem Bann, – alle diese Individuen, die, zu schwach, sich selbst Gesetze zu geben und sie zu halten, ihm ihr Vermögen ausliefern, um sich von seiner Strenge stützen lassen zu dürfen.

Was Fräulein von Osterloh betrifft, so steht sie mit unermüdlicher Hingabe dem Haushalte vor. Mein

Gott, wie tätig sie, treppauf und treppab, von einem Ende der Anstalt zum anderen eilt! Sie herrscht in Küche und Vorratskammer, sie klettert in den Wäscheschränken umher, sie kommandiert die Dienerschaft und bestellt unter den Gesichtspunkten der Sparsamkeit, der Hygiene, des Wohlgeschmacks und der äußeren Anmut den Tisch des Hauses, sie wirtschaftet mit einer rasenden Umsicht, und in ihrer extremen Tüchtigkeit liegt ein beständiger Vorwurf für die gesamte Männerwelt verborgen, von der noch niemand darauf verfallen ist, sie heimzuführen. Auf ihren Wangen aber glüht in zwei runden, karmoisinroten Flecken die unauslöschliche Hoffnung, dereinst Frau Doktor Leander zu werden …

Ozon und stille, stille Luft … für Lungenkranke ist »Einfried«, was Doktor Leanders Neider und Rivalen auch sagen mögen, aufs wärmste zu empfehlen. Aber es halten sich nicht nur Phthisiker, es halten sich Patienten aller Art, Herren, Damen und sogar Kinder hier auf: Doktor Leander hat auf den verschiedensten Gebieten Erfolge aufzuweisen. Es gibt hier gastrisch Leidende, wie die Magistratsrätin Spatz, die überdies an den Ohren krankt, Herrschaften mit Herzfehlern, Paralytiker, Rheumatiker und Nervöse in allen Zuständen. Ein diabetischer General verzehrt hier unter immerwährendem Murren seine Pension. Mehrere Herren mit entfleischten Gesichtern werfen auf jene unbeherrschte Art ihre Beine, die nichts Gutes bedeutet. Eine fünfzigjährige Dame, die Pastorin Höhlenrauch, die neunzehn Kinder zur Welt gebracht hat und absolut keines Gedankens mehr fähig ist, gelangt dennoch nicht zum Frieden, sondern irrt, von einer blöden Unrast getrieben, seit einem Jahre bereits am Arm ihrer Privatpflegerin starr und stumm, ziellos und unheimlich durch das ganze Haus.

Dann und wann stirbt jemand von den »Schweren«, die in ihren Zimmern liegen und nicht zu den Mahlzeiten noch im Konversationszimmer erscheinen, und niemand, selbst der Zimmernachbar nicht, erfährt etwas davon. In stiller Nacht wird der wächserne Gast beiseite geschafft, und ungestört nimmt das Treiben in »Einfried« seinen Fortgang, das Massieren, Elektrisieren und Injizieren, das Duschen, Baden, Turnen, Schwitzen und Inhalieren in den verschiedenen mit allen Errungenschaften der Neuzeit ausgestatteten Räumlichkeiten …

Ja, es geht lebhaft zu hierselbst. Das Institut steht in Flor. Der Portier, am Eingange des Seitenflügels, rührt die große Glocke, wenn neue Gäste eintreffen, und in aller Form geleitet Doktor Leander, zusammen mit Fräulein von Osterloh, die Abreisenden zum Wagen. Was für Existenzen hat »Einfried« nicht schon beherbergt! Sogar ein Schriftsteller ist da, ein excentrischer Mensch, der den Namen irgend eines Minerals oder Edelsteines führt und hier dem Herrgott die Tage stiehlt …

Übrigens ist, neben Herrn Doktor Leander, noch ein zweiter Arzt vorhanden, für die leichten Fälle und die Hoffnungslosen. Aber er heißt Müller und ist überhaupt nicht der Rede wert.

II.

Anfang Januar brachte Großkaufmann Klöterjahn – in Firma A. C. Klöterjahn u. Comp. – seine Gattin nach »Einfried«; der Portier rührte die Glocke, und Fräulein von Osterloh begrüßte die weither gereisten Herrschaften im Empfangszimmer zu ebener Erde, das, wie beinahe das ganze vornehme alte Haus, in wunderbar reinem Empirestil eingerichtet war. Gleich darauf erschien auch Doktor Leander; er verbeugte sich, und es entspann sich eine erste, für beide Teile orientierende Konversation.

Draußen lag der winterliche Garten mit Matten über den Beeten, verschneiten Grotten und vereinsamten Tempelchen, und zwei Hausknechte schleppten vom Wagen her, der auf der Chaussee vor der Gatterpforte hielt, – denn es führte keine Anfahrt zum Hause – die Koffer der neuen Gäste herbei.

»Langsam, Gabriele, take care, mein Engel, und halte den Mund zu«, hatte Herr Klöterjahn gesagt, als er seine Frau durch den Garten führte; und in dieses »take care« mußte zärtlichen und zitternden Herzens jedermann innerlich einstimmen, der sie erblickte, – wenn auch nicht zu leugnen ist, daß Herr Klöterjahn es anstandslos auf deutsch hätte sagen können.

Der Kutscher, welcher die Herrschaften von der Station zum Sanatorium gefahren hatte, ein roher, unbewußter Mann ohne Feingefühl, hatte geradezu die Zunge zwischen die Zähne genommen vor ohnmächtiger Behutsamkeit, während der Großkaufmann seiner Gattin beim Aussteigen behilflich war; ja, es hatte ausgesehen, als ob die beiden Braunen, in der stillen Frostluft qualmend, mit rückwärts gerollten Augen angestrengt diesen ängstlichen Vorgang verfolgten, voll Besorgnis für soviel schwache Grazie und zarten Liebreiz.

Die junge Frau litt an der Luftröhre, wie ausdrücklich in dem anmeldenden Schreiben zu lesen stand, das Herr Klöterjahn vom Strande der Ostsee aus an den dirigierenden Arzt von »Einfried« gerichtet hatte, und Gott sei Dank, daß es nicht die Lunge war! Wenn es aber dennoch die Lunge gewesen wäre, – diese neue Patientin hätte keinen holderen und veredelteren, keinen entrückteren und unstofflicheren Anblick gewähren können, als jetzt, da sie an der Seite ihres stämmigen Gatten, weich und ermüdet in den weiß lackierten, gradlinigen Armsessel zurückgelehnt, dem Gespräche folgte.

Ihre schönen, blassen Hände, ohne Schmuck bis auf den schlichten Ehering, ruhten in den Schoßfalten eines schweren und dunklen Tuchrockes, und sie trug eine silbergraue, anschließende Taille mit festem Stehkragen, die mit hochaufliegenden Sammetarabesken über und über besetzt war. Aber diese gewichtigen und warmen Stoffe ließen die unsägliche Zartheit, Süßigkeit und Mattigkeit des Köpfchens nur noch rührender, unirdischer und lieblicher erscheinen. Ihr lichtbraunes Haar, tief im Nacken zu einem Knoten zusammengefaßt, war glatt zurückgestrichen, und nur in der Nähe der rechten Schläfe fiel eine krause, lose Locke in die Stirn, unfern der Stelle, wo über der markant gezeichneten Braue ein kleines, seltsames Äderchen sich blaßblau und kränklich in der Klarheit und Makellosigkeit dieser wie durchsichtigen Stirn verzweigte. Dies blaue Äderchen über dem Auge beherrschte auf eine beunruhigende Art das ganze feine Oval des Gesichts. Es trat sichtbarer hervor, sobald die Frau zu sprechen begann, ja, sobald sie auch nur lächelte, und es gab alsdann dem Gesichtsausdruck etwas Angestrengtes, ja selbst Bedrängtes, was unbestimmte Befürchtungen erweckte. Dennoch sprach sie und lächelte. Sie sprach freimütig und freundlich mit ihrer leicht verschleierten Stimme, und sie lächelte mit ihren Augen, die ein wenig mühsam blickten, ja hie und da eine kleine Neigung zum Verschießen zeigten, und deren Winkel, zu beiden Seiten der schmalen Nasenwurzel, in tiefem Schatten lagen, sowie mit ihrem schönen, breiten Munde, der blaß war und dennoch zu leuchten schien, vielleicht, weil seine Lippen so überaus scharf und deutlich umrissen waren. Manchmal hüstelte sie. Hierbei führte sie ihr Taschentuch zum Munde und betrachtete es alsdann.

»Hüstle nicht, Gabriele«, sagte Herr Klöterjahn. »Du weißt, daß Doktor Hinzpeter zu Hause es dir extra verboten hat, darling, und es ist bloß, daß man sich zusammennimmt, mein Engel. Es ist, wie gesagt, die Luftröhre«, wiederholte er. »Ich glaubte wahrhaftig, es wäre die Lunge, als es losging, und kriegte, weiß Gott, einen Schreck. Aber es ist nicht die Lunge, nee, Deubel noch mal, auf so was lassen wir uns nicht ein, was, Gabriele? hö, hö!«

»Zweifelsohne«, sagte Doktor Leander und funkelte sie mit seinen Brillengläsern an.

Hierauf verlangte Herr Klöterjahn Kaffee – Kaffee und Buttersemmeln, und er hatte eine anschauliche Art, den K-Laut ganz hinten im Schlunde zu bilden und »Bottersemmeln« zu sagen, daß jedermann Appetit bekommen mußte.

Er bekam, was er wünschte, bekam auch Zimmer für sich und seine Gattin, und man richtete sich ein.

Übrigens übernahm Doktor Leander selbst die Behandlung, ohne Doktor Müller für den Fall in Anspruch zu nehmen.

III.

Die Persönlichkeit der neuen Patientin erregte ungewöhnliches Aufsehen in »Einfried«, und Herr Klöterjahn, gewöhnt an solche Erfolge, nahm jede Huldigung, die man ihr darbrachte, mit Genugtuung entgegen. Der diabetische General hörte einen Augenblick zu murren auf, als er ihrer zum ersten Male ansichtig wurde, die Herren mit den entfleischten Gesichtern lächelten und versuchten angestrengt, ihre Beine zu beherrschen, wenn sie in ihre Nähe kamen, und die Magistratsrätin Spatz schloß sich ihr sofort als ältere Freundin an. Ja, sie machte Eindruck, die Frau, die Herrn Klöterjahns Namen trug! Ein Schriftsteller, der seit ein paar Wochen in »Einfried« seine Zeit verbrachte, ein befremdender Kauz, dessen Name wie der eines Edelgesteines lautete, verfärbte sich geradezu, als sie auf dem Korridor an ihm vorüberging, blieb stehen und stand noch immer wie angewurzelt, als sie schon längst entschwunden war.

Zwei Tage waren noch nicht vergangen, als die ganze Kurgesellschaft mit ihrer Geschichte vertraut war. Sie war aus Bremen gebürtig, was übrigens, wenn sie sprach, an gewissen liebenswürdigen Lautverzerrungen zu erkennen war, und hatte dortselbst vor zwiefacher Jahresfrist dem Großhändler Klöterjahn ihr Ja-Wort fürs Leben erteilt. Sie war ihm in seine Vaterstadt, dort oben am Ostseestrande, gefolgt und hatte ihm vor nun etwa zehn Monaten unter ganz außergewöhnlich schweren und gefährlichen Umständen ein Kind, einen bewundernswert lebhaften und wohlgeratenen Sohn und Erben beschert. Seit diesen furchtbaren Tagen aber war sie nicht wieder zu Kräften gekommen, gesetzt, daß sie jemals bei Kräften gewesen war. Sie war kaum vom Wochenbette erstanden, äußerst erschöpft, äußerst verarmt an Lebenskräften, als sie beim Husten ein wenig Blut aufgebracht hatte, – o, nicht viel, ein unbedeutendes bißchen Blut; aber es wäre doch besser überhaupt nicht zum Vorschein gekommen, und das Bedenkliche war, daß der selbe kleine, unheimliche Vorfall sich nach kurzer Zeit wiederholte. Nun, es gab Mittel hiergegen, und Doktor Hinzpeter, der Hausarzt, bediente sich ihrer. Vollständige Ruhe wurde geboten, Eisstückchen wurden geschluckt, Morphium ward gegen den Hustenreiz verabfolgt und das Herz nach Möglichkeit beruhigt. Die Genesung aber wollte sich nicht einstellen, und während das Kind, Anton Klöterjahn der Jüngere, ein Prachtstück von einem Baby, mit ungeheurer Energie und Rücksichtslosigkeit seinen Platz im Leben eroberte und behauptete, schien die junge Mutter in einer sanften und stillen Glut dahinzuschwinden … Es war, wie gesagt, die Luftröhre, ein Wort, das in Doktor Hinzpeters Munde eine überraschend tröstliche, beruhigende, fast erheiternde Wirkung auf alle Gemüter ausübte. Aber obgleich es nicht die Lunge war, hatte der Doktor schließlich den Einfluß eines milderen Klimas und des Aufenthaltes in einer Kuranstalt zur Beschleunigung der Heilung als dringend wünschenswert erachtet, und der Ruf des Sanatoriums »Einfried« und seines Leiters hatte das übrige getan. So verhielt es sich; und Herr Klöterjahn selbst erzählte es jedem, der Interesse dafür an den Tag legte. Er redete laut, salopp und gutgelaunt, wie ein Mann, dessen Verdauung sich in so guter Ordnung befindet wie seine Börse, mit weit ausladenden Lippenbewegungen, in der breiten und dennoch rapiden Art der Küstenbewohner vom Norden. Manche Worte schleuderte er hervor, daß jeder Laut einer kleinen Entladung glich, und lachte darüber wie über einen gelungenen Spaß.

Er war mittelgroß, breit, stark und kurzbeinig und besaß ein volles, rotes Gesicht mit wasserblauen Augen, die von ganz hellblonden Wimpern beschattet waren, geräumigen Nüstern und feuchten Lippen. Er trug einen englischen Backenbart, war ganz englisch gekleidet und zeigte sich entzückt, eine englische Familie, Vater, Mutter und drei hübsche Kinder mit ihrer nurse, in »Einfried« anzutreffen, die sich hier aufhielt, einzig und allein, weil sie nicht wußte, wo sie sich sonst aufhalten sollte, und mit der er morgens englisch frühstückte. Überhaupt liebte er es, viel und gut zu speisen und zu trinken, zeigte sich als ein wirklicher Kenner von Küche und Keller und unterhielt die Kurgesellschaft aufs anregendste von den Diners, die daheim in seinem Bekanntenkreise gegeben wurden, sowie mit der Schilderung gewisser auserlesener, hier unbekannter Platten. Hierbei zogen seine Augen sich mit freundlichem Ausdruck zusammen und seine Sprache erhielt etwas Gaumiges und Nasales, indes leicht schmatzende Geräusche im Schlunde sie begleiteten. Daß er auch anderen irdischen Freuden nicht grundsätzlich abhold war, bewies er an jenem Abend, als ein Kurgast von »Einfried«, ein Schriftsteller von Beruf, ihn auf dem Korridor in ziemlich unerlaubter Weise mit einem Stubenmädchen scherzen sah, – ein kleiner, humoristischer Vorgang, zu dem der betreffende Schriftsteller eine lächerlich angeekelte Miene machte.

Was Herrn Klöterjahns Gattin anging, so war klar und deutlich zu beobachten, daß sie ihm von Herzen zugetan war. Sie folgte lächelnd seinen Worten und Bewegungen: nicht mit der überheblichen Nachsicht, die manche Leidenden den Gesunden entgegenbringen, sondern mit der liebenswürdigen Freude und Teilnahme gutgearteter Kranker an den zuversichtlichen Lebensäußerungen von Leuten, die in ihrer Haut sich wohlfühlen.

Herr Klöterjahn verweilte nicht lange in »Einfried«. Er hatte seine Gattin hierher geleitet; nach Verlauf einer Woche aber, als er sie wohl aufgehoben und in guten Händen wußte, war seines Bleibens nicht länger. Pflichten von gleicher Wichtigkeit, sein blühendes Kind, sein ebenfalls blühendes Geschäft, riefen ihn in die Heimat zurück; sie zwangen ihn, abzureisen und seine Frau im Genusse der besten Pflege zurückzulassen.

IV.

Spinell hieß der Schriftsteller, der seit mehreren Wochen in »Einfried« lebte, Detlev Spinell war sein Name, und sein Äußeres war wunderlich.

Man vergegenwärtige sich einen Brünetten am Anfang der Dreißiger und von stattlicher Statur, dessen Haar an den Schläfen schon merklich zu ergrauen beginnt, dessen rundes, weißes, ein wenig gedunsenes Gesicht aber nicht die Spur irgend eines Bartwuchses zeigt. Es war nicht rasiert, – man hätte es gesehen; weich, verwischt und knabenhaft, war es nur hier und da mit einzelnen Flaumhärchen besetzt. Und das sah ganz merkwürdig aus. Der Blick seiner rehbraunen, blanken Augen war von sanftem Ausdruck, die Nase gedrungen und ein wenig zu fleischig. Ferner besaß Herr Spinell eine gewölbte, poröse Oberlippe römischen Charakters, große, kariöse Zähne und Füße von seltenem Umfange. Einer der Herren mit den unbeherrschten Beinen, der ein Cyniker und Witzbold war, hatte ihn hinter seinem

Rücken »der verweste Säugling« getauft; aber das war hämisch und wenig zutreffend. – Er ging gut und modisch gekleidet, in langem schwarzen Rock und farbig punktierter Weste.

Er war ungesellig und hielt mit keiner Seele Gemeinschaft. Nur zuweilen konnte eine leutselige, liebevolle und überquellende Stimmung ihn befallen, und das geschah jedesmal, wenn Herr Spinell in ästhetischen Zustand verfiel, wenn der Anblick von irgend etwas Schönem, der Zusammenklang zweier Farben, eine Vase von edler Form, das vom Sonnenuntergang bestrahlte Gebirge ihn zu lauter Bewunderung hinriß. »Wie schön!« sagte er dann, indem er den Kopf auf die Seite legte, die Schultern emporzog, die Hände spreizte und Nase und Lippen krauste. »Gott, sehen Sie, wie schön!« Und er war imstande, blindlings die distinguiertesten Herrschaften, ob Mann oder Weib, zu umhalsen in der Bewegung solcher Augenblicke …

Beständig lag auf seinem Tische, für jeden sichtbar, der sein Zimmer betrat, das Buch, das er geschrieben hatte. Es war ein Roman von mäßigem Umfange, mit einer vollkommen verwirrenden Umschlagzeichnung versehen und gedruckt auf einer Art von Kaffee-Sieb-Papier mit Buchstaben, von denen ein jeder aussah wie eine gotische Kathedrale. Fräulein von Osterloh hatte es in einer müßigen Viertelstunde gelesen und fand es »raffiniert«, was ihre Form war, das Urteil »unmenschlich langweilig« zu umschreiben. Es spielte in mondänen Salons, in üppigen Frauengemächern, die voller erlesener Gegenstände waren, voll von Gobelins, uralten Meubles, köstlichem Porzellan, unbezahlbaren Stoffen und künstlerischen Kleinodien aller Art. Auf die Schilderung dieser Dinge war der liebevollste Wert gelegt, und beständig sah man dabei Herrn Spinell, wie er die Nase kraus zog und sagte: »Wie schön! Gott, sehen Sie, wie schön!« … Übrigens mußte es wunder nehmen, daß er noch nicht mehr Bücher verfaßt hatte, als dieses eine, denn augenscheinlich schrieb er mit Leidenschaft. Er verbrachte den größeren Teil des Tages schreibend auf seinem Zimmer und ließ außerordentlich viele Briefe zur Post befördern, fast täglich einen oder zwei, – wobei es nur als befremdend und belustigend auffiel, daß er seinerseits höchst selten welche empfing …

V.

Herr Spinell saß der Gattin Herrn Klöterjahns bei Tische gegenüber. Zur ersten Mahlzeit, an der die Herrschaften teilnahmen, erschien er ein wenig zu spät in dem großen Speisesaal im Erdgeschoß des Seitenflügels, sprach mit weicher Stimme einen an alle gerichteten Gruß und begab sich an seinen Platz, worauf Doktor Leander ihn ohne viel Ceremonie den neu Angekommenen vorstellte. Er verbeugte sich und begann dann, offenbar ein wenig verlegen, zu essen, indem er Messer und Gabel mit seinen großen, weißen und schön geformten Händen, die aus sehr engen Ärmeln hervorsahen, in ziemlich affektierter Weise bewegte. Später ward er frei und betrachtete in Gelassenheit abwechselnd Herrn Klöterjahn und seine Gattin. Auch richtete Herr Klöterjahn im Verlaufe der Mahlzeit einige Fragen und Bemerkungen betreffend die Anlage und das Klima von »Einfried« an ihn, in die seine Frau in ihrer lieblichen Art zwei oder drei Worte einfließen ließ, und die Herr Spinell höflich beantwortete. Seine Stimme war mild und recht angenehm; aber er hatte eine etwas behinderte und schlürfende Art zu sprechen, als seien seine Zähne der Zunge im Wege.

Nach Tische, als man ins Konversationszimmer hinübergegangen war und Doktor Leander den neuen Gästen im besonderen eine gesegnete Mahlzeit wünschte, erkundigte sich Herrn Klöterjahns Gattin nach ihrem Gegenüber.

»Wie heißt der Herr?« fragte sie … »Spinelli? Ich habe den Namen nicht verstanden.«

»Spinell … nicht Spinelli, gnädige Frau. Nein, er ist kein Italiener, sondern bloß aus Lemberg gebürtig, soviel ich weiß …«

»Was sagten Sie? Er ist Schriftsteller? Oder was?«

fragte Herr Klöterjahn; er hielt die Hände in den Taschen seiner bequemen englischen Hose, neigte sein Ohr dem Doktor zu und öffnete, wie manche Leute pflegen, den Mund beim Horchen.

»Ja, ich weiß nicht, – er schreibt …« antwortete Doktor Leander. »Er hat, glaube ich, ein Buch veröffentlicht, eine Art Roman, ich weiß wirklich nicht …«

Dieses wiederholte »Ich weiß nicht« deutete an, daß Doktor Leander keine großen Stücke auf den Schriftsteller hielt und jede Verantwortung für ihn ablehnte.

»Aber das ist ja sehr interessant!« sagte Herrn Klöterjahns Gattin. Sie hatte noch nie einen Schriftsteller von Angesicht zu Angesicht gesehen.

»Oh ja«, erwiderte Doktor Leander entgegenkommend. »Er soll sich eines gewissen Rufes erfreuen …« Dann wurde nicht mehr von dem Schriftsteller gesprochen.

Aber ein wenig später, als die neuen Gäste sich zurückgezogen hatten und Doktor Leander ebenfalls das Konversationszimmer verlassen wollte, hielt Herr Spinell ihn zurück und erkundigte sich auch seinerseits.

»Wie ist der Name des Paares?« fragte er … »Ich habe natürlich nichts verstanden.«

»Klöterjahn«, antwortete Doktor Leander und ging schon wieder.

»Wie heißt der Mann?« fragte Herr Spinell …

»Klöterjahn heißen sie!« sagte Doktor Leander und ging seiner Wege. – Er hielt gar keine großen Stücke auf den Schriftsteller.

VI.

Waren wir schon so weit, daß Herr Klöterjahn in die Heimat zurückgekehrt war? Ja, er weilte wieder am Ostseestrande, bei seinen Geschäften und seinem Kinde, diesem rücksichtslosen und lebensvollen kleinen Geschöpf, das seiner Mutter sehr viele Leiden und einen kleinen Defekt an der Luftröhre gekostet hatte. Sie selbst aber, die junge Frau, blieb in »Einfried« zurück, und die Magistratsrätin Spatz schloß sich ihr als ältere Freundin an. Das aber hinderte nicht, daß Herrn Klöterjahns Gattin auch mit den übrigen Kurgästen gute Kameradschaft pflegte, zum Beispiel mit Herrn Spinell, der ihr zum Erstaunen aller (denn er hatte bislang mit keiner Seele Gemeinschaft gehalten) von Anbeginn eine außerordentliche Ergebenheit und Dienstfertigkeit entgegenbrachte, und mit dem sie in den Freistunden, die eine strenge Tagesordnung ihr ließ, nicht ungern plauderte.

Er näherte sich ihr mit einer ungeheuren Behutsamkeit und Ehrerbietung und sprach zu ihr nicht anders, als mit sorgfältig gedämpfter Stimme, sodaß die Rätin Spatz, die an den Ohren krankte, meistens überhaupt nichts von dem verstand, was er sagte. Er trat auf den Spitzen seiner großen Füße zu dem Sessel, in dem Herrn Klöterjahns Gattin zart und lächelnd lehnte, blieb in einer Entfernung von zwei Schritten stehen, hielt das eine Bein zurückgestellt und den Oberkörper vorgebeugt und sprach in seiner etwas behinderten und schlürfenden Art leise, eindringlich und jeden Augenblick bereit, eilends zurückzutreten und zu verschwinden, sobald ein Zeichen von Ermüdung und Überdruß sich auf ihrem Gesicht bemerkbar machen würde. Aber er verdroß sie nicht; sie forderte ihn auf, sich zu ihr und der Rätin zu setzen, richtete irgend eine Frage an ihn und hörte ihm dann lächelnd und neugierig zu, denn manchmal ließ er sich so amüsant und seltsam vernehmen, wie es ihr noch niemals begegnet war.

»Warum sind Sie eigentlich in ›Einfried‹?« fragte sie. »Welche Kur gebrauchen Sie, Herr Spinell?«

»Kur? ... Ich werde ein bißchen elektrisiert. Nein, das ist nicht der Rede wert. Ich werde Ihnen sagen, gnädige Frau, warum ich hier bin. – Des Stiles wegen.«

»Ah!« sagte Herrn Klöterjahns Gattin, stützte das Kinn in die Hand und wandte sich ihm mit einem übertriebenen Eifer zu, wie man ihn Kindern vorspielt, wenn sie etwas erzählen wollen.

»Ja, gnädige Frau. ›Einfried‹ ist ganz empire, es ist

ehedem ein Schloß, eine Sommer-Residenz gewesen, wie man mir sagt. Dieser Seitenflügel ist ja ein Anbau aus späterer Zeit, aber das Hauptgebäude ist alt und echt. Es gibt nun Zeiten, in denen ich das empire einfach nicht entbehren kann, in denen es mir, um einen bescheidenen Grad des Wohlbefindens zu erreichen, unbedingt nötig ist. Es ist klar, daß man sich anders befindet zwischen Möbeln, weich und bequem bis zur Lascivität, und anders zwischen diesen geradlinigen Tischen, Sesseln und Draperieen ... Diese Helligkeit und Härte, diese kalte, herbe Einfachheit und reservierte Strenge verleiht mir Haltung und Würde, gnädige Frau, sie hat auf die Dauer eine innere Reinigung und Restaurierung zur Folge, sie hebt mich sittlich, ohne Frage ...«

»Ja, das ist merkwürdig«, sagte sie. »Übrigens verstehe ich es, wenn ich mir Mühe gebe.«

Hierauf erwiderte er, daß es irgend welcher Mühe nicht lohne, und dann lachten sie miteinander. Auch die Rätin Spatz lachte und fand es merkwürdig; aber sie sagte nicht, daß sie es verstünde.

Das Konversationszimmer war geräumig und schön. Die hohe, weiße Flügeltür zu dem anstoßenden Billard-Raume stand weit geöffnet, wo die Herren mit den unbeherrschten Beinen und andere sich vergnügten. Andererseits gewährte eine Glastür den Ausblick auf die breite Terrasse und den Garten. Seitwärts davon stand ein Piano. Ein grün ausgeschlagener Spieltisch war vorhanden, an dem der diabetische General mit ein paar anderen Herren Whist spielte. Damen lasen und waren mit Handarbeiten beschäftigt. Ein eiserner Ofen besorgte die Heizung, aber vor dem stilvollen Kamin, in dem nachgeahmte, mit glühroten Papierstreifen beklebte Kohlen lagen, waren behagliche Plauderplätze.

»Sie sind ein Frühaufsteher, Herr Spinell«, sagte Herrn Klöterjahns Gattin. »Zufällig habe ich Sie nun schon zwei- oder dreimal um halb acht Uhr am Morgen das Haus verlassen sehen.«

»Ein Frühaufsteher? Ach, sehr mit Unterschied, gnädige Frau. Die Sache ist die, daß ich früh aufstehe, weil ich eigentlich ein Langschläfer bin.«

»Das müssen Sie nun erklären, Herr Spinell!« – Auch die Rätin Spatz wollte es erklärt haben.

»Nun … ist man ein Frühaufsteher, so hat man es, dünkt mich, nicht nötig, gar so früh aufzustehen. Das Gewissen, gnädige Frau … es ist eine schlimme Sache mit dem Gewissen! Ich und meinesgleichen, wir schlagen uns Zeit unseres Lebens damit herum und haben alle Hände voll zu tun, es hier und da zu betrügen und ihm kleine, schlaue Genugtuungen zu teil werden zu lassen. Wir sind unnütze Geschöpfe, ich und meinesgleichen, und abgesehen von wenigen guten Stunden schleppen wir uns an dem Bewußtsein unserer Unnützlichkeit wund und krank. Wir hassen das Nützliche, wir wissen, daß es gemein und unschön ist, und wir verteidigen diese Wahrheit, wie man nur Wahrheiten verteidigt, die man unbedingt nötig hat. Und dennoch sind wir so ganz vom bösen Gewissen zernagt, daß kein heiler Fleck mehr an uns ist. Hinzu kommt, daß die ganze Art unserer inneren Existenz, unsere Weltanschauung, unsere Arbeitsweise … von schrecklich ungesunder, unterminierender, aufreibender Wirkung ist, und auch dies verschlimmert die Sache. Da gibt es nun kleine Linderungsmittel, ohne die man es einfach nicht aushielte. Eine gewisse Artigkeit und hygienische Strenge der Lebensführung zum Beispiel ist manchen von uns Bedürfnis. Früh aufstehen, grausam früh, ein kaltes Bad und ein Spaziergang hinaus in den Schnee … Das macht, daß wir vielleicht eine Stunde lang ein wenig zufrieden mit uns sind. Gäbe ich mich, wie ich bin, so würde ich bis in den Nachmittag hinein im Bette liegen, glauben Sie mir. Wenn ich früh aufstehe, so ist das eigentlich Heuchelei.«

»Nein, weshalb, Herr Spinell! Ich nenne das Selbstüberwindung … Nicht wahr, Frau Rätin?« – Auch die Rätin Spatz nannte es Selbstüberwindung.

»Heuchelei oder Selbstüberwindung, gnädige Frau! Welches Wort man nun vorzieht. Ich bin so gramvoll ehrlich veranlagt, daß ich …«

»Das ist es. Sicher grämen Sie sich zu viel.«

»Ja, gnädige Frau, ich gräme mich viel.«

– Das gute Wetter hielt an. Weiß, hart und sauber,

in Windstille und lichtem Frost, in blendender Helle und bläulichem Schatten lag die Gegend, lagen Berge, Haus und Garten, und ein zartblauer Himmel, in dem Myriaden von flimmernden Leuchtkörperchen, von glitzernden Krystallen zu tanzen schienen, wölbte sich makellos über dem Ganzen. Der Gattin Herrn Klöterjahns ging es leidlich in dieser Zeit; sie war fieberfrei, hustete fast gar nicht und aß ohne allzu viel Widerwillen. Oftmals saß sie, wie das ihre Vorschrift war, stundenlang im sonnigen Frost auf der Terrasse. Sie saß im Schnee, ganz in Decken und Pelzwerk verpackt, und atmete hoffnungsvoll die reine, eisige Luft, um ihrer Luftröhre zu dienen. Dann bemerkte sie zuweilen Herrn Spinell, wie er, ebenfalls warm gekleidet und in Pelzschuhen, die seinen Füßen einen phantastischen Umfang verliehen, sich im Garten erging. Er ging mit tastenden Schritten und einer gewissen behutsamen und steif-graziösen Armhaltung durch den Schnee, grüßte sie ehrerbietig, wenn er zur Terrasse kam, und stieg die unteren Stufen hinan, um ein kleines Gespräch zu beginnen.

»Heute, auf meinem Morgenspaziergang, habe ich eine schöne Frau gesehen … Gott, sie war schön!« sagte er, legte den Kopf auf die Seite und spreizte die Hände.

»Wirklich, Herr Spinell? Beschreiben Sie sie mir doch!«

»Nein, das kann ich nicht. Oder ich würde Ihnen

doch ein unrichtiges Bild von ihr geben. Ich habe die Dame im Vorübergehen nur mit einem halben Blicke gestreift, ich habe sie in Wirklichkeit nicht gesehen. Aber der verwischte Schatten von ihr, den ich empfing, hat genügt, meine Phantasie anzuregen und mich ein Bild mit fortnehmen zu lassen, das schön ist … Gott, es ist schön!«

Sie lachte. »Ist das Ihre Art, sich schöne Frauen zu betrachten, Herr Spinell?«

»Ja, gnädige Frau; und es ist eine bessere Art, als wenn ich ihnen plump und wirklichkeitsgierig ins Gesicht starrte und den Eindruck einer fehlerhaften Tatsächlichkeit davontrüge …«

»Wirklichkeitsgierig … Das ist ein sonderbares Wort! Ein richtiges Schriftstellerwort, Herr Spinell! Aber es macht Eindruck auf mich, will ich Ihnen sagen. Es liegt so manches darin, wovon ich ein wenig verstehe, etwas Unabhängiges und Freies, das sogar der Wirklichkeit die Achtung kündigt, obgleich sie doch das Respektabelste ist, was es gibt, ja das Respektable selbst … Und dann begreife ich, daß es etwas gibt außer dem Handgreiflichen, etwas Zarteres …«

»Ich weiß nur ein Gesicht«, sagte er plötzlich mit einer seltsam freudigen Bewegung in der Stimme, erhob seine geballten Hände zu den Schultern und ließ in einem exaltierten Lächeln seine kariösen Zähne sehen … »Ich weiß nur ein Gesicht, dessen veredelte

Wirklichkeit durch meine Einbildung korrigieren zu wollen sündhaft wäre, das ich betrachten, auf dem ich verweilen möchte, nicht Minuten, nicht Stunden, sondern mein ganzes Leben lang, mich ganz darin verlieren und alles Irdische darüber vergessen …«

»Ja, ja, Herr Spinell! Nur daß Fräulein von Osterloh doch ziemlich abstehende Ohren hat.«

Er schwieg und verbeugte sich tief. Als er wieder aufrecht stand, ruhten seine Augen mit einem Ausdruck von Verlegenheit und Schmerz auf dem kleinen, seltsamen Äderchen, das sich blaßblau und kränklich in der Klarheit ihrer wie durchsichtigen Stirn verzweigte.

VII.

Ein Kauz, ein ganz wunderlicher Kauz! Herrn Klöterjahns Gattin dachte zuweilen nach über ihn, denn sie hatte sehr viel Zeit zum Nachdenken. Sei es, daß der Luftwechsel anfing, die Wirkung zu versagen, oder daß irgend ein positiv schädlicher Einfluß sie berührt hatte: ihr Befinden war schlechter geworden, der Zustand ihrer Luftröhre schien zu wünschen übrig zu lassen, sie fühlte sich schwach, müde, appetitlos, fieberte nicht selten; und Doktor Leander hatte ihr aufs entschiedenste Ruhe, Stillverhalten und Vorsicht empfohlen. So saß sie, wenn sie nicht liegen mußte, in Gesellschaft der Rätin Spatz, verhielt sich still und hing, eine Handarbeit im Schoße, an der sie nicht arbeitete, diesem oder jenem Gedanken nach.

Ja, er machte ihr Gedanken, dieser absonderliche Herr Spinell, und, was das Merkwürdige war, nicht sowohl über seine als über ihre eigene Person; auf irgend eine Weise rief er in ihr eine seltsame Neugier, ein nie gekanntes Interesse für ihr eigenes Sein hervor. Eines Tages hatte er gesprächsweise geäußert:

»Nein, es sind rätselvolle Tatsachen, die Frauen … so wenig neu es ist, so wenig kann man ablassen, davor zu stehen und zu staunen. Da ist ein wunderbares Geschöpf, eine Sylphe, ein Duftgebild, ein Märchentraum von einem Wesen. Was tut sie? Sie geht hin und ergibt sich einem Jahrmarktsherkules oder Schlächterburschen. Sie kommt an seinem Arme daher, lehnt vielleicht sogar ihren Kopf an seine Schulter und blickt dabei verschlagen lächelnd um sich her, als wollte sie sagen: Ja, nun zerbrecht euch die Köpfe über diese Erscheinung! – Und wir zerbrechen sie uns. –«

Hiermit hatte Herrn Klöterjahns Gattin sich wiederholt beschäftigt.

Eines anderen Tages fand zum Erstaunen der Rätin Spatz folgendes Zwiegespräch zwischen ihnen statt.

»Darf ich einmal fragen, gnädige Frau (aber es ist wohl naseweis), wie Sie heißen, wie eigentlich Ihr Name ist?«

»Ich heiße doch Klöterjahn, Herr Spinell!«

»Hm. – Das weiß ich. Oder vielmehr: ich leugne es. Ich meine natürlich Ihren eigenen Namen, Ihren Mädchennamen. Sie werden gerecht sein und einräumen, gnädige Frau, daß, wer Sie ›Frau Klöterjahn‹ nennen wollte, die Peitsche verdiente.«

Sie lachte so herzlich, daß das blaue Äderchen über ihrer Braue beängstigend deutlich hervortrat und ihrem zarten, süßen Gesicht einen Ausdruck von Anstrengung und Bedrängnis verlieh, der tief beunruhigte.

»Nein! Bewahre, Herr Spinell! Die Peitsche? Ist ›Klöterjahn‹ Ihnen so fürchterlich?«

»Ja, gnädige Frau, ich hasse diesen Namen aus Herzensgrund, seit ich ihn zum erstenmal vernahm. Er ist komisch und zum Verzweifeln unschön, und es ist Barbarei und Niedertracht, wenn man die Sitte so weit treibt, auf Sie den Namen Ihres Herrn Gemahls zu übertragen.«

»Nun, und ›Eckhof‹? Ist Eckhof schöner? Mein Vater heißt Eckhof.«

»Oh, sehen Sie! ›Eckhof‹ ist etwas ganz anderes! Eckhof hieß sogar ein großer Schauspieler. Eckhof passiert. – Sie erwähnten nur Ihres Vaters. Ist Ihre Frau Mutter …«

»Ja; meine Mutter starb, als ich noch klein war.«

»Ah. – Sprechen Sie mir doch ein wenig mehr von Ihnen, darf ich Sie bitten? Wenn es Sie ermüdet, dann nicht. Dann ruhen Sie, und ich fahre fort, Ihnen von Paris zu erzählen, wie neulich. Aber Sie könnten ja ganz leise reden, ja, wenn Sie flüstern, so wird das alles nur schöner machen … Sie wurden in Bremen geboren?« Und diese Frage tat er beinahe tonlos, mit einem ehrfurchtsvollen und inhaltsschweren Ausdruck, als sei Bremen eine Stadt ohnegleichen, eine Stadt voller unnennbarer Abenteuer und verschwiegener Schönheiten, in der geboren zu sein eine geheimnisvolle Hoheit verleihe.

»Ja, denken Sie!« sagte sie unwillkürlich. »Ich bin aus Bremen.«

»Ich war einmal dort«, bemerkte er nachdenklich. –

»Mein Gott, Sie waren auch d o r t? Nein, hören Sie, Herr Spinell, zwischen Tunis und Spitzbergen haben Sie, glaube ich, alles gesehen!«

»Ja, ich war einmal dort«, wiederholte er. »Ein paar kurze Abendstunden. Ich entsinne mich einer alten, schmalen Straße, über deren Giebeln schief und seltsam der Mond stand. Dann war ich in einem Keller, in dem es nach Wein und Moder roch. Das ist eine durchdringende Erinnerung …«

»Wirklich? Wo mag das gewesen sein? – Ja, in solchem grauen Giebelhause, einem alten Kaufmannshause mit hallender Diele und weiß lackierter Galerie, bin ich geboren.«

»Ihr Herr Vater ist also Kaufmann?« fragte er ein wenig zögernd.

»Ja. Aber außerdem und eigentlich wohl in erster Linie ist er ein Künstler.«

»Ah! Ah! Inwiefern?«

»Er spielt die Geige … Aber das sagt nicht viel. Wie er sie spielt, Herr Spinell, das ist die Sache! Einige Töne habe ich niemals hören können, ohne daß mir die Tränen so merkwürdig brennend in die Augen stiegen, wie sonst bei keinem Erlebnis. Sie glauben es nicht …«

»Ich glaube es! Ach, ob ich es glaube! … Sagen Sie mir, gnädige Frau: Ihre Familie ist wohl alt? Es haben wohl schon viele Generationen in dem grauen Giebelhaus gelebt, gearbeitet und das Zeitliche gesegnet?«

»Ja. – Warum fragen Sie übrigens?«

»Weil es nicht selten geschieht, daß ein Geschlecht mit praktischen, bürgerlichen und trockenen Traditionen sich gegen das Ende seiner Tage noch einmal durch die Kunst verklärt.«

»Ist dem so? – Ja, was meinen Vater betrifft, so ist er sicherlich mehr ein Künstler, als mancher, der sich so nennt und vom Ruhme lebt. Ich spiele nur ein bißchen Klavier. Jetzt haben sie es mir ja verboten; aber damals, zu Hause, spielte ich noch. Mein Vater und ich, wir spielten zusammen … Ja, ich habe all die Jahre in lieber Erinnerung; besonders den Garten, unseren Garten, hinterm Hause. Er war jämmerlich verwildert und verwuchert und von zerbröckelten, bemoosten Mauern eingeschlossen; aber gerade das gab ihm viel Reiz. In der Mitte war ein Springbrunnen, mit einem dichten Kranz von Schwertlilien umgeben. Im Sommer verbrachte ich dort lange Stunden mit meinen Freundinnen. Wir saßen alle auf kleinen Feldsesseln rund um den Springbrunnen herum …«

»Wie schön!« sagte Herr Spinell und zog die Schultern empor. »Saßen Sie und sangen?«

»Nein, wir häkelten meistens.«

»Immerhin … Immerhin …«

»Ja, wir häkelten und schwatzten, meine sechs Freundinnen und ich …«

»Wie schön! Gott, hören Sie, wie schön!« rief Herr Spinell, und sein Gesicht war gänzlich verzerrt.

»Was finden Sie nun hieran so besonders schön, Herr Spinell!«

»Oh, dies, daß es sechs außer Ihnen waren, daß Sie nicht in diese Zahl eingeschlossen waren, sondern daß Sie gleichsam als Königin daraus hervortraten … Sie waren ausgezeichnet vor Ihren sechs Freundinnen. Eine kleine goldene Krone, ganz unscheinbar aber bedeutungsvoll, saß in Ihrem Haar und blinkte …«

»Nein, Unsinn, nichts von einer Krone …«

»Doch, sie blinkte heimlich. Ich hätte sie gesehen, hätte sie deutlich in Ihrem Haar gesehen, wenn ich in einer dieser Stunden unvermerkt im Gestrüpp gestanden hätte …«

»Gott weiß, was Sie gesehen hätten. Sie standen aber nicht dort, sondern eines Tages war es mein jetziger Mann, der zusammen mit meinem Vater aus dem Gebüsch hervortrat. Ich fürchte, sie hatten sogar allerhand von unserem Geschwätz belauscht …«

»Dort war es also, wo Sie Ihren Herrn Gemahl kennen lernten, gnädige Frau?«

»Ja, dort lernte ich ihn kennen!« sagte sie laut und fröhlich, und indem sie lächelte, trat das zartblaue Äderchen angestrengt und seltsam über ihrer Braue hervor. »Er besuchte meinen Vater in Geschäften, wissen Sie. Am nächsten Tage war er zum Diner geladen, und noch drei Tage später hielt er um meine Hand an.«

»Wirklich! Ging das alles so außerordentlich schnell?«

»Ja … Das heißt, von nun an ging es ein wenig langsamer. Denn mein Vater war der Sache eigentlich gar nicht geneigt, müssen Sie wissen, und machte eine längere Bedenkzeit zur Bedingung. Erstens wollte er mich lieber bei sich behalten, und dann hatte er noch andere Skrupeln. Aber …«

»Aber?«

»Aber ich w o l l t e es eben«, sagte sie lächelnd, und

wieder beherrschte das blaßblaue Äderchen mit einem bedrängten und kränklichen Ausdruck ihr ganzes liebliches Gesicht.

»Ah, Sie wollten es.«

»Ja, und ich habe einen ganz festen und respektablen Willen gezeigt, wie Sie sehen …«

»Wie ich es sehe. Ja.«

»… sodaß mein Vater sich schließlich darein ergeben mußte.«

»Und so verließen Sie ihn denn und seine Geige, verließen das alte Haus, den verwucherten Garten, den Springbrunnen und Ihre sechs Freundinnen und zogen mit Herrn Klöterjahn.«

»Und zog mit … Sie haben eine Ausdrucksweise, Herr Spinell –! Beinahe biblisch! – Ja, ich verließ das alles, denn so will es ja die Natur.«

»Ja, so will sie es wohl.«

»Und dann handelte es sich ja um mein Glück.«

»Gewiß. Und es kam, das Glück …«

»Das kam in der Stunde, Herr Spinell, als man mir zuerst den kleinen Anton brachte, unseren kleinen Anton, und als er so kräftig mit seinen kleinen gesunden Lungen schrie, stark und gesund wie er ist …«

»Es ist nicht das erste Mal, daß ich Sie von der Gesundheit Ihres kleinen Anton sprechen höre, gnädige Frau. Er muß ganz ungewöhnlich gesund sein?«

»Das ist er. Und er sieht meinem Mann so lächerlich ähnlich!«

»Ah! – Ja, so begab es sich also. Und nun heißen Sie nicht mehr Eckhof sondern anders und haben den kleinen gesunden Anton und leiden ein wenig an der Luftröhre.«

»Ja. – Und Sie sind ein durch und durch rätselhafter Mensch, Herr Spinell, dessen versichere ich Sie …«

»Ja, straf' mich Gott, das sind Sie!« sagte die Rätin Spatz, die übrigens auch noch vorhanden war.

Aber auch mit diesem Gespräch beschäftigte Herrn Klöterjahns Gattin sich mehrere Male in ihrem Innern. So nichtssagend es war, so barg es doch einiges auf seinem Grunde, was ihren Gedanken über sich selbst Nahrung gab. War dies der schädliche Einfluß, der sie berührte? Ihre Schwäche nahm zu, und oft stellte Fieber sich ein, eine stille Glut, in der sie mit einem Gefühle sanfter Gehobenheit ruhte, der sie sich in einer nachdenklichen, preziösen, selbstgefälligen und ein wenig beleidigten Stimmung überließ. Wenn sie nicht das Bett hütete und Herr Spinell auf den Spitzen seiner großen Füße mit ungeheurer Behutsamkeit zu ihr trat, in einer Entfernung von zwei Schritten stehen blieb und, das eine Bein zurückgestellt und den Oberkörper vorgebeugt, mit ehrfürchtig gedämpfter Stimme zu ihr sprach, wie als höbe er sie in scheuer Andacht sanft und hoch empor und bettete sie auf Wolkenpfühle, woselbst kein schriller Laut und keine irdische Berührung sie erreichen solle …, so erinnerte sie sich der Art, in der Herr Klöterjahn zu sagen pflegte: »Vorsichtig, Gabriele, take care, mein Engel, und halte den Mund zu!« eine Art, die wirkte, als schlüge er einem hart und wohlmeinend auf die Schulter. Dann aber wandte sie sich rasch von dieser Erinnerung ab, um in Schwäche und Gehobenheit auf den Wolkenpfühlen zu ruhen, die Herr Spinell ihr dienend bereitete.

Eines Tages kam sie unvermittelt auf das kleine Gespräch zurück, das sie mit ihm über ihre Herkunft und Jugend geführt hatte.

»Es ist also wahr«, fragte sie, »Herr Spinell, daß Sie die Krone gesehen hätten?«

Und obgleich jene Plauderei schon vierzehn Tage zurücklag, wußte er sofort, um was es sich handelte, und versicherte ihr mit bewegten Worten, daß er damals am Springbrunnen, als sie unter ihren sechs Freundinnen saß, die kleine Krone hätte blinken – sie heimlich in ihrem Haar hätte blinken sehen.

Einige Tage später erkundigte sich ein Kurgast aus Artigkeit bei ihr nach dem Wohlergehen ihres kleinen Anton daheim. Sie ließ zu Herrn Spinell, der sich in der Nähe befand, einen hurtigen Blick hinübergleiten und antwortete ein wenig gelangweilt:

»Danke; wie soll es dem wohl gehen? – Ihm und meinem Mann geht es gut.«

VIII.

Ende Februar, an einem Frosttage, reiner und leuchtender, als alle, die vorhergegangen waren, herrschte in »Einfried« nichts als Übermut. Die Herrschaften mit den Herzfehlern besprachen sich untereinander mit geröteten Wangen, der diabetische General trällerte wie ein Jüngling, und die Herren mit den unbeherrschten Beinen waren ganz außer Rand und Band. Was ging vor? Nichts Geringeres, als daß eine gemeinsame Ausfahrt unternommen werden sollte, eine Schlittenpartie in mehreren Fuhrwerken mit Schellenklang und Peitschenknall ins Gebirge hinein: Doktor Leander hatte zur Zerstreuung seiner Patienten diesen Beschluß gefaßt.

Natürlich mußten die »Schweren« zu Hause bleiben. Die armen »Schweren«! Man nickte sich zu und verabredete sich, sie nichts von dem Ganzen wissen zu lassen; es tat allgemein wohl, ein wenig Mitleid üben und Rücksicht nehmen zu können. Aber auch von denen, die sich an dem Vergnügen sehr wohl hätten beteiligen können, schlossen sich einige aus. Was Fräulein von Osterloh anging, so war sie ohne weiteres entschuldigt. Wer wie sie mit Pflichten überhäuft war, durfte an Schlittenpartieen nicht ernstlich denken. Der Hausstand verlangte gebieterisch ihre Anwesenheit, und kurzum: sie blieb in »Einfried«. Daß aber auch Herrn Klöterjahns Gattin erklärte, daheim bleiben zu wollen, verstimmte allseitig. Vergebens redete Doktor Leander ihr zu, die frische Fahrt auf sich wirken zu lassen; sie behauptete, nicht aufgelegt zu sein, Migräne zu haben, sich matt zu fühlen, und so mußte man sich fügen. Der Cyniker und Witzbold aber nahm Anlaß zu der Bemerkung:

»Geben Sie acht, nun fährt auch der verweste Säugling nicht mit.«

Und er bekam recht, denn Herr Spinell ließ wissen, daß er heute Nachmittag arbeiten wolle – er gebrauchte sehr gern das Wort »arbeiten« für seine zweifelhafte Tätigkeit. Übrigens beklagte sich keine Seele über sein Fortbleiben, und ebenso leicht verschmerzte man es, daß die Rätin Spatz sich entschloß, ihrer jüngeren Freundin Gesellschaft zu leisten, da das Fahren sie seekrank mache.

Gleich nach dem Mittagessen, das heute schon gegen zwölf Uhr stattgefunden hatte, hielten die Schlitten vor »Einfried«, und in lebhaften Gruppen, warm vermummt, neugierig und angeregt, bewegten sich die Gäste durch den Garten. Herrn Klöterjahns Gattin stand mit der Rätin Spatz an der Glastür, die zur Terrasse führte, und Herr Spinell am Fenster seines Zimmers, um der Abfahrt zuzusehen. Sie beobachteten, wie unter Scherzen und Gelächter kleine Kämpfe um die besten Plätze entstanden, wie Fräulein von Osterloh, eine Pelzboa um den Hals, von einem Gespann zum anderen lief, um Körbe mit Eßwaren unter die Sitze zu schieben, wie Doktor Leander, die Pelzmütze in der Stirn, mit seinen funkelnden Brillengläsern noch einmal das Ganze überschaute, dann ebenfalls Platz nahm und das Zeichen zum Aufbruch gab … Die Pferde zogen an, ein paar Damen kreischten und fielen hintüber, die Schellen klapperten, die kurzstieligen Peitschen knallten und ließen ihre langen Schnüre im Schnee hinter den Kufen dreinschleppen, und Fräulein von Osterloh stand an der Gatterpforte und winkte mit ihrem Schnupftuch, bis an einer Biegung der Landstraße die gleitenden Gefährte verschwanden, das frohe Geräusch sich verlor. Dann kehrte sie durch den Garten zurück, um ihren Pflichten nachzueilen, die beiden Damen verließen die Glastür, und fast gleichzeitig trat auch Herr Spinell von seinem Aussichtspunkte ab.

Ruhe herrschte in »Einfried«. Die Expedition war vor Abend nicht zurückzuerwarten. Die »Schweren« lagen in ihren Zimmern und litten. Herrn Klöterjahns Gattin und ihre ältere Freundin unternahmen einen kurzen Spaziergang, worauf sie in ihre Gemächer zurückkehrten. Auch Herr Spinell befand sich in dem seinen und beschäftigte sich auf seine Art. Gegen vier Uhr brachte man den Damen je einen halben Liter Milch, während Herr Spinell seinen leichten Tee erhielt. Kurze Zeit darauf pochte Herrn Klöterjahns Gattin an die Wand, die ihr Zimmer von dem der Magistratsrätin Spatz trennte, und sagte:

»Wollen wir nicht ins Konversationszimmer hinuntergehen, Frau Rätin? Ich weiß nicht mehr, was ich hier anfangen soll.«

»Sogleich, meine Liebe!« antwortete die Rätin. »Ich ziehe nur meine Stiefel an, wenn Sie erlauben. Ich habe nämlich auf dem Bette gelegen, müssen Sie wissen.«

Wie zu erwarten stand, war das Konversationszimmer leer. Die Damen nahmen am Kamine Platz. Die Rätin Spatz stickte Blumen auf ein Stück Stramin, und auch Herrn Klöterjahns Gattin tat ein paar Stiche, worauf sie die Handarbeit in den Schoß sinken ließ und über die Armlehne ihres Sessels hinweg ins Leere träumte. Schließlich machte sie eine Bemerkung, die nicht lohnte, daß man ihretwegen die Zähne voneinander tat; da aber die Rätin Spatz trotzdem »Wie?« fragte, so mußte sie zu ihrer Demütigung den ganzen Satz wiederholen. Die Rätin Spatz fragte nochmals »Wie?« In diesem Augenblicke aber wurden auf dem Vorplatze Schritte laut, die Tür öffnete sich, und Herr Spinell trat ein.

»Störe ich?« fragte er noch an der Schwelle mit sanfter Stimme, während er ausschließlich Herrn Klöterjahns Gattin anblickte und den Oberkörper auf eine gewisse zarte und schwebende Art nach vorne beugte … Die junge Frau antwortete:

»Ei, warum nicht gar? Erstens ist dieses Zimmer doch als Freihafen gedacht, Herr Spinell, und dann:

worin sollten Sie uns stören. Ich habe das entschiedene Gefühl, die Rätin zu langweilen …«

Hierauf wußte er nichts mehr zu erwidern, sondern ließ nur lächelnd seine kariösen Zähne sehen und ging unter den Augen der Damen mit ziemlich unfreien Schritten bis zur Glastür, woselbst er stehen blieb und hinausschaute, indem er in etwas unerzogener Weise den Damen den Rücken zuwandte. Dann machte er eine halbe Wendung rückwärts, fuhr aber fort, in den Garten hinauszublicken, indes er sagte:

»Die Sonne ist fort. Unvermerkt hat der Himmel sich bezogen. Es fängt schon an, dunkel zu werden.«

»Wahrhaftig, ja, alles liegt in Schatten«, antwortete Herrn Klöterjahns Gattin. »Unsere Ausflügler werden doch noch Schnee bekommen, wie es scheint. Gestern war es um diese Zeit noch voller Tag; nun dämmert es schon.«

»Ach«, sagte er, »nach allen diesen überhellen Wochen tut das Dunkel den Augen wohl. Ich bin dieser Sonne, die Schönes und Gemeines mit gleich aufdringlicher Deutlichkeit bestrahlt, geradezu dankbar, daß sie sich endlich ein wenig verhüllt.«

»Lieben Sie die Sonne nicht, Herr Spinell?«

»Da ich kein Maler bin … Man wird innerlicher, ohne Sonne. – Es ist eine dicke, weißgraue Wolkenschicht. Vielleicht bedeutet es Tauwetter für morgen.

Übrigens würde ich Ihnen nicht raten, dort hinten noch auf die Handarbeit zu blicken, gnädige Frau.«

»Ach, seien Sie unbesorgt, das tue ich ohnehin nicht. Aber was soll man beginnen?«

Er hatte sich auf den Drehsessel vorm Piano niedergelassen, indem er einen Arm auf den Deckel des Instrumentes stützte.

»Musik ...« sagte er. »Wer jetzt ein bißchen Musik zu hören bekäme! Manchmal singen die englischen Kinder kleine niggersongs, das ist alles.«

»Und gestern Nachmittag hat Fräulein von Osterloh in aller Eile die Klosterglocken gespielt«, bemerkte Herrn Klöterjahns Gattin.

»Aber Sie spielen ja, gnädige Frau«, sagte er bittend und stand auf ... »Sie haben ehemals täglich mit Ihrem Herrn Vater musiziert.«

»Ja, Herr Spinell, das war damals! Zur Zeit des Springbrunnens, wissen Sie ...«

»Tun Sie es heute!« bat er. »Lassen Sie dies eine Mal ein paar Takte hören! Wenn Sie wüßten, wie ich dürste ...«

»Unser Hausarzt sowohl wie Doktor Leander haben es mir ausdrücklich verboten, Herr Spinell.«

»Sie sind nicht da, weder der eine noch der andere! Wir sind frei ... Sie sind frei, gnädige Frau! Ein paar armselige Accorde ...«

»Nein, Herr Spinell, daraus wird nichts. Wer weiß, was für Wunderdinge Sie von mir erwarten! Und ich habe alles verlernt, glauben Sie mir. Auswendig kann ich beinahe nichts.«

»Oh, dann spielen Sie dieses Beinahe-nichts! Und zum Überfluß sind hier Noten, hier liegen sie, oben auf dem Klavier. Nein, dies hier ist nichts. Aber hier ist Chopin …«

»Chopin?«

»Ja, die Nocturnes. Und nun fehlt nur, daß ich die Kerzen anzünde …«

»Glauben Sie nicht, daß ich spiele, Herr Spinell! Ich darf nicht. Wenn es mir nun schadet?!« –

Er verstummte. Er stand, mit seinen großen Füßen, seinem langen, schwarzen Rock und seinem grauhaarigen, verwischten, bartlosen Kopf, im Lichte der beiden Klavierkerzen und ließ die Hände hinunterhängen.

»Nun bitte ich nicht mehr«, sagte er endlich leise. »Wenn Sie fürchten, sich zu schaden, gnädige Frau, so lassen Sie die Schönheit tot und stumm, die unter Ihren Fingern laut werden möchte. Sie waren nicht immer so sehr verständig; wenigstens nicht, als es im Gegenteile galt, sich der Schönheit zu begeben. Sie waren nicht besorgt um Ihren Körper und zeigten einen unbedenklicheren und festeren Willen, als Sie den Springbrunnen verließen und die kleine goldene Krone ablegten … Hören Sie«, sagte er nach einer Pause, und seine Stimme senkte sich noch mehr, »wenn Sie jetzt hier niedersitzen und spielen wie einst, als noch Ihr Vater neben Ihnen stand und seine Geige jene Töne singen ließ, die Sie weinen machten … dann kann es geschehen, daß man sie wieder heimlich in Ihrem Haare blinken sieht, die kleine, goldene Krone …«

»Wirklich?« fragte sie und lächelte … Zufällig versagte ihr die Stimme bei diesem Wort, sodaß es zur Hälfte heiser und zur Hälfte tonlos herauskam. Sie hüstelte und sagte dann:

»Sind es wirklich die Nocturnes von Chopin, die Sie da haben?«

»Gewiß. Sie sind aufgeschlagen, und alles ist bereit.«

»Nun, so will ich denn in Gottes Namen eins davon spielen«, sagte sie. »Aber nur eines, hören Sie? Dann werden Sie ohnehin für immer genug haben.«

Damit erhob sie sich, legte ihre Handarbeit beiseite und ging zum Klavier. Sie nahm auf dem Drehsessel Platz, auf dem ein paar gebundene Notenbücher lagen, richtete die Leuchter und blätterte in den Noten. Herr Spinell hatte einen Stuhl an ihre Seite gerückt und saß neben ihr wie ein Musiklehrer.

Sie spielte das Nocturne in es-dur, opus 9, Nummer 2. Wenn sie wirklich einiges verlernt hatte, so mußte ihr Vortrag ehedem vollkommen künstlerisch gewesen sein. Das Piano war nur mittelmäßig, aber schon nach den ersten Griffen wußte sie es mit sicherem Geschmack zu behandeln. Sie zeigte einen nervösen Sinn für differenzierte Klangfarbe und eine Freude an rhythmischer Beweglichkeit, die bis zum Phantastischen ging. Ihr Anschlag war sowohl fest als weich. Unter ihren Händen sang die Melodie ihre letzte Süßigkeit aus, und mit einer zögernden Grazie schmiegten sich die Verzierungen um ihre Glieder.

Sie trug das Kleid vom Tage ihrer Ankunft: die dunkle, gewichtige Taille mit den plastischen Sammetarabesken, die Haupt und Hände so unirdisch zart erscheinen ließ. Ihr Gesichtsausdruck veränderte sich nicht beim Spiele, aber es schien, als ob die Umrisse ihrer Lippen noch klarer würden, die Schatten in den Winkeln ihrer Augen sich vertieften. Als sie geendigt hatte, legte sie die Hände in den Schoß und fuhr fort, auf die Noten zu blicken. Herr Spinell blieb ohne Laut und Bewegung sitzen.

Sie spielte noch ein Nocturne, spielte ein zweites und drittes. Dann erhob sie sich; aber nur, um auf dem oberen Klavierdeckel nach neuen Noten zu suchen.

Herr Spinell hatte den Einfall, die Bände in schwarzen Pappdeckeln zu untersuchen, die auf dem Drehsessel lagen. Plötzlich stieß er einen unverständlichen Laut aus, und seine großen, weißen Hände fingerten leidenschaftlich an einem dieser vernachlässigten Bücher.

»Nicht möglich! … Es ist nicht wahr! …« sagte er … »Und dennoch täusche ich mich nicht! … Wissen Sie, was es ist? … Was hier lag? … Was ich hier halte? …«

»Was ist es?« fragte sie.

Da wies er ihr stumm das Titelblatt. Er war ganz bleich, ließ das Buch sinken und sah sie mit zitternden Lippen an.

»Wahrhaftig? Wie kommt das hierher? Also geben Sie«, sagte sie einfach, stellte die Noten aufs Pult, setzte sich und begann nach einem Augenblick der Stille mit der ersten Seite.

Er saß neben ihr, vornübergebeugt, die Hände zwischen den Knieen gefaltet, mit gesenktem Kopfe. Sie spielte den Anfang mit einer ausschweifenden und quälenden Langsamkeit, mit beunruhigend gedehnten Pausen zwischen den einzelnen Figuren. Das Sehnsuchtsmotiv, eine einsame und irrende Stimme in der Nacht, ließ leise seine bange Frage vernehmen. Eine Stille und ein Warten. Und siehe, es antwortet: derselbe zage und einsame Klang, nur heller, nur zarter. Ein neues Schweigen. Da setzte mit jenem gedämpften und wundervollen Sforzato, das ist wie ein Sich-Aufraffen und seliges Aufbegehren der Leidenschaft, das Liebesmotiv ein, stieg aufwärts, rang sich entzückt empor bis zur süßen Verschlingung, sank, sich lösend, zurück, und mit ihrem tiefen Gesange von schwerer, schmerzlicher Wonne traten die Celli hervor und führten die Weise fort …

Nicht ohne Erfolg versuchte die Spielende auf dem armseligen Instrument die Wirkungen des Orchesters anzudeuten. Die Violinläufe der großen Steigerung erklangen mit leuchtender Präzision. Sie spielte mit preziöser Andacht, verharrte gläubig bei jedem Gebilde und hob demütig und demonstrativ das Einzelne hervor, wie der Priester das Allerheiligste über sein Haupt erhebt. Was geschah? Zwei Kräfte, zwei entrückte Wesen strebten in Leiden und Seligkeit nach einander und umarmten sich in dem verzückten und wahnsinnigen Begehren nach dem Ewigen und Absoluten … Das Vorspiel flammte auf und neigte sich. Sie endigte da, wo der Vorhang sich teilt, und fuhr dann fort, schweigend auf die Noten zu blicken.

Unterdessen hatte bei der Rätin Spatz die Langeweile jenen Grad erreicht, wo sie des Menschen Antlitz entstellt, ihm die Augen aus dem Kopfe treibt und ihm einen leichenhaften und furchteinflößenden Ausdruck verleiht. Außerdem wirkte diese Art von Musik auf ihre Magennerven, sie versetzte diesen dyspeptischen Organismus in Angstzustände und machte, daß die Rätin einen Krampfanfall befürchtete.

»Ich bin genötigt, auf mein Zimmer zu gehen«, sagte sie schwach. »Leben Sie wohl, ich kehre zurück …«

Damit ging sie. Die Dämmerung war weit vorgeschritten. Draußen sah man dicht und lautlos den Schnee auf die Terrasse herniedergehen. Die beiden Kerzen gaben ein wankendes und begrenztes Licht.

»Den zweiten Aufzug«, flüsterte er; und sie wandte die Seiten und begann mit dem zweiten Aufzug.

Hörnerschall verlor sich in der Ferne. Wie? oder war es das Säuseln des Laubes? Das sanfte Rieseln des Quells? Schon hatte die Nacht ihr Schweigen durch Hain und Haus gegossen, und kein flehendes Mahnen vermochte dem Walten der Sehnsucht mehr Einhalt zu tun. Das heilige Geheimnis vollendete sich. Die Leuchte erlosch, mit einer seltsamen, plötzlich gedeckten Klangfarbe senkte das Todesmotiv sich herab, und in jagender Ungeduld ließ die Sehnsucht ihren weißen Schleier dem Geliebten entgegenflattern, der ihr mit ausgebreiteten Armen durchs Dunkel nahte.

O überschwänglicher und unersättlicher Jubel der Vereinigung im ewigen Jenseits der Dinge! Des quälenden Irrtums entledigt, den Fesseln des Raumes und der Zeit entronnen verschmolzen das Du und das Ich, das Dein und Mein sich zu erhabener Wonne. Trennen konnte sie des Tages tückisches Blendwerk, doch seine prahlende Lüge vermochte die Nachtsichtigen nicht mehr zu täuschen, seit die Kraft des Zaubertrankes ihnen den Blick geweiht. Wer liebend des Todes Nacht und ihr süßes Geheimnis erschaute, dem blieb im Wahn des Lichtes ein einzig Sehnen, die Sehnsucht hin zur heiligen Nacht, der ewigen, wahren, der einsmachenden …

O sink hernieder, Nacht der Liebe, gib ihnen jenes Vergessen, das sie ersehnen, umschließe sie ganz mit deiner Wonne und löse sie los von der Welt des Truges und der Trennung. Siehe, die letzte Leuchte verlosch! Denken und Dünken versank in heiliger Dämmerung, die sich welterlösend über des Wahnes Qualen breitet. Dann, wenn das Blendwerk erbleicht, wenn in Entzücken sich mein Auge bricht: Das, wovon die Lüge des Tages mich ausschloß, was sie zu unstillbarer Qual meiner Sehnsucht täuschend entgegenstellte, – s e l b s t dann, o Wunder der Erfüllung! selbst dann bin ich die Welt. – Und es erfolgte zu Brangänens dunklem Habet-Acht-Gesange jener Aufstieg der Violinen, welcher höher ist, als alle Vernunft.

»Ich verstehe nicht alles, Herr Spinell; sehr vieles ahne ich nur. Was bedeutet doch dieses – Selbst – dann bin ich die Welt?«

Er erklärte es ihr, leise und kurz.

»Ja, so ist es. – Wie kommt es nur, daß Sie, der Sie es so gut verstehen, es nicht auch spielen können?«

Seltsamerweise vermochte er dieser harmlosen Frage nicht stand zu halten. Er errötete, rang die Hände und versank gleichsam mit seinem Stuhle.

»Das trifft selten zusammen«, sagte er endlich gequält. »Nein, spielen kann ich nicht. – Aber fahren Sie fort.«

Und sie fuhren fort in den trunkenen Gesängen des Mysterienspieles. Starb je die Liebe? Tristans Liebe? Die Liebe deiner und meiner Isolde? Oh, des Todes Streiche erreichen die Ewige nicht! Was stürbe wohl ihm, als was uns stört, was die Einigen täuschend entzweit? Durch ein süßes Und verknüpfte sie beide die Liebe … zerriß es der Tod, wie anders, als mit des einen eigenem Leben, wäre dem anderen der Tod gegeben? Und ein geheimnisvoller Zwiegesang vereinigte sie in der namenlosen Hoffnung des Liebestodes, des endlos ungetrennten Umfangenseins im Wunderreiche der Nacht. Süße Nacht! Ewige Liebesnacht! Alles umspannendes Land der Seligkeit! Wer dich ahnend erschaut, wie könnte er ohne Bangen je zum öden Tage zurückerwachen? Banne du das Bangen, holder Tod! Löse du nun die Sehnenden ganz von der Not des Erwachens! O fassungsloser Sturm der Rhythmen! O chromatisch empordrängendes Entzücken der metaphysischen Erkenntnis! Wie sie fassen, wie sie lassen, diese Wonne fern den Trennungsqualen des Lichts? Sanftes Sehnen ohne Trug und Bangen, hehres, leidloses Verlöschen, überseliges Dämmern im Unermeßlichen! Du Isolde, Tristan ich, nicht mehr Tristan, nicht mehr Isolde – – –

Plötzlich geschah etwas Erschreckendes. Die Spielende brach ab und führte ihre Hand über die Augen, um ins Dunkel zu spähen, und Herr Spinell wandte sich rasch auf seinem Sitze herum. Die Tür dort hinten, die zum Korridor führte, hatte sich geöffnet, und herein kam eine finstere Gestalt, gestützt auf den Arm einer zweiten. Es war ein Gast von »Einfried«, der gleichfalls nicht in der Lage gewesen war, an der Schlittenpartie teilzunehmen, sondern diese Abendstunde zu einem seiner instinktiven und traurigen Rundgänge durch die Anstalt benutzte, es war jene Kranke, die neunzehn Kinder zur Welt gebracht hatte und keines Gedankens mehr fähig war, es war die Pastorin Höhlenrauch am Arme ihrer Pflegerin. Ohne aufzublicken, durchmaß sie mit tappenden, wandernden Schritten den Hintergrund des Gemaches und entschwand durch die entgegengesetzte Tür, – stumm und stier, irrwandelnd und unbewußt. – Es herrschte Stille.

»Das war die Pastorin Höhlenrauch«, sagte er.

»Ja, das war die arme Höhlenrauch«, sagte sie. Dann wandte sie die Blätter und spielte den Schluß des Ganzen, spielte Isoldens Liebestod.

Wie farblos und klar ihre Lippen waren, und wie die Schatten in den Winkeln ihrer Augen sich vertieften! Oberhalb der Braue, in ihrer durchsichtigen Stirn, trat angestrengt und beunruhigend das blaßblaue Äderchen deutlicher und deutlicher hervor. Unter ihren arbeitenden Händen vollzog sich die unerhörte Steigerung, zerteilt von jenem beinahe ruchlosen, plötzlichen Pianissimo, das wie ein Entgleiten des Bodens unter den Füßen und wie ein Versinken in sublimer Begierde ist. Der Überschwang einer ungeheuren Lösung und Erfüllung brach herein, wiederholte sich, ein betäubendes Brausen maßloser Befriedigung, unersättlich wieder und wieder, formte sich zurückflutend um, schien verhauchen zu wollen, wob noch einmal das Sehnsuchtsmotiv in seine Harmonie, atmete aus, erstarb, verklang, entschwebte. Tiefe Stille.

Sie horchten beide, legten die Köpfe auf die Seite und horchten.

»Das sind Schellen«, sagte sie.

»Es sind die Schlitten«, sagte er. »Ich gehe.«

Er stand auf und ging durch das Zimmer. An der Tür dort hinten machte er halt, wandte sich um und trat einen Augenblick unruhig von einem Fuß auf den anderen. Und dann begab es sich, daß er, fünfzehn oder zwanzig Schritte von ihr entfernt, auf seine Kniee sank, lautlos auf beide Kniee. Sein langer, schwarzer Gehrock breitete sich auf dem Boden aus. Er hielt die Hände über seinem Munde gefaltet, und seine Schultern zuckten.

Sie saß, die Hände im Schoße, vornüber gelehnt, vom Klavier abgewandt, und blickte auf ihn. Ein ungewisses und bedrängtes Lächeln lag auf ihrem Gesicht, und ihre Augen spähten sinnend und so mühsam ins Halbdunkel, daß sie eine kleine Neigung zum Verschießen zeigten.

Aus weiter Ferne her näherten sich Schellenklappern, Peitschenknall und das Ineinanderklingen menschlicher Stimmen.

IX.

Die Schlittenpartie, von der lange noch alle sprachen, hatte am 26. Februar stattgefunden. Am 27., einem Tauwettertage, an dem alles sich erweichte, tropfte, planschte, floß, ging es der Gattin Herrn Klöterjahns vortrefflich. Am 28. gab sie ein wenig Blut von sich … o, unbedeutend; aber es war Blut. Zu gleicher Zeit wurde sie von einer Schwäche befallen, so groß wie noch niemals, und legte sich nieder.

Doktor Leander untersuchte sie, und sein Gesicht war steinkalt dabei. Dann verordnete er, was die Wissenschaft vorschreibt: Eisstückchen, Morphium, unbedingte Ruhe. Übrigens legte er am folgenden Tage wegen Überbürdung die Behandlung nieder und übertrug sie an Doktor Müller, der sie pflicht- und kontraktgemäß in aller Sanftmut übernahm: ein stiller, blasser, unbedeutender und wehmütiger Mann, dessen bescheidene und ruhmlose Tätigkeit den beinahe Gesunden und den Hoffnungslosen gewidmet war.

Die Ansicht, der er vor allem Ausdruck gab, war die, daß die Trennung zwischen dem Klöterjahnschen Ehepaare nun schon recht lange währe. Es sei dringend wünschenswert, daß Herr Klöterjahn, wenn anders sein blühendes Geschäft es irgend gestatte, wieder einmal zu Besuch nach »Einfried« käme. Man könne ihm schreiben, ihm vielleicht ein kleines Telegramm zukommen lassen … Und sicherlich werde es die junge Mutter beglücken und stärken, wenn er den kleinen Anton mitbrächte: abgesehen davon, daß es für die Ärzte geradezu interessant sein werde, die Bekanntschaft dieses gesunden kleinen Anton zu machen.

Und siehe, Herr Klöterjahn erschien. Er hatte Doktor Müllers kleines Telegramm erhalten und kam vom Strande der Ostsee. Er stieg aus dem Wagen, ließ sich Kaffee und Buttersemmeln geben und sah sehr verdutzt aus.

»Herr«, sagte er, »was ist? Warum ruft man mich zu ihr?«

»Weil es wünschenswert ist«, antwortete Doktor Müller, »daß Sie jetzt in der Nähe Ihrer Frau Gemahlin weilen.«

»Wünschenswert … Wünschenswert … Aber auch notwendig? Ich sehe auf mein Geld, mein Herr, die Zeiten sind schlecht und die Eisenbahnen sind teuer. War diese Tagesreise nicht zu umgehen? Ich wollte nichts sagen, wenn es beispielsweise die

Lunge wäre; aber da es Gott sei Dank die Luftröhre ist …«

»Herr Klöterjahn«, sagte Doktor Müller sanft, »erstens ist die Luftröhre ein wichtiges Organ …« Er sagte unkorrekterweise »erstens«, obgleich er gar kein »Zweitens« darauf folgen ließ.

Gleichzeitig aber mit Herrn Klöterjahn war eine üppige, ganz in Rot, Schottisch und Gold gehüllte Person in »Einfried« eingetroffen, und sie war es, die auf ihrem Arme Anton Klöterjahn den Jüngeren, den kleinen gesunden Anton trug. Ja, er war da, und niemand konnte leugnen, daß er in der Tat von einer excessiven Gesundheit war. Rosig und weiß, sauber und frisch gekleidet, dick und duftig lastete er auf dem nackten, roten Arm seiner betreßten Dienerin, verschlang gewaltige Mengen von Milch und gehacktem Fleisch, schrie und überließ sich in jeder Beziehung seinen Instinkten.

Vom Fenster seines Zimmers aus hatte der Schriftsteller Spinell die Ankunft des jungen Klöterjahn beobachtet. Mit einem seltsamen, verschleierten und dennoch scharfen Blick hatte er ihn ins Auge gefaßt, während er vom Wagen ins Haus getragen wurde, und war dann noch längere Zeit mit demselben Gesichtsausdruck an seinem Platze verharrt.

Von da an mied er das Zusammentreffen mit Anton Klöterjahn dem Jüngeren so weit als tunlich.

X.

Herr Spinell saß in seinem Zimmer und »arbeitete«.

Es war ein Zimmer wie alle in »Einfried«: altmodisch, einfach und distinguiert. Die massige Kommode war mit metallenen Löwenköpfen beschlagen, der hohe Wandspiegel war keine glatte Fläche, sondern aus vielen kleinen quadratischen in Blei gefaßten Scherben zusammengesetzt, kein Teppich bedeckte den bläulich lackierten Estrich, in dem die steifen Beine der Meubles als klare Schatten sich fortsetzten. Ein geräumiger Schreibtisch stand in der Nähe des Fensters, vor welches der Romancier einen gelben Vorhang gezogen hatte, wahrscheinlich, um sich innerlicher zu machen.

In gelblicher Dämmerung saß er über die Platte des Sekretärs gebeugt und schrieb, – schrieb an einem jener zahlreichen Briefe, die er allwöchentlich zur Post befördern ließ, und auf die er belustigenderweise meistens gar keine Antwort erhielt. Ein großer, starker Bogen lag vor ihm, in dessen linkem oberen Winkel unter einer verzwickt gezeichneten Landschaft der Name Detlev Spinell in völlig neuartigen Lettern zu lesen war, und den er mit einer kleinen, sorgfältig gemalten und überaus reinlichen Handschrift bedeckte.

»Mein Herr!« stand dort. »Ich richte die folgenden Zeilen an Sie, weil ich nicht anders kann, weil das, was ich Ihnen zu sagen habe, mich erfüllt, mich quält und zittern macht, weil mir die Worte mit einer solchen Heftigkeit zuströmen, daß ich an ihnen ersticken würde, dürfte ich mich ihrer nicht in diesem Briefe entlasten ...«

Der Wahrheit die Ehre zu geben, so war dies mit dem »Zuströmen« ganz einfach nicht der Fall, und Gott wußte, aus was für eitlen Gründen Herr Spinell es behauptete. Die Worte schienen ihm durchaus nicht zuzuströmen, für einen, dessen bürgerlicher Beruf das Schreiben ist, kam er jämmerlich langsam von der Stelle, und wer ihn sah, mußte zu der Anschauung gelangen, daß ein Schriftsteller ein Mann ist, dem das Schreiben schwerer fällt, als allen anderen Leuten.

Mit zwei Fingerspitzen hielt er eins der sonderbaren Flaumhärchen an seiner Wange erfaßt und drehte Viertelstunden lang daran, indem er ins Leere starrte und nicht um eine Zeile vorwärts rückte, schrieb dann ein paar zierliche Wörter und stockte aufs neue. Andererseits muß man zugeben, daß das, was schließlich zustande kam, den Eindruck der Glätte und Lebhaftigkeit erweckte, wenn es auch inhaltlich einen wunderlichen, fragwürdigen und oft sogar unverständlichen Charakter trug.

»Es ist«, so setzte der Brief sich fort, »das unabweisliche Bedürfnis, das, was ich sehe, was seit Wochen als eine unauslöschliche Vision vor meinen

Augen steht, auch Sie sehen zu machen, es Sie mit meinen Augen, in derjenigen sprachlichen Beleuchtung schauen zu lassen, in der es vor meinem inneren Blicke steht. Ich bin gewohnt, diesem Drange zu weichen, der mich zwingt, in unvergeßlich und flammend richtig an ihrem Platze stehenden Worten meine Erlebnisse zu denen der Welt zu machen. Und darum hören Sie mich an.

Ich will nichts, als sagen, was war und ist, ich erzähle lediglich eine Geschichte, eine ganz kurze, unsäglich empörende Geschichte, erzähle sie ohne Kommentar, ohne Anklage und Urteil, nur mit meinen Worten. Es ist die Geschichte Gabriele Eckhofs, mein Herr, der Frau, die Sie die Ihrige nennen … und merken Sie wohl! Sie waren es, der sie erlebte; und dennoch bin ich es, dessen Wort sie Ihnen erst in Wahrheit zur Bedeutung eines Erlebnisses erheben wird.

Erinnern Sie sich des Gartens, mein Herr, des alten, verwucherten Gartens hinter dem grauen Patrizierhause? Das grüne Moos sproß in den Fugen der verwitterten Mauern, die seine verträumte Wildnis umschlossen. Erinnern Sie sich auch des Springbrunnens in seiner Mitte? Lilafarbene Lilien neigten sich über sein morsches Rund, und sein weißer Strahl plauderte geheimnisvoll auf das zerklüftete Gestein hinab. Der Sommertag neigte sich.

Sieben Jungfrauen saßen im Kreis um den Brunnen; in das Haar der Siebenten aber, der Ersten, der Einen, schien die sinkende Sonne heimlich ein schimmerndes Abzeichen der Oberhoheit zu weben. Ihre Augen waren wie ängstliche Träume, und dennoch lächelten ihre klaren Lippen …

Sie sangen. Sie hielten ihre schmalen Gesichter zur Höhe des Springstrahles emporgewandt, dorthin, wo er in müder und edler Rundung sich zum Falle neigte, und ihre leisen, hellen Stimmen umschwebten seinen schlanken Tanz. Vielleicht hielten sie ihre zarten Hände um ihre Kniee gefaltet, indes sie sangen …

Entsinnen Sie sich des Bildes, mein Herr? Sahen Sie es? Sie sahen es nicht. Ihre Augen waren nicht geschaffen dafür, und Ihre Ohren nicht, die keusche Süßigkeit seiner Melodie zu vernehmen. Sahen Sie es – Sie durften nicht wagen, zu atmen, Sie mußten Ihrem Herzen zu schlagen verwehren. Sie mußten gehen, zurück ins Leben, in Ihr Leben, und für den Rest Ihres Erdendaseins das Geschaute als ein unantastbares und unverletzliches Heiligtum in Ihrer Seele bewahren. Was aber taten Sie?

Dies Bild war ein Ende, mein Herr; mußten Sie kommen und es zerstören, um ihm eine Fortsetzung der Gemeinheit und des häßlichen Leidens zu geben? Es war eine rührende und friedevolle Apotheose, getaucht in die abendliche Verklärung des Verfalles, der Auflösung und des Verlöschens. Ein altes Geschlecht, zu müde bereits und zu edel zur

Tat und zum Leben, steht am Ende seiner Tage, und seine letzten Äußerungen sind Laute der Kunst, ein paar Geigentöne, voll von der wissenden Wehmut der Sterbensreife … Sahen Sie die Augen, denen diese Töne Tränen entlockten? Vielleicht, daß die Seelen der sechs Gespielinnen dem Leben gehörten; diejenige aber ihrer schwesterlichen Herrin gehörte der Schönheit und dem Tode.

Sie sahen sie, diese Todesschönheit: sahen sie an, um ihrer zu begehren. Nichts von Ehrfurcht, nichts von Scheu berührte Ihr Herz gegenüber ihrer rührenden Heiligkeit. Es genügte Ihnen nicht, zu schauen; Sie mußten besitzen, ausnützen, entweihen … Wie fein Sie Ihre Wahl trafen! Sie sind ein Gourmand, mein Herr, ein plebejischer Gourmand, ein Bauer mit Geschmack.

Ich bitte Sie, zu bemerken, daß ich keineswegs den Wunsch hege, Sie zu kränken. Was ich sage, ist kein Schimpf, sondern die Formel, die einfache psychologische Formel für Ihre einfache, literarisch gänzlich uninteressante Persönlichkeit, und ich spreche sie aus, nur weil es mich treibt, Ihnen Ihr eigenes Tun und Wesen ein wenig zu erhellen, weil es auf Erden mein unausweichlicher Beruf ist, die Dinge bei Namen zu nennen, sie reden zu machen, und das Unbewußte zu durchleuchten. Die Welt ist voll von dem, was ich den ›unbewußten Typus‹ nenne: und ich ertrage sie nicht, alle diese unbewußten Typen!

Ich ertrage es nicht, all dies dumpfe, unwissende und erkenntnislose Leben und Handeln, diese Welt von aufreizender Naivität um mich her! Es treibt mich mit qualvoller Unwiderstehlichkeit, alles Sein in der Runde – so weit meine Kräfte reichen – zu erläutern, auszusprechen und zum Bewußtsein zu bringen, – unbekümmert darum, ob dies eine fördernde oder hemmende Wirkung nach sich zieht, ob es Trost und Linderung bringt oder Schmerz zufügt.

Sie sind, mein Herr, wie ich sagte, ein plebejischer Gourmand, ein Bauer mit Geschmack. Eigentlich von plumper Konstitution und auf einer äußerst niedrigen Entwicklungsstufe befindlich, sind Sie durch Reichtum und sitzende Lebensweise zu einer plötzlichen, unhistorischen und barbarischen Korruption des Nervensystems gelangt, die eine gewisse lüsterne Verfeinerung des Genußbedürfnisses nach sich zieht. Wohl möglich, daß die Muskeln Ihres Schlundes in eine schmatzende Bewegung gerieten, wie angesichts einer köstlichen Suppe oder seltenen Platte, als Sie beschlossen, Gabriele Eckhof zu eigen zu nehmen …

In der Tat, Sie lenken ihren verträumten Willen in die Irre, Sie führen sie aus dem verwucherten Garten in das Leben und in die Häßlichkeit, Sie geben ihr Ihren ordinären Namen und machen sie zum Eheweibe, zur Hausfrau, machen sie zur Mutter. Sie erniedrigen die müde, scheue und in erhabener

Unbrauchbarkeit blühende Schönheit des Todes in den Dienst des gemeinen Alltags und jenes blöden, ungefügen und verächtlichen Götzen, den man die Natur nennt, und nicht eine Ahnung von der tiefen Niedertracht dieses Beginnens regt sich in Ihrem bäuerischen Gewissen.

Nochmals: Was geschieht? Sie, mit den Augen, die wie ängstliche Träume sind, schenkt Ihnen ein Kind; sie gibt diesem Wesen, das eine Fortsetzung der niedrigen Existenz seines Erzeugers ist, alles mit, was sie an Blut und Lebensmöglichkeit besitzt, und stirbt. Sie stirbt, mein Herr! Und wenn sie nicht in Gemeinheit dahinfährt, wenn sie dennoch zuletzt sich aus den Tiefen ihrer Erniedrigung erhob und stolz und selig unter dem tödlichen Kusse der Schönheit vergeht, so ist das meine Sorge gewesen. Die Ihrige war es wohl unterdessen, sich auf verschwiegenen Korridoren mit Stubenmädchen die Zeit zu verkürzen.

Ihr Kind aber, Gabriele Eckhofs Sohn, gedeiht, lebt und triumphiert. Vielleicht wird er das Leben seines Vaters fortführen, ein handeltreibender, Steuern zahlender und gut speisender Bürger werden; vielleicht ein Soldat oder Beamter, eine unwissende und tüchtige Stütze des Staates; in jedem Falle ein amusisches, normal funktionierendes Geschöpf, skrupellos und zuversichtlich, stark und dumm.

Nehmen Sie das Geständnis, mein Herr, daß ich Sie hasse, Sie und Ihr Kind, wie ich das Leben selbst hasse, das gemeine, das lächerliche und dennoch triumphierende Leben, das Sie darstellen, den ewigen Gegensatz und Todfeind der Schönheit. Ich darf nicht sagen, daß ich Sie verachte. Ich kann es nicht. Ich bin ehrlich. Sie sind der Stärkere. Ich habe Ihnen im Kampfe nur eines entgegenzustellen, das erhabene Gewaffen und Rachewerkzeug der Schwachen: Geist und Wort. Heute habe ich mich seiner bedient. Denn dieser Brief – auch darin bin ich ehrlich, mein Herr, – ist nichts als ein Racheakt, und ist nur ein einziges Wort darin scharf, glänzend und schön genug, Sie betroffen zu machen, Sie eine fremde Macht spüren zu lassen, Ihren robusten Gleichmut einen Augenblick ins Wanken zu bringen, so will ich frohlocken.

Detlev Spinell.«

Und dieses Schriftstück couvertierte und frankierte Herr Spinell, versah es mit einer zierlichen Adresse und überlieferte es der Post.

XI.

Herr Klöterjahn pochte an Herrn Spinells Stubentür; er hielt einen großen, reinlich beschriebenen Bogen in der Hand und sah aus wie ein Mann, der entschlossen ist, energisch vorzugehen. Die Post hatte ihre Pflicht getan, der Brief war seinen Weg gegangen, er hatte die wunderliche Reise von »Einfried« nach »Einfried« gemacht und war richtig in die Hände des Adressaten gelangt. Es war vier Uhr am Nachmittage.

Als Herr Klöterjahn eintrat, saß Herr Spinell auf dem Sofa und las in seinem eigenen Roman mit der verwirrenden Umschlagzeichnung. Er stand auf und sah den Besucher überrascht und fragend an, obgleich er deutlich errötete.

»Guten Tag«, sagte Herr Klöterjahn. »Entschuldigen Sie, daß ich Sie in Ihren Beschäftigungen störe. Aber darf ich fragen, ob Sie dies geschrieben haben?« Damit hielt er den großen, reinlich beschriebenen Bogen mit der linken Hand empor und schlug mit dem Rücken der Rechten darauf, sodaß es heftig knisterte. Hierauf schob er die Rechte in die Tasche seines weiten, bequemen Beinkleides, legte den Kopf auf die Seite und öffnete, wie manche Leute pflegen, den Mund zum Horchen.

Sonderbarerweise lächelte Herr Spinell; er lächelte zuvorkommend, ein wenig verwirrt und halb entschuldigend, führte die Hand zum Kopfe, als besänne er sich und sagte:

»Ah, richtig … ja … ich erlaubte mir …«

Die Sache war die, daß er sich heute gegeben hatte, wie er war, und bis gegen Mittag geschlafen hatte. Infolge hiervon litt er an schlimmem Gewissen und blödem Kopfe, fühlte er sich nervös und wenig widerstandsfähig. Hinzu kam, daß die Frühlingsluft, die eingetreten war, ihn matt und zur Verzweiflung geneigt machte. Dies alles muß erwähnt werden als Erklärung dafür, daß er sich während dieser Scene so äußerst albern benahm.

»So! Aha! Schön!« sagte Herr Klöterjahn, indem er das Kinn auf die Brust drückte, die Brauen emporzog, die Arme reckte und eine Menge ähnlicher Anstalten traf, nach Erledigung dieser Formfrage ohne Erbarmen zur Sache zu kommen. Aus Freude an seiner Person ging er ein wenig zu weit in diesen Anstalten; was schließlich erfolgte, entsprach nicht völlig der drohenden Umständlichkeit dieser mimischen Vorbereitungen. Aber Herr Spinell war ziemlich bleich.

»Sehr schön!« wiederholte Herr Klöterjahn. »Dann lassen Sie sich die Antwort mündlich geben, mein Lieber, und zwar in Anbetracht des Umstandes, daß ich es für blödsinnig halte, jemandem, den man stündlich sprechen kann, seitenlange Briefe zu schreiben …«

»Nun … blödsinnig …« sagte Herr Spinell lächelnd, entschuldigend und beinahe demütig …

»Blödsinnig!« wiederholte Herr Klöterjahn und schüttelte heftig den Kopf, um zu zeigen, wie unangreifbar sicher er seiner Sache sei. »Und ich würde dies Geschreibsel nicht eines Wortes würdigen, es wäre mir, offen gestanden, ganz einfach als Butterbrotpapier zu schlecht, wenn es mich nicht über gewisse Dinge aufklärte, die ich bis dahin nicht begriff, gewisse Veränderungen … Übrigens geht Sie das nichts an und gehört nicht zur Sache. Ich bin ein tätiger Mann, ich habe Besseres zu bedenken, als Ihre unaussprechlichen Visionen …«

»Ich habe ›unauslöschliche Vision‹ geschrieben«, sagte Herr Spinell und richtete sich auf. Es war der einzige Moment dieses Auftrittes, in dem er ein wenig Würde an den Tag legte.

»Unauslöschlich … unaussprechlich …!« entgegnete Herr Klöterjahn und blickte ins Manuskript. »Sie schreiben eine Hand, die miserabel ist, mein Lieber; ich möchte Sie nicht in meinem Kontor beschäftigen. Auf den ersten Blick scheint es ganz sauber, aber bei Licht besehen ist es voller Lücken und Zittrigkeiten. Aber das ist Ihre Sache und geht mich nichts an. Ich bin gekommen, um Ihnen zu sagen, daß Sie erstens ein Hanswurst sind, – nun, das ist Ihnen hoffentlich bekannt. Außerdem aber sind Sie ein großer Feigling, und auch das brauche ich Ihnen wohl nicht ausführlich zu beweisen. Meine Frau hat mir einmal geschrieben, Sie sähen den Weibspersonen, denen Sie begegnen, nicht ins Gesicht, sondern schielten nur so hin, um eine schöne Ahnung davonzutragen, aus Angst vor der Wirklichkeit. Leider hat sie später aufgehört, in ihren Briefen von Ihnen zu erzählen; sonst wüßte ich noch mehr Geschichten von Ihnen. Aber so sind Sie. ›Schönheit‹ ist Ihr drittes Wort, aber im Grunde ist es nichts als Bangebüchsigkeit und Duckmäuserei und Neid, und daher wohl auch Ihre unverschämte Bemerkung von den ›verschwiegenen Korridoren‹, die mich wahrscheinlich so recht durchbohren sollte und mir doch bloß Spaß gemacht hat. Spaß hat sie mir gemacht! Aber wissen Sie nun Bescheid? Habe ich Ihnen Ihr … Ihr ›Tun und Wesen‹ nun ›ein wenig erhellt‹, Sie Jammermensch? Obgleich es nicht mein ›unausbleiblicher Beruf‹ ist, hö, hö! …«

»Ich habe ›unausweichlicher Beruf‹ geschrieben«, sagte Herr Spinell; aber er gab es gleich wieder auf. Er stand da, hilflos und abgekanzelt, wie ein großer, kläglicher, grauhaariger Schuljunge.

»Unausweichlich … unausbleiblich … Ein niederträchtiger Feigling sind Sie, sage ich Ihnen. Täglich sehen Sie mich bei Tische. Sie grüßen mich und lächeln, Sie reichen mir Schüsseln und lächeln, Sie wünschen mir gesegnete Mahlzeit und lächeln. Und eines Tages schicken Sie mir solch einen Wisch voll blödsinniger Injurien auf den Hals. Hö, ja, schriftlich haben Sie Mut! Und wenn es bloß dieser lachhafte Brief wäre. Aber Sie haben gegen mich intriguiert, hinter meinem Rücken gegen mich intriguiert, ich begreife es jetzt sehr wohl … obgleich Sie sich nicht einzubilden brauchen, daß es Ihnen etwas genützt hat! Wenn Sie sich etwa der Hoffnung hingeben, meiner Frau Grillen in den Kopf gesetzt zu haben, so befinden Sie sich auf dem Holzwege, mein wertgeschätzter Herr, dazu ist sie ein zu vernünftiger Mensch! Oder wenn Sie am Ende gar glauben, daß sie mich irgendwie anders als sonst empfangen hat, mich und das Kind, als wir kamen, so setzten Sie Ihrer Abgeschmacktheit die Krone auf! Wenn sie dem Kleinen keinen Kuß gegeben hat, so geschah es aus Vorsicht, weil neuerdings die Hypothese aufgetaucht ist, daß es nicht die Luftröhre, sondern die Lunge ist und man in diesem Falle nicht wissen kann … obgleich es übrigens noch sehr zu beweisen ist, das mit der Lunge, und Sie mit Ihrem – ›sie stirbt, mein Herr!‹ Sie sind ein Esel!«

Hier suchte Herr Klöterjahn seine Atmung ein wenig zu regeln. Er war nun sehr in Zorn geraten, stach beständig mit dem rechten Zeigefinger in die Luft und richtete das Manuskript in seiner Linken aufs übelste zu. Sein Gesicht, zwischen dem blonden englischen Backenbart, war furchtbar rot, und seine umwölkte Stirn war von geschwollenen Adern zerrissen wie von Zornesblitzen.

»Sie hassen mich«, fuhr er fort, »und Sie würden mich verachten, wenn ich nicht der Stärkere wäre … Ja, das bin ich, zum Teufel, ich habe das Herz auf dem rechten Fleck, während Sie das Ihre wohl meistens in den Hosen haben, und ich würde Sie in die

Pfanne hauen mitsamt Ihrem ›Geist und Wort‹, Sie hinterlistiger Idiot, wenn das nicht verboten wäre. Aber damit ist nicht gesagt, mein Lieber, daß ich mir Ihre Invektiven so ohne weiteres gefallen lasse, und wenn ich das mit dem ›ordinären Namen‹ zu Haus meinem Anwalt zeige, so wollen wir sehen, ob Sie nicht Ihr blaues Wunder erleben. Mein Name ist gut, mein Herr, und zwar durch mein Verdienst. Ob Ihnen jemand auf den Ihren auch nur einen Silbergroschen borgt, diese Frage mögen Sie mit sich selbst erörtern, Sie hergelaufener Bummler! Gegen Sie muß man gesetzlich vorgehen! Sie sind gemeingefährlich! Sie machen die Leute verrückt! … Obgleich Sie sich nicht einzubilden brauchen, daß es Ihnen diesmal gelungen ist, Sie heimtückischer Patron! Von Individuen, wie Sie eins sind, lasse ich mich denn doch nicht aus dem Felde schlagen. Ich habe das Herz auf dem rechten Fleck …«

Herr Klöterjahn war nun wirklich äußerst erregt. Er schrie und sagte wiederholt, daß er das Herz auf dem rechten Fleck habe.

»›Sie sangen.‹ Punkt. Sie sangen gar nicht! Sie strickten. Außerdem sprachen sie, soviel ich verstanden habe, von einem Rezept für Kartoffelpuffer, und wenn ich das mit dem ›Verfall‹ und der ›Auflösung‹ meinem Schwiegervater sage, so belangt er Sie gleichfalls von Rechts wegen, da können Sie sicher sein! … Sahen Sie das Bild, sahen Sie es? Natürlich sah ich es, aber ich begreife nicht, warum ich deshalb den Atem anhalten und davonlaufen sollte. Ich schiele den Weibern nicht am Gesicht vorbei, ich sehe sie mir an, und wenn sie mir gefallen, und wenn sie mich wollen, so nehme ich sie mir. Ich habe das Herz auf dem rechten Fl…«

Es pochte. – Es pochte gleich neun- oder zehnmal ganz rasch hinter einander an die Stubentür, ein kleiner, heftiger, ängstlicher Wirbel, der Herrn Klöterjahn verstummen machte, und eine Stimme, die gar keinen Halt hatte, sondern vor Bedrängnis fortwährend aus den Fugen ging, sagte in größter Hast:

»Herr Klöterjahn, Herr Klöterjahn, ach, ist Herr Klöterjahn da?«

»Draußen bleiben«, sagte Herr Klöterjahn unwirsch … »Was ist? Ich habe hier zu reden.«

»Herr Klöterjahn«, sagte die schwankende und sich brechende Stimme, »Sie müssen kommen … auch die Ärzte sind da … oh, es ist so entsetzlich traurig …«

Da war er mit einem Schritt an der Tür und riß sie auf. Die Rätin Spatz stand draußen. Sie hielt ihr Schnupftuch vor den Mund, und große, längliche Tränen rollten paarweise in dieses Tuch hinein.

»Herr Klöterjahn«, brachte sie hervor …, »es ist so entsetzlich traurig … Sie hat so viel Blut aufgebracht, so fürchterlich viel … Sie saß ganz ruhig im Bette und summte ein Stückchen Musik vor sich hin, und da kam es, lieber Gott, so übermäßig viel …«

»Ist sie tot?!« schrie Herr Klöterjahn … Dabei packte er die Rätin am Oberarm und zog sie auf der Schwelle hin und her. »Nein, nicht ganz, wie? Noch nicht ganz, sie kann mich noch sehen … Hat sie wieder ein bißchen Blut aufgebracht? Aus der Lunge, wie? Ich gebe zu, daß es vielleicht aus der Lunge kommt … Gabriele!« sagte er plötzlich, indem die Augen ihm übergingen, und man sah, wie ein warmes, gutes, menschliches und redliches Gefühl aus ihm hervorbrach. »Ja, ich komme!« sagte er, und mit langen Schritten schleppte er die Rätin aus dem Zimmer hinaus und über den Korridor davon. Von einem entlegenen Teile des Wandelganges her vernahm man noch immer sein rasch sich entfernendes »Nicht ganz, wie? … Aus der Lunge, was? …«

XII.

Herr Spinell stand auf dem Fleck, wo er während Herrn Klöterjahns so jäh unterbrochener Visite gestanden hatte und blickte auf die offene Tür. Endlich tat er ein paar Schritte vorwärts und horchte ins Weite. Aber alles war still, und so schloß er die Tür und kehrte ins Zimmer zurück.

Eine Weile betrachtete er sich im Spiegel. Hierauf

ging er zum Schreibtisch, holte ein kleines Flacon und ein Gläschen aus einem Fache hervor und nahm einen Cognac zu sich, was kein Mensch ihm verdenken konnte. Dann streckte er sich auf dem Sofa aus und schloß die Augen.

Die obere Klappe des Fensters stand offen. Draußen im Garten von »Einfried« zwitscherten die Vögel, und in diesen kleinen, zarten und kecken Lauten lag fein und durchdringend der ganze Frühling ausgedrückt. Einmal sagte Herr Spinell leise vor sich hin: »Unausbleiblicher Beruf …« Dann bewegte er den Kopf hin und her und zog die Luft durch die Zähne ein, wie bei einem heftigen Nervenschmerz.

Es war unmöglich, zur Ruhe und Sammlung zu gelangen. Man ist nicht geschaffen für so plumpe Erlebnisse wie dieses da! – Durch einen seelischen Vorgang, dessen Analyse zu weit führen würde, gelangte Herr Spinell zu dem Entschlusse, sich zu erheben und sich ein wenig Bewegung zu machen, sich ein wenig im Freien zu ergehen. So nahm er den Hut und verließ das Zimmer.

Als er aus dem Hause trat und die milde, würzige Luft ihn umfing, wandte er das Haupt und ließ seine Augen langsam an dem Gebäude empor bis zu einem der Fenster gleiten, einem verhängten Fenster, an dem sein Blick eine Weile ernst, fest und dunkel haftete. Dann legte er die Hände auf den Rücken und schritt über die Kieswege dahin. Er schritt in tiefem Sinnen.

Noch waren die Beete mit Matten bedeckt, und Bäume und Sträucher waren noch nackt; aber der Schnee war fort, und die Wege zeigten nur hier und da noch feuchte Spuren. Der weite Garten mit seinen Grotten, Laubengängen und kleinen Pavillons lag in prächtig farbiger Nachmittagsbeleuchtung, mit kräftigen Schatten und sattem, goldigem Licht, und das dunkle Geäst der Bäume stand scharf und zart gegliedert gegen den hellen Himmel.

Es war um die Stunde, da die Sonne Gestalt annimmt, da die formlose Lichtmasse zur sichtbar sinkenden Scheibe wird, deren sattere, mildere Glut das Auge duldet. Herr Spinell sah die Sonne nicht; sein Weg führte ihn so, daß sie ihm verdeckt und verborgen war. Er ging gesenkten Hauptes und summte ein Stückchen Musik vor sich hin, ein kurzes Gebild, eine bang und klagend aufwärtssteigende Figur, das Sehnsuchtsmotiv … Plötzlich aber, mit einem Ruck, einem kurzen, krampfhaften Aufatmen, blieb er gefesselt stehen, und unter heftig zusammengezogenen Brauen starrten seine erweiterten Augen mit dem Ausdruck entsetzter Abwehr geradeaus …

Der Weg wandte sich; er führte der sinkenden Sonne entgegen. Durchzogen von zwei schmalen, erleuchteten Wolkenstreifen mit vergoldeten Rändern stand sie groß und schräge am Himmel, setzte die

Wipfel der Bäume in Glut und goß ihren gelbrötlichen Glanz über den Garten hin. Und inmitten dieser goldigen Verklärung, die gewaltige Gloriole der Sonnenscheibe zu Häupten, stand hochaufgerichtet im Wege eine üppige, ganz in Rot, Gold und Schottisch gekleidete Person, die ihre Rechte in die schwellende Hüfte stemmte und mit der Linken ein grazil geformtes Wägelchen leicht vor sich hin und her bewegte. In diesem Wägelchen aber saß das Kind, saß Anton Klöterjahn der Jüngere, saß Gabriele Eckhofs dicker Sohn!

Er saß, bekleidet mit einer weißen Flausjacke und einem großen weißen Hut, pausbäckig, prächtig und wohlgeraten in den Kissen, und sein Blick begegnete lustig und unbeirrbar demjenigen Herrn Spinells. Der Romancier war im Begriffe, sich aufzuraffen, er war ein Mann, er hätte die Kraft besessen, an dieser unerwarteten, in Glanz getauchten Erscheinung vorüberzuschreiten und seinen Spaziergang fortzusetzen. Da aber geschah das Gräßliche, daß Anton Klöterjahn zu lachen und zu jubeln begann, er kreischte vor unerklärlicher Lust, es konnte einem unheimlich zu Sinne werden.

Gott weiß, was ihn anfocht, ob die schwarze Gestalt ihm gegenüber ihn in diese wilde Heiterkeit versetzte oder was für ein Anfall von animalischem Wohlbefinden ihn packte. Er hielt in der einen Hand einen knöchernen Beißring und in der anderen eine blecherne Klapperbüchse. Diese beiden Gegenstände reckte er jauchzend in den Sonnenschein empor, schüttelte sie und schlug sie zusammen, als wollte er jemanden spottend verscheuchen. Seine Augen waren beinahe geschlossen vor Vergnügen, und sein Mund war so klaffend aufgerissen, daß man seinen ganzen rosigen Gaumen sah. Er warf sogar seinen Kopf hin und her, indes er jauchzte.

Da machte Herr Spinell kehrt und ging von dannen. Er ging, gefolgt von dem Jubilieren des kleinen Klöterjahn, mit einer gewissen behutsamen und steif-graziösen Armhaltung über den Kies, mit den gewaltsam zögernden Schritten jemandes, der verbergen will, daß er innerlich davonläuft.

Thomas Mann

Buddenbrooks
Verfall einer Familie
Roman
Band 9431

Königliche Hoheit
Roman
Band 9430

Der Zauberberg
Roman
Band 9433

Joseph und seine Brüder
Roman
I. Die Geschichten Jaakobs
Band 9435
II. Der junge Joseph
Band 9436
III. Joseph in Ägypten
Band 9437
IV. Joseph, der Ernährer
Band 9438

Lotte in Weimar
Roman
Band 9432

Doktor Faustus
Das Leben des deutschen
Tonsetzers
Adrian Leverkühn,
erzählt von einem Freunde
Roman
Band 9428

Der Erwählte
Roman
Band 9426

Bekenntnisse des Hochstaplers Felix Krull
Der Memoiren erster Teil
Band 9429

Thomas Mann
Ausgaben mit historischen Umschlägen und Illustrationen

Buddenbrooks
Verfall einer Familie
Roman
759 Seiten. Gebunden
Einband mit dem geprägten Motiv der ersten einbändigen Ausgabe von 1903
Einbandentwurf von Wilhelm Schulz

Der Zauberberg
Roman
1008 Seiten. Gebunden
Mit historischem Umschlagmotiv

Bekenntnisse des Hochstaplers Felix Krull
Der Memoiren erster Teil
Roman
442 Seiten. Gebunden
Reprint der Erstausgabe von 1954
Umschlaggestaltung von Martin Kausche

Der kleine Herr Friedemann
78 Seiten. Gebunden
Umschlaggestaltung nach der Illustration von Wilhelm Schulz für die Novellensammlung »Der kleine Herr Friedemann«, Berlin, S. Fischer Verlag 1898

Tonio Kröger
112 Seiten. Gebunden
Mit dem Umschlagentwurf und den Illustrationen von Erich M. Simon aus »Tonio Kröger«, Berlin, S. Fischer Verlag 1913

Herr und Hund
Ein Idyll
144 Seiten. Gebunden
Mit dem Umschlagentwurf und den Illustrationen von Georg W. Rössner aus der Buchausgabe von 1925

Die Familie Mann
Ein Lesebuch
Herausgegeben von Barbara Hoffmeister
Band 17365

Die Familie Mann stellt sich vor: Von der Senatorin Julia bis zu Thomas Manns Lieblingsenkel Frido – alle haben sie geschrieben. Ein literarisches Familienporträt.

Als »erstaunliche Familie« wurden die Manns immer wieder bezeichnet. Dieser Band versammelt literarische und essayistische Leseproben aus vier Generationen: Eine Selbstdarstellung der Familie Mann und gleichzeitig eine Chronik des 20. Jahrhunderts mit seinen großen Themen.

Fischer Taschenbuch Verlag

Thomas Klugkist
49 Fragen und Antworten zu Thomas Mann
Band 15977

War Thomas Mann typisch deutsch? Warum sind Thomas Manns Werke so dick? War Thomas Mann Schopenhauerianer? War Thomas Mann ein guter Vater? Warum hat Thomas Mann überhaupt geschrieben? War Thomas Mann verklemmt? Ist Thomas Mann überhaupt noch zeitgemäß?

Trotz umfangreicher Biographien und Fernsehfilme sind immer noch viele Fragen offen. Über keinen Autor sind so viele Gerüchte im Umlauf wie über Thomas Mann, kein anderer Schriftsteller wird so hoch gelobt und gleichzeitig so verdächtigt – menschlich wie politisch. Thomas Klugkist hat alle Fragen gesammelt, die in den Medien, auf Partys und in Schulklassen hartnäckig kursieren, und beantwortet sie ohne falschen Respekt, aber mit viel Entdeckerlust und erfrischendem Humor.

»49 Thomas-Mann-Klischees, unter die Lupe genommen mit ironischer Präzision – ein erfrischend origineller Zugang zu einem Mann, über den alles gesagt schien.«
Hermann Kurzke

Fischer Taschenbuch Verlag

Tilmann Lahme
Golo Mann
Biographie
Mit 32 Abbildungen
560 Seiten. Gebunden

Golo Mann als Liebender und Leidender: an der Zeitgeschichte, am Vater und am Vaterland. Dank neuer Quellen und überraschender Funde gelingt Tilmann Lahme die Schilderung der Persönlichkeit Golo Manns in all ihren Facetten: als Historiker, als Publizist und Erzähler, nicht zuletzt aber als Mensch.

Zu Beginn des krisengeschüttelten 20. Jahrhunderts hineingeboren in eine der prominentesten Familien dieser Zeit, aufgewachsen in der Weimarer Republik, war er ein früher Kritiker des Nationalsozialismus. Die Emigration führte ihn über Frankreich und die Schweiz in die USA. Nach seiner zögerlichen Rückkehr nach Europa folgte mit dem ›Wallenstein‹ und der ›Deutschen Geschichte‹ die späte Anerkennung des Historikers, der sich bis zu seinem Tod 1994 kontrovers und unabhängig in die Geschicke der Bundesrepublik einmischte.

Hans Rudolf Vaget

Seelenzauber

Thomas Mann und die Musik

512 Seiten. Gebunden

Keine andere Kunstform hat Thomas Mann so sehr bewegt und bestimmt wie die Musik, angefangen bei den Opernbesuchen in der Kindheit bis hin zu Begegnungen mit großen Persönlichkeiten wie Bruno Walter oder Arnold Schönberg.

Aus Thomas Manns Sicht nimmt die Musik eine Schlüsselrolle ein im Verständnis der deutschen Katastrophe im 20. Jahrhundert. Die Studie von Hans Rudolf Vaget folgt diesem Ansatz und widmet sich in einzelnen Kapiteln den Gattungen des Kunstlieds und des Musikdramas sowie den maßgebenden Komponisten, Dirigenten und Publizisten. Vaget bündelt mentalitätsgeschichtliche Zusammenhänge und erschließt immer wieder neue Gänge durch das Werk Thomas Manns.